슬렁우
슬렁우
윅
윅

슬로우 슬로우 퀵 퀵

전건우 장편소설

네오픽션

차례

표류선

중국 선원들은 모두 죽은 상태였다. 시체는 여덟 구. 하나같이 목이 잘려나가거나 머리가 터진 끔찍한 모습이었다. 갈매기 수십 마리가 시체를 뜯어먹다가 하늘로 날아올랐다.

"아무래도 선상 반란 같은데요?"

이 경장이 얼굴을 찡그리며 말했다.

"이 새끼들 단체로 약이라도 빨았나?"

박 경사가 시체 한 구를 발로 건드렸다. 간신히 붙어 있던 목이 떨어져 나가고 부풀어 오른 머리통이 데굴데굴 갑판을 굴렀다. 순경 중 하나가 욕지기를 참지 못하고 난간으로 뛰어가다가 핏물에 미끄러졌다.

"쇼를 한다, 쇼를 해."

박 경사는 혀를 찼다.

이게 대체 무슨 일이야.

경찰 짬밥이라면 먹을 만큼 먹었는데도 눈앞의 광경에는 소름이 돋았다. 낭자한 피와 여기저기 흩어진 살점 정도였다면 술자리 안줏거리나 후임들에게 들려줄 무용담 정도로 여기겠는데 문제는 시체의 상태였다. 치명상으로 여겨지는 부분을 제외하고는 대부분 물어뜯거나 할퀸 상처였다. 적어도 눈으로 확인하기에는 그랬다.

박 경사는 전에도 이런 상처를 본 적이 있었다. 해경 생활을 막 시작했을 무렵, 그러니까 배 위에서 토하기를 반복하던 햇병아리 시절의 일이었다. 낡은 목조 어선에서 살인 사건이 발생했다는 신고를 받고 출동해보니 피바다가 된 갑판에 선주 겸 선장인 60대 남자가 쓰러져 있었다. 피는 그 남자의 주름진 목에서 마치 살아 있는 생명체처럼 꿈틀꿈틀 흘러나왔다. 신고를 한 이는 선장의 얼굴과 목덜미를 물어뜯어 죽인 살인자이자 베트남에서 건너온 어린 아내였다. 나중에야 안 일이지만 선장은 오랫동안 아내를 학대했다. 베트남 여인은 그가 할 수 있는 최선의 방법으로, 그리고 최고의 무기로 복수를 한 셈이었다.

박 경사는 핏물로 뒤덮인 갑판 위에 멍하니 앉아 있던 그 여자의 얼굴을 그 후로도 오랫동안 잊을 수가 없었다. 여자가 물고 있던 뜯긴 살점도.

"여기 이상한 게 있습니다!"

순경 한 명이 고물 쪽에서 외쳤다.

"뭐야?"

박 경사는 현실로 다시 돌아와 뒤를 돌아보며 물었다.

"그게…… 드럼통인데……."

"드럼통이 뭐가 이상해?"

이 경장이 다가갔다.

"해골 마크가 그려져 있습니다."

순경이 주눅 든 목소리로 말했다.

해골 마크?

박 경사는 얼굴을 찌푸렸다. 눈앞에 펼쳐진 상황만 해도 골치가 아픈데 해골 마크 드럼통이라면 두통약을 세 배는 더 먹어야 할 판이었다.

중국 어선이 불법 조업을 한다는 신고가 들어온 것은 오전 7시쯤이었다. 소청도 남서쪽 85킬로미터 해상이었다. 인천 해경 경비함 3006함은 5분 뒤 출항했다. 그사이 상황은 불법 조업이 아니라 조난 상태로 바뀌었다. 박 경사는 고속단정에 올라 중국 어선에 접근할 때까지만 해도 상황이 쉽게 해결되리라 생각했다. 도망가거나 저항하지 않는다는 점, 갑판 위에 선원들이 보이지 않는다는 점 등으로 미루어 사고가 발생했다는 예감은 들었지만 통상적인 범위라고만 여겼다. 어디까지가 '통상적'인지는 명확하지 않았지만, 선원 모두가 피를 철철 흘리며 죽어 있고 해골 마크가 그려진 드럼통이 수십 개씩 발견되는 건 분명 '통상적'인 일은 아니었다.

"야, 야, 그거 조심해서 건드려."

박 경사가 가까스로 입을 뗐다.

"이 새끼들 아무래도 '그거' 같죠?"

이 경장이 물었다.

"아마."

박 경사가 고개를 끄덕였다.

중국이 우리나라 해역에 불법 폐기물을 버리는 경우가 가끔 있었다. 어선으로 위장한 배들이 한밤중에 몰래 바다에 빠트리고 가는 것이다. 하지만 이런 대규모는 이례적인 일이었다.

"전부 몇 개야?"

이 경장이 순경들을 향해 물었다.

"서른아홉 개입니다."

"서른아홉?"

"네. 한 개는 통에 구멍이 뚫려서 내용물이 하나도 없습니다."

박 경사의 얼굴이 더 구겨졌다. 악의적인 장난이 아니라면 해골 마크는 분명 독성 화학물질을 의미할 터였다.

혹시?

박 경사는 죽어 나자빠진 선원들의 시체를 다시 내려다봤다. 머릿속으로 한 가지 가능성이 그려졌다. 무슨 이유에서인지 드럼통이 열렸고 거기서 나온 독극물인지 뭔지 모를 액체 혹은 기체 때문에 선원 중 몇 명이 이상한 증세를 보였다. 독극물에 감염이 되었다고 판단한 선원들은 그 감염자들을 죽일 것인지 말 것인지 다투다가 결국 서로 죽고 죽이는 참극이 벌어졌다……. 박 경사의 추측은 반은 맞고 반은 틀린 것이었다. 그 사실은 불과 몇 분 후 확인되었다.

"생존자가 있습니다!"

조타실에서 순경 한 명이 소리를 질렀다.

정말이었다. 조타실로 달려간 박 경사의 눈에 피투성이가 된 채 벽에 반쯤 기대어 있는 선원의 모습이 들어왔다. 얼굴 반쪽이 뜯겨나간 끔찍한 몰골이었지만 얕게 숨을 쉬고 있었다. 뿜어져 나오는 피의 양으로 봐서는 살아 있는 게 신기할 정도였다.

"생존자라 하기에도 민망한데요."

이 경장이 말했다.

"도대체 무슨 일이 있었던 거야?"

박 경사는 누구에게랄 것도 없이 물었다. 아무도 대답하는 이 없이 정적이 흐르는 사이, 삶과 죽음 사이를 오가던 사람이 갑자기 신음을 토해냈다.

"크윽."

"엄마야, 깜짝이야!"

좁은 조타실에 둘러 서 있던 해경 다섯이 동시에 한 발짝 뒤로 물러섰다.

"……快跑."

선원은 불분명한 발음으로 그렇게 말했다. 절반이 뜯겨나간 입술에서 음성이 흘러나오는 모습은 그것 자체로 기괴했다.

"뭐라고? 얘 뭐라는 거야?"

박 경사가 물었다. 젠장. 이게 벌써 몇 번째 질문이야. 어째 일이 점점 더 꼬여가는 느낌이었다. 머리가 달아나서 죽은 시체, 이런 참극에 일조했을 날붙이며 공구 들, 게다가 정체불명의 드럼통까지. 잊고 있던 편두통이 태풍이 불기 전의 저기압처럼 슬금슬금 몰려왔다. 게다가 금방 죽어도 시원찮을 저 중국인은 도대체 무슨 말을 하는 걸까?

"야, 최 순경, 너 중국어 잘하지?"

이 경장이 물었다.

"네, 넵! 잘합니다!"

금방이라도 토할 것 같은 표정의 최 순경이 조타실이 떠나갈 듯 소리쳤다.

"소리 낮춰. 시체 일어나겠다."

"快跑. ……快跑."

선원은 그 사이에도 똑같은 말을 되풀이했다.

"뭐라고 하는 거야?"

"빨리 도망가, 도망쳐. 뭐 이런 뜻입니다."

"도망치라고?"

박 경사가 되물었다. 그 순간 중국인 선원의 목이 푹 꺾였다. 생명이 빠져나간 것과는 상관없다는 듯 검붉은 피만이 고집스레 흘러나왔다. 사건 종료. 배 안에서 도대체 무슨 일이 일어났는지 증명할 방법은 이제 없다. 선상 반란으로 서로 죽고 죽였다고 보고를 하고 독극물인지 불법 폐기물인지 모를 것들은 윗대가리들이 알아서 하도록 내버려둘 수밖에.

"완전 돼졌는데요."

이 경장의 말을 귓전으로 흘리며 박 경사는 무전기를 꺼내 들었다. 본선에 보고를 할 참이었다. 뚝딱 보고만 하고 어서 이 빌어먹을 배를 떠나야지.

돌발 상황은 순식간에 벌어졌다.

박 경사가 무전기를 꺼내는 것과 거의 동시에 중국인 선원이 벌떡 일어나 최 순경의 팔을 물었다. 살점이 떨어졌다. 피가 솟구쳤다. 한 박자 늦게 최 순경이 비명을 질렀다. 끝이 아니었다. 선원은 언제 떨어져도 이상할 게 없어 보이는 덜렁거리는 턱을 최 순경의 목덜미에 박아 넣었다. 제일 먼저 정신을 차린 이 경장이 발로 선원을 걷어찼지만 떨어지지 않았다. 새로 쏟아져 내린 피로 조타실은 그야말로 한강이 되었다. 박 경사는 그 모든 광경을 멍하니 바라보고 있었다. 순경 한 명이 미끄러졌다. 아까 갑판에서도 미끄러졌던 놈이었다.

"야, 정신 차려!"

엉뚱하게도 그 말이 먼저 튀어나왔다.

"죄송합니다!"

미끄러져 피를 뒤집어쓴 순경이 일어나려다가 다시 넘어졌다. 그사이 이 경장이 최 순경에게서 선원을 떼어냈다.

"이 썩을 놈이!"

이 경장이 선원을 밀었다. 선원은 피구덩이 속에서 버르적거리는 순경 위로 쓰러졌다. 선원의 이가 순경의 얼굴에 박힌 건 눈 깜짝할 새였다.

"김 순경!"

이 경장이 외쳤다. 박 경사는 그제야 자꾸 미끄러지던 고문관의 성(姓)이 김이라는 사실을 기억해냈다.

"으아!"

김 순경은 비명인지 감탄인지 모를 이상한 소리를 내며 선원의 머리를 밀어냈다. 선원은 크게 베어 문 살점과 함께 김 순경에게서 떨어졌다. 김 순경은 비틀비틀 일어나더니 웬일로 미끄러지지 않고 조타실 밖으로 도망쳤다. 선원도 몸을 일으켰다. 시체나 다름없는 형상이었지만 분명히 살아 있었고, 김 순경의 오른쪽 귀를 우물우물 씹어 넘기고 있었다. 눈은 새빨간 색이었다. 목구멍 깊숙한 곳에서 대형 고양잇과 동물의 그것처럼 으르렁대는 소리가 쉬지 않고 새어 나왔다.

"살아 있는 거야, 죽은 거야?"

박 경사는 마른침을 삼켰다. 상황이 어떻게 돌아가는지 도무지 알 수가 없었다.

"분명히 죽었는데, 분명히……."

나머지 순경 하나가 얼빠진 표정으로 자꾸만 되뇌었다.

"새꺄, 조용히 해!"

이 경장이 소리쳤다. 그도 당황한 얼굴이었다.

"일단 총부터 빼."

박 경사가 허리춤에 차고 있던 권총을 뽑아 들었다. 이 경장과 순경은 고무탄 총으로 선원을 조준했다. 해경 매뉴얼에는 불법 조업 진압 중 중국 선원들이 저항한다면 실탄을 사용해도 된다고 나와 있지만 실제로 발사하는 경우는 극히 드물었다. 대신 가스총이나 고무탄을 주로 사용했다. 양국 간의 외교 마찰 때문이었다. 박 경사도 실탄을 사용한 적은 없었다. 그러나 지금은 상황이 다르다. 무슨 일인지 알 수는 없지만 한 가지 확실한 것은 다 죽어가는, 아니 이미 죽어 나자빠진 중국 놈이 벌떡 일어나 한국 해경 둘을 물어뜯었다는 사실이었다. 총 끝이 떨렸다. 여차하면 발포한다. 박 경사는 눈짓으로 이 경장에게 신호를 보냈다.

선원이 이 경장에게 달려들었다.

"썹새……."

고무탄이 발사되었다. 소용없었다. 연달아 두 발이 선원의 가슴팍을 때렸지만 그는 잠시 주춤거릴 뿐 물러서거나 쓰러지지는 않았다.

박 경사의 심장이 내려앉았다. 이 세상에 고무탄을 두 발이나 맞고도 움직일 수 있는 사람은 존재하지 않는다.

"뭐야, 도대체!"

이 경장도 당황한 표정이었다. 그는 엉겨 붙는 선원을 떼어내며 소리쳤다.

"노 순경, 이 자식아! 보고만 있지 말고 좀 도와줘!"

멍하니 서 있던 노 순경이 둘 사이로 허둥지둥 끼어들었다. 선원은 이 경장의 목덜미를 향해 입을 쫙 벌리고 게걸스레 달려들었다. 새빨간 혀가 꿈틀댔다. 침이 뚝뚝 흘러내렸다. 노 순경이 선원의 허리춤을 잡고 떼어내려 했지만 소용없었다.

"야! 똑바로 못해?"

이 경장이 소리쳤다. 다급한 외침이었다.

"네, 네, 알겠습니다!"

노 순경은 목이 터져라 대답만 할 뿐 겁에 질린 기색이 역력했다. 중국 선원들이 낫이나 손도끼를 휘두를 때 배짱 좋게 대처하던 모습은 온데간데없었다.

꿈인 것만 같았다. 박 경사는 피비린내 나는 이 상황을 도무지 믿을 수가 없었다. 난장판이야 부지기수로 겪었다. 불법 조업을 일삼는 중국 선원들은 어수룩한 뱃사람이 아니라 숫제 조폭이나 다름없었지만 그래도 어디까지나 사람이었다. 누군가를 물어뜯으려 미친 듯이 달려드는 괴물은 아니었다.

괴물.

박 경사는 그제야 어떻게 해결해야 하는지 감이 왔다. 이 지랄 맞은 상황을 깔끔하게 정리하고 본선으로 돌아가려면 자신도 괴물이 되는 수밖에 없었다.

"비켜봐."

박 경사가 벌벌 떨고 있는 노 순경의 어깨를 잡고 뒤로 밀어냈다. 한 손에는 진압봉을 들고 있었다. 벌써 4년째 쓰고 있는 물건으로 스테인리스 경봉이 아니라 두랄루민으로 만든 진짜 '몽둥이'였다. 제대로 맞으면 뼈가 부서진다. 난폭한 녀석들을 제압하는 데는 그만인 놈이었다. 남몰래 '깡다구'라는 별명까지 붙여놓았다.

"머리 조심해."

이 경장에게 한마디를 남긴 후 박 경사는 깡다구를 휘둘렀다. 퍽. 선원의 어깨가 으스러졌다. 반동이 상당했다. 진압봉을 고쳐 잡고 다시 휘둘렀다. 퍽. 파열음과 함께 선원의 한쪽 팔이 완전히 부러져버렸다. 이 경장이 풀려났다.

"조심하십시오. 저 새끼, 사람이 아니에요."

이 경장은 마른침을 삼켰다.

"알아. 그러니까 그에 맞게 대해야지."

박 경사는 선원과 마주 섰다. 선원의 새빨간 눈동자가 이 경장에게서 박 경사에게로 천천히 옮겨갔다. 먹잇감을 바라보는 눈빛이었다. 통증 따위는 느끼지 못하는 게 분명했다. 겁을 집어먹지도 않았다. 선원이 한 발 다가왔다. 그 동작이 묘하게 재빨라 팔뚝에 소름이 돋았다. 진압봉을 쥔 손에서 땀이 흘렀다. 허리에 찬 무전기에서 잡음이 새어 나왔다. 본선에서 연락을 해오는 모양이었다. 지직, 지직, 지지직. 망할 무전기는 먼 바다에만 나오면 수시로 먹통이 되었다. 기지국인가 뭔가를 설치한다는 소문만 돌 뿐 해결될 기미는 보이지 않았다.

"무전 좀 받아봐."

일단 이 상황을 보고할 필요가 있었다. 박 경사는 무전기를 풀어서 이 경장을 향해 내밀었다. 그 짧은 순간, 선원이 달려들었다. 재빨리 팔을 뺐다. 무전기가 떨어졌다. 선원의 이가 허공을 베어 물었다. 박 경사는 선원의 머리를 향해 깡다구를 내리쳤다. 중학교 2학년 때 담임은 수업 시간에 조는 학생들을 보면 전후 설명 없이 냅다 뒤통수를 갈겼다. 넓적하고 두툼한 손바닥이 까까머리를 강타하면 대부분은 눈물을 찔끔 흘리며 정신을 차리거나 일부는 책상에 얼굴을 부딪쳐 코피를 흘리기도 했다. 덕분에 담임의 별명은 '풀스윙'이었다. 체벌이 훌륭한 훈육법이라 믿었던 시절의 이야기였다. 박 경사는 아직도 그 믿음을 간직하고 있었다. 정신 못 차리는 놈한테는, 상대가 인간이든 괴물이든 매가 약이다.

깡다구는 선원의 뒤통수를 아작냈다. 선원의 고개가 푹 꺾였다. 빌어도 소용없어. 박 경사는 이를 악물고 다시 한번 풀스윙을 날렸다. 그 옛날 자신의 담임처럼. 두개골이 깨진 자리에서 시뻘건 피와 정체를 알 수 없는 노랗고 진득한 액체가 흘러나왔다. 선원은 감전이라도 된 듯 부르르 몸을 떨더니 요란한 소리를 내며 앞으로 고꾸라졌다. 움직임이 없었다. 이제야 죽은 사람다워 보였다. 박 경사는 거친 숨을 몰아쉬며 진압봉을 흔들어 피를 털어 냈다.

"끝장난 것 같은데요."

이 경장이 발로 선원의 머리를 툭툭 건드렸다.

"무전은?"

박 경사가 물었다.

"안 돼요. 떨어질 때 맛이 간 건지 아예 불도 안 들어와요."

젠장……. 박 경사는 말로는 표현하기 힘든 피로를 느꼈다. 깡다구를 휘두른 오른쪽 팔이 덜덜 떨렸다. 머리가 지끈거렸다. 상황은 해결되었지만 똥 누고 뒤를 안 닦은 것처럼 계속 찜찜했다. 선원의 머리가 부서질 때의 감촉, 진압봉을 타고 온몸으로 퍼져 나갔던 그 불쾌한 느낌이 가시질 않았다. 사람이 아니었다, 분명. 사람이라면 깡다구로 팔을 내리쳤을 때, 아니, 고무탄이 명중했을 때 이미 나가떨어졌어야 했다. 비명을 지르며. 그렇다면…….

"정체가 뭘까?"

박 경사는 나직이 중얼거렸다.

"네?"

이 경장은 노 순경에게 주변을 정리하라고 지시하다가 자신의 상관을 향해 고개를 돌렸다. 그 순간 믿을 수 없는 일이 벌어졌다. 선원에게 물렸던 최 순경이 천천히 몸을 일으켰다. 밀가루에 코를 박고 사탕이라도 찾은 듯 얼굴이 하앴다. 입은 반쯤 벌린 상태였는데 끈적끈적한 침 한 줄기가 흘러나와 턱으로 미끄러지는 중이었다. 살점이 뜯겨나간 목은 붕괴 직전의 건물을 지탱하고 있는 앙상한 철골처럼 보였다. 피가 줄줄 새어 나왔다. 눈은 새빨갰다. 흰자위 검은자위 할 것 없이 모두. 그 눈이 이 경장을 노려봤다. 박 경사가 소리쳤다.

"이 경장!"

동시에 한 마리 맹수처럼 최 순경이 달려들었다. 누런 이가 이 경장의 목덜미에 박혔다. 가늘고 쭉 찢어진 데다가 눈꼬리가 위로 치켜 올라가서 전체적으로 날카로운 인상을 주는 그의 눈이 전에 없이 커졌다. 놀람과 공포, 고통을 한 번에 표현하느라 금방이라도 툭 튀어나올 것 같았다.

"컥!"

이 경장은 비명도 지르지 못했다. 입을 벌린 채 두 팔을 휘저으며 버둥거릴 뿐이었다. 전투복 상의가 금세 피로 물들었다. 최 순경은 게걸스레 달려들었다. 처음에는 경악했다가, 잠시 후에는 고통으로 휘둥그레졌다가, 이제는 절망의 빛을 띠기 시작한 이 경장의 눈동자가 박 경사에게로 향했다. 박 경사는 그 자리에 얼어붙었다. 선원의 머리를 깨부쉈던 방금 전의 패기와 분노가 거짓말처럼 사라졌다. 최 순경이 이 경장을 물어뜯는다. 그 간단한 사실이 머리에 입력되지 않고 눈과 뇌 사이 어딘가의 빈 공간을 뱅글뱅글 돌았다. 최 순경이 이 경장을 물어뜯는다. 죽었던 최 순경이 이 경장을 물어뜯는다. 죽었던 선원에게 물려 죽었던 최 순경이 이 경장을…….

"박, 박 경사님."

노 순경이 떨리는 목소리로 불렀다. 그는 양손으로 진압봉을 잡은 채 엉거주춤한 자세로 서 있었다. 박 경사는 현실로 돌아왔다. 후끈한 열기와 코를 찌르는 피 냄새 그리고 살을 씹어 삼키는 소리가 박 경사를 덮쳤다.

"어떻게…… 어떻게 하면……."

"뭘 어떻게 해! 빨리 조져!"

박 경사의 말이 떨어지기 무섭게 노 순경이 앞으로 튀어 나갔다. 흥분과 공포에 몸을 맡긴 채 주인의 신호만을 기다리고 있던 어린 투견처럼. 박 경사도 깡다구를 다시 처들었다. 노 순경의 진압봉이 한발 먼저 최 순경의 등을 때렸다. 최 순경이 이 경장의 목덜미에 박혀 있던 얼굴을 처들고 고개를 돌렸다. 입 주위가 피범벅이었다. 꿀꺽. 최 순경이 무언가를 삼켰다.

"더 세게 쳐!"

늦었다. 박 경사가 말을 채 끝내기도 전에 최 순경이 노 순경에게로 달려들었다. 둘은 곧 엉겨 붙었다. 그야말로 좁은 우리 안에서 마주친 두 마리의 투견 같은 모습이었다. 최 순경의 으르렁거리는 소리와 노 순경의 외마디 비명이 조타실 안을 가득 채웠다.

박 경사는 쓰러진 이 경장에게 달려갔다. 괜찮냐고 물을 필요도 없었다. 뜯겨나간 목덜미에서 피와 함께 생명의 기운도 몽땅 빠져나간 상태였다. 숨은 쉬고 있었다. 가슴이 오르락내리락했는데, 그때마다 이 경장의 몸 안 저 깊은 곳에서 무언가가 끓어넘치는 듯한 소리가 들렸다. 흡사 분노에 찬 말벌 떼의 날갯짓 같았다. 빛을 잃어버린 이 경장의 눈동자가 빠른 속도로 붉어졌다.

"시발."

이제는 분명해졌다. 박 경사는 천천히 몸을 일으키며 생각했다.

내가 통제할 수 있는 상황이 아니야.

죽어 나자빠진 중국 선원들과 드럼통을 볼 때부터 예감이 안 좋았다. 게다가 통 하나가 열려 있지 않았던가. 진즉에 판단을 했다면 부하들을 살릴 수 있었을 것이다. 일단, 지금이라도 본선으로 돌아가 상황을 보고해야 한다. 현실적인 생각과 함께 차갑고 단단한 공포가 박 경사를 조타실에서 밀어냈다. 그는 갑판을 향해 뒷걸음질 치며 다시 한번 조타실을 둘러봤다. 머리가 깨진 선원은 피 웅덩이에 엎드려 있었다. 이 경장은 움직임을 멈췄다. 노 순경은 최 순경에게 팔을 물린 채로 진압봉을 휘두르고 있었다. 틀렸어, 저 자식도. 남은 사람은 자신뿐이었다.

아니, 잠깐.

날카로운 고통이 어깨를 덮쳤다. 박 경사는 버둥거리며 고개를 돌렸다. 김 순경이었다.

"으아악!"

고통에 찬 비명을 지르며 박 경사는 깡다구를 휘둘렀다. 힘이 들어가지 않았다. 어깨는 불로 지지는 듯 아팠다. 진압봉을 내던지고 손으로 김 순경의 얼굴을 잡아 억지로 떼어냈다. 전투복과 살점이 한꺼번에 떨어지며 기분 나쁜 소리가 들렸다. 정신이 번쩍 들었다. 김 순경은 각다귀처럼 달려들었다. 새빨간 눈이 희번덕였다. 입을 크게 벌리고 울부짖었다. 피와 살점으로 가득 찬 김 순경의 입 안이 박 경사의 눈에 들어왔다. 꿈틀거리는 혀와 극적인 상황에는 관심 없다는 듯 노랗게 반짝이는 금니. 박 경사는 김 순경의 목을 잡고 밀어냈다.

그때 파도가 어선을 때렸다. 몸이 휘청거릴 만큼 큰 파도였다. 순간적으로 중심을 잃은 박 경사와 김 순경은 서로를 부둥켜안은 채 갑판 난간을 넘어 바다로 떨어졌다. 차가운 바닷물이 박 경사의 코와 입을 막았다. 그는 본능적으로 헤엄을 쳤지만 이미 반쯤 정신을 잃은 상태였다.

박 경사가 마지막으로 본 것은 갑판에서 탐욕스러운 눈빛으로 자신을 바라보는 최 순경과 이 경장, 노 순경의 모습이었다. 박 경사는 그들의 으르렁거림을 뒤로 한 채 해류에 밀려 조용히 떠내려갔다. 잠시 후, 바닷물처럼 차갑고 선명한 죽음이 그를 덮쳤다.

그리고 박 경사는 눈을 떴다.

영생도

1

"자, 여기 보시고 각오 한마디만 남겨주세요."

승복이 캠코더를 들이밀었다. 한여름 태양이 렌즈에 반사되어 윙크하듯 반짝였다. 대현은 손으로 햇빛을 가리고는 승복을 올려다봤다.

"각오는 무슨. 죽으러 가냐?"

"그런 각오 말고. 뜨거운 여름밤, 드넓은 바다, 반짝이는 별빛. 고백하기 딱 좋은 환경이잖아. 어때? 혜진 선배한테……."

"야! 조용히 해."

대현은 벌떡 일어나 승복의 입을 틀어막으며 주위를 둘러봤다. 다행히 혜진은 담당 교수 수용과 이야기를 나누고 있었다. 인원 점검이라도 하는 모양이었다. 모인 사람은 열 명밖에 되지 않았다. 방학 중이라고는 해도 너무 적은 수였다. 애가 탈 혜진을 떠올리자 대현은 괜스레 마음이 쓰였다.

"자식. 놀라기는."

승복은 통통한 볼을 밀어 올리며 히죽히죽 웃었다.

"너 그런 소리 한 번만 더 해봐."

대현은 주먹을 쥐고 승복의 눈앞에서 을러 보였다. 승복은 그런 모습까지도 고스란히 캠코더에 담았다.

둘은 고등학생 때부터 친구였다. 고등학교 3학년, 그러니까 똥구덩이에 빠져 있었던 그 시절에 두 사람은 처음 만났다. 똥구덩이는 대현과 승복이 그들의 반을 일컫던 말이었다. 물론 자신들도 포함해서, 3학년 4반에는 서른아홉 덩이의 똥들이 있었다. 대학 입시라는 거대한 항문이 싸질러놓은 똥들. 그들에게도 등급은 있었다. 서울의 유명 대학을 목표로 눈이 빠져라 공부했던 놈들은 제법 좋은 대접을 받았지만 설사처럼 퍼질러진 녀석들은 선생의 관심 밖이었다. 두 사람은 딱 중간이었다. 대현은 지나치게 평범했다. 승복의 말을 빌리자면 전형적인 '샌님'이었다. 반대로 승복은 통통한 얼굴에 사람 좋아 보이는 서글서글한 미소를 달고 다녔던 것과는 달리 꽤나 아웃사이더였다. 공부도 뒷전, 운동도 뒷전, 심지어는 게임도 뒷전이었지만 손에서 캠코더만은 놓지 않았다. 덕분에 '변태'라는 별명으로 불렸다.

샌님과 변태. 두 사람은 극과 극이 끌리듯 자연스레 친해졌다.

아무렴, 같은 냄새를 풍기는 똥이었으니까.

"근데 날씨 진짜 죽이지 않냐?"

승복은 캠코더 LCD 패널에 비친 푸른 하늘을 바라봤다.

"응. 죽이게 덥다."

"넌 그렇게 부정적이라서 안 되는 거야, 인마. 섬에 놀러 가는
데 이왕이면 맑은 게 좋잖아."

"너는 매사에 너무 긍정적이라 살이 찌는 거야."

"지랄."

대현은 승복을 향해 가운뎃손가락을 들어 보인 후 혜진에게로
걸어갔다. 그는 심각한 표정으로 참석자 명단이 적힌 종이를 들
여다보고 있었다. 화장기 없는 얼굴에 고무줄로 질끈 묶은 머리,
아무 특징 없는 흰색 면 티셔츠까지 수수함 그 자체였다.

"선배, 다 왔어요?"

대현이 조심스레 물었다.

"대충. 다들 전화를 안 받네."

혜진은 말간 얼굴로 웃어 보였다. 일찍이 대현의 마음을 흔들
어놓은 바로 그 미소였다. 보고 있으면 여름 바다의 해파리처럼
흐물흐물 마음이 풀어지고 마는 미소. 입꼬리가 헤벌쭉 올라가
려는 걸 억지로 참으며 대현은 다시 물었다.

"그래도 가는 거죠?"

"그럼. 가야지. 어쩌면 마지막일지도 모르는데."

혜진의 얼굴이 약간 흐려졌다. 대현은 나타나지 않고 잠수를

탄 인간들이 야속했다. 아무리 그래도 마지막인데 너무하잖아. 참석하겠다고 철석같이 약속해놓고선…….

미래대학교 방송국 동아리에 가입한 사람은 서류상으로는 서른두 명이었다. 그러나 정작 활동을 하는 사람은 그 절반이 되지 않았고 그마저도 2학기에 방송국 폐쇄가 결정되면서 모두 나가야 할 판이었다. 방송국을 닫는다는 소문은 작년부터 심심치 않게 들렸다. 인력도 부족한 데다가 듣는 사람마저 없어 유명무실하게 된 지가 벌써 몇 년이었다. 교내에 울려 퍼지는 음악 소리가 공부를 방해한다고 항의하는 학생들도 있었다. 학교에서는 물론이고 학생부에서도 돈만 잡아먹는 방송국을 곱게 보지 않았다. 방송국 고문인 수용의 말에 따르면 개선 방향을 잘 잡고 확고한 의지만 보인다면 폐쇄 결정이 철회될 수도 있었다. 그런 의미에서 이번 엠티는 마지막 단합 대회이자 최후의 몸부림이었다.

"꼭 이렇게까지 해서 가야겠어?"

재수 없는 목소리가 들려왔다. 여학생들은 좋다고 난리지만 적어도 대현에게는 식용유에 밥을 비빈 것 같은 느끼한 목소리였다. 대현과 혜진은 동시에 고개를 돌렸다.

"안녕하세요."

대현이 먼저 인사를 건넸다.

"빨리도 인사한다."

지석은 인상을 쓰며 침을 찍, 뱉었다. 멀끔하게 잘생긴 얼굴이 순간 족제비처럼 변했다. 족제비는 남자 후배들이 지석을 부르는 별명이었다. 지석은 방송국의 아나운서다. 마이크 앞에서는 더없이 부드럽고 유쾌한 남자였지만 돌아서면 신경질적이고 표독스러운 족제비로 변했다. 그것도 남자 후배들 앞에서만. 그래서 누군가는 '족'을 '좆'으로 바꿔 부르기도 했다.

"오시는 줄 몰랐어요. 죄송합니다."

부아가 치미는 걸 누르며 대현은 실없이 웃어 보였다.

"너 방금 무슨 말이야?"

혜진이 따지듯 물었다.

"무슨 말이긴. 엠티고 소풍이고 가봐야 뻔한데 이 더운 여름에 섬까지 기어 들어가야겠냐고."

"뭐가 뻔해? 열 명이나 왔잖아."

"열 명은 얼어 죽을. 국장님 눈에는 다들 가기 싫어하는 표정이 안 보이시나 봐요?"

분위기가 이상하다는 것을 느꼈는지 흩어져서 휴대폰만 들여다보고 있던 미래대학교 학생들이 조용히 모여들었다. 대현은 지석의 툭 튀어나온 주둥이를 힘껏 잡아당기고 싶었다. 아니면 한쪽 입꼬리만 올린 채 거만한 표정으로 웃고 있는 면상에 주먹을 날리거나.

"누가 가기 싫어한다는 거야?"

혜진은 코끝이 빨갰다. 억지로 눈물을 참고 있다는 뜻이었다. 대현은 어쩔 줄 몰라 주위를 둘러봤다. 모두 말없이 바라만 보고 있었다.

"야, 샌님. 넌 가고 싶냐? 황금 같은 방학에 듣도 보도 못한 섬에 들어가서 추억 팔이나 하고 싶어?"

화살은 대현에게로 향했다.

"네? 아, 아니, 저는……."

당황해서 말을 더듬는 사이 구원의 손길이 나타났다.

"뭐야, 분위기가 왜 이래?"

전수용 교수였다.

"아닙니다. 그냥 좀 의견 충돌이 있어서요."

지석은 금세 비루먹은 개처럼 꼬리를 엉덩이 사이로 말아 넣고는 히죽 웃었다. 지석에게 수용은 여러모로 어려운 존재였다. 방송국 고문에다가 자신의 전공인 신문방송학과 교수이니 매번 눈치를 볼 수밖에 없었다.

"자, 자. 더운데 여기서 이러지 말고 일단 대합실로 들어가자고. 아침 8시 배니까 아직 30분 정도 남았어."

수용은 앞장서서 걸어갔다. 특전사 출신이라는 수용의 뒷모습은 남자가 보기에도 멋졌다. 떡 벌어진 어깨에다가 운동으로 잘 다져진 근육이 하얀색 폴로 티셔츠를 팽팽하게 당기고 있었다. 더위와 잠에 지친 학생들이 비틀비틀 그 뒤를 따랐다.

"꼭 좀비 같지 않아요?"

수용을 보며 멍하니 걷던 대현에게 성민이 말을 걸어왔다. 대현은 옆으로 고개를 돌렸다.

"응?"

"교수님 따라가는 선배들, 꼭 좀비 같다고요."

성민은 도수 높은 잠자리 안경을 추켜올리며 자신의 비유가 기가 막힌다고 생각했는지 혼자 웃었다. 싱겁긴. 대현은 멀어져 가는 성민을 보며 고개를 저었다. 불과 세 살 차이인데도 요즘 신입생들은 이해하기가 힘들다. 특히 성민처럼 뜻 모를 소리를 늘어놓는 녀석들은 더욱더.

"흑기사가 되고 싶었으나 처참히 무너진 정대현 씨. 인터뷰 한 번 해주시죠?"

승복이 어느새 다가와 캠코더를 들이밀었다.

"저리 치워."

승복은 뒷걸음질 치며 계속 찍었다.

"말을 더듬는 게 아니라 가고 싶다고 소리를 쳤어야지."

"됐네요. 참견하지 말고 뒤나 조심해."

"안 속아."

"조심해야 할걸."

"어디서 약을 팔아? 내가 군대에서 비디오병 할 때는 지뢰밭에서도 뒤로 걸으며 촬영을……."

"너 똥 밟았어."

"뭐?"

대현은 신발에서 개똥을 털어내느라 정신없는 승복을 뒤로하고 대합실로 들어갔다. 모처럼 기분이 상쾌했다.

인천항 여객터미널은 아침인데도 꽤 붐볐다. 미래대학교 방송국 일행은 사람들을 피해 대합실 구석에 둥그렇게 모여 앉았다. 혜진은 여전히 표정이 어두웠다. 지석은 옆자리에 앉은 하나를 향해 뭐라고 자꾸 떠들어댔다. 보나마나 썰렁한 농담일 게 뻔했다. 방송국 작가인 하나는 귀찮은 기색 없이 지석의 이야기를 들어주고 있었다. 또 다른 작가인 나래는 책을 꺼내서 읽는 중이었다. 승복은 쉴 새 없이 캠코더를 들이댔다. 다들 익숙해져서 거들떠보지도 않았다. 지민만 빼고는. 빼어난 스타일로 시선을 한몸에 받는 영문학과의 신입생이자 방송국 아나운서인 지민은 캠코더를 향해 연신 웃어 보였다. 성민은 한 학년 선배인 노영과 함께 휴대폰을 들여다보고 있었다. 방송국 엔지니어인 노영은 화려하게 치장을 하고 다녔는데 그게 썩 잘 어울렸다. 귀를 장식한 피어싱도, 반소매 아래로 보이는 타투도. 둘은 제법 쿵짝이 맞는 것 같았다.

대현은 모인 사람들을 둘러보다가 한쪽에 떨어져 앉은 철민을 발견했다. 4학년이지만 졸업에는 관심이 없는 특이한 사람. 방송국 일에는 참여도 하지 않으면서 늘 방송국에 머무는 이상한 사람. 비가 오나 눈이 오나 매일 교정을 달리는 괴상한 사람. 철민은 미래대학교에서 제일가는 괴짜였다. 대현은 철민이 누군가와 말을 나누는 모습도, 다른 사람과 어울리는 모습도 본 적이 없었다. 그런 그가 엠티에 따라왔다는 사실은 의외였다.

"자, 주목. 일정을 설명할게."

수용이 손뼉을 쳤다. 모두의 시선이 수용에게로 향했다.

"오늘부터 내일까지 우리가 농어촌 체험을 하며 머물 곳은 영생도라는 섬이다. 인천에서 배로 한 시간 정도 달리면 도착하지. 어렵게 예산 따서 가는 거니까 다들 편하게 놀고 또 건설적이고 발전적인 의견도 많이 내보도록."

"네, 교수님."

연신 캠코더를 향해 있던 지민만이 낭랑하게 대답했다. 나머지 학생들은 그저 축 늘어져서는 묵묵부답이었다.

"자세한 이야기는 국장이 할 거다. 한혜진?"

혜진이 자리에서 천천히 일어났다. 지석이 픽, 웃었다. 저 족제비를 그냥. 대현은 지석의 명치에다가 주먹을 날리고 싶은 심정이었다. 저 잘난 얼굴을 일그러뜨리는 상상만 해도 기분이 상쾌했다. 줄곧 선배라는 이유로 그저 고개만 주억거리며 잠자코 따르기만 했던 대현이었다.

"야. 뭐가 좋아서 히죽거려?"

"네?"

지석의 말에 대현은 정신을 차렸다. 모두 자신을 바라보고 있었다.

"그, 그게 섬에 가면 얼마나 좋을까 하고……."

"이상한 생각한 건 아니고?"

모두 웃음을 터트렸다. 대현은 벌게진 얼굴로 혜진의 표정을 살폈다. 다행히 혜진도 웃고 있었다. 표정의 변화가 없는 사람은 동상처럼 바깥 풍경만 바라보고 있는 철민뿐이었다.

"그럼, 다들 알겠지만 이번 엠티의 취지에 대해 설명할게."

웃음이 잦아들 때쯤 혜진이 말을 꺼냈다.

"방송국을 이대로 폐쇄시킬 수는 없다는 게 내 생각이야. 전수용 교수님도 같은 생각이셔. 그리고 이 자리에 모인 사람들도 아마 같은 생각일 거라 믿어. 방송국을 살릴 수 있는 길은 학교 쪽에 개혁안과 함께 우리가 여전히 활발히 활동하고 있다는 걸 보여주는 것뿐이야. 나는 이번 엠티가 그런 역할을 해줄 거라 기대해. 낮에는 체험 활동을 하지만 저녁에는 앞으로의 방향에 대해서 허심탄회하게 의견을 나눌 예정이야. 그때 모두 자신의 생각을 가감 없이 들려주면 좋겠어. 이 엠티가 새로운 시작의 첫걸음이 될 수 있게."

혜진은 상기된 표정으로 자리에 앉았다.

"저희가 열심히만 하면 정말 방송국이 살아남을까요?"

나래가 눈에 눈물을 그렁그렁 달고 물었다. 유독 감수성이 풍부해 다른 사람보다 눈물이 많은 그였다.

"가능성이 없지는 않아. 아직 시간이 있으니까 노력하면 될 거야. 국장도 폐쇄는 안 된다고 강력하게 주장했고, 나도 교수들을 설득 중이거든. 그러니까 너희들은 다음 학기 시작되면 어떻게 방송을 할 건지만 생각하면 돼."

수용의 말에 다들 고개를 끄덕였지만 믿는 눈치는 아니었다. 대현도 마찬가지였다. 방송국은 내부에서 먼저 허물어지고 있었다. 혜진이 졸업을 하고 나면 차기 국장을 맡을 인물도 없었다. 무작정 끌어들인 신입생 중에 남은 사람은 지민과 성민 단 둘뿐이었다. 취업에 도움이 안 되는 동아리는 학생들의 참여도가 떨어졌다. 방송국 말고도 유명무실한 동아리가 제법 많았다. 안타까운 일이지만, 방송국이 문을 닫는 건 시간문제였다.

"영생도는 어떤 곳이죠?"

지금껏 가만히 있던 노영이 물었다.

"작은 섬이야. 요즘 농어촌 지역이 다 그렇겠지만 노인분들만 산다더군. 한 백 명쯤 되는 모양이야. 내가 전화 통화를 해봤는데 거기 이장님이 아주 친절하셔. 이번에 처음 농어촌 체험 지역으로 선정되었다니까 아마 시설도 깨끗하고 좋을 거야."

수용은 시원시원한 목소리로 말했다. 때마침 안내 방송이 흘러나왔다.

영생도, 영생도행 여객선에 승선하실 분들은…….

"자, 모두 출발하자고."

너도나도 짐을 챙겨서 자리에서 일어났다. 대현은 가슴이 두근거렸다. 태어나서 배를 타는 건 처음이었다. 당연히 섬에 가는 것도 처음. 게다가 혜진과 함께 간다니. 승복의 부추김이 아니더라도 대현은 이미 고백을 결심하고 있었다. 그 생각을 하는 것만으로도 현기증이 일었다.

대현은 잔교로 걸어 들어가며 혜진의 뒷모습을 바라보았다. 묶어놓은 머리카락이 달랑달랑 흔들리고 있었다. 그때였다. 사람들의 머리에 닿을 듯 유독 낮게 나는 갈매기 한 마리가 대현의 눈에 들어왔다. 갈매기는 바람을 타고 선회하는가 싶더니 혜진에게 부딪칠 듯 날아들었다.

"조심해요!"

대현이 혜진을 끌어당기고, 혜진이 비명을 지르고, 갈매기가 혜진의 머리 쪽으로 부리를 쪼아대는 일이 거의 동시에 벌어졌다. 갈매기는 아쉽다는 듯 고개를 갸웃하더니 잔교 난간 위에 날아가 앉았다.

"고마워."

혜진이 숨을 몰아쉬며 말했다.

"와, 요즘 갈매기는 전투적이네."

승복이 갈매기에게 캠코더를 들이댔다. 대현도 갈매기를 바라봤다. 눈이 눈에 띄게 새빨간 놈이었다. 쉴 새 없이 고개를 갸웃거리는 모습을 보고 있으니 괜히 소름이 돋았다.

"바다에 사람이 빠져서 떠오르면 제일 먼저 갈매기들이 달려들어 뜯어먹는다는 사실 아세요?"

성민이 잔뜩 목소리를 깔고 말했다. 대현은 여드름이 잔뜩 오른 성민의 얼굴을 바라봤다.

"넌 어디서 그런 이야기들을 주워듣는 거야?"

"유튜브요."

성민은 또다시 기분 나쁘게 웃은 후 혼자서 걸어가버렸다. 대현도 혜진과 함께 걷기 시작했다. 혜진을 구했다는 흥분감은 금세 사라져버렸다. 대현은 뒤를 돌아봤다. 갈매기는 난간에 앉아 사람들을 바라보고 있었다. 여전히 고개를 갸웃거리며, 마치 먹잇감을 고르는 것처럼.

2

곽수는 아무래도 마음에 들지 않았다. 오른쪽 잇몸이 아팠다. 어금니 뒤편의 제일 깊숙한 그곳에는 사랑니 하나가 잠들어 있었다. 십수 년 전, 이유 없이 잇몸이 아파 찾아간 병원에서 사랑니를 발견했다. 의사는 엑스레이 필름을 가리키며 말했다.

"이게요, 워낙 깊이 들어가 있어서 대학병원에 가야 수술을 할 수 있어요. 잇몸이 아니라 목 안쪽을 째서 빼내거든요."

당시 곽수는 그런 수술을 할 여유가 없었다. 대신에 진통제와 소염제 한 달 치를 받아서 배를 타고 다시 영생도로 돌아왔다. 정확히 3일 뒤, 태풍이 불어닥쳤다. 영생도에서 출발한 고기잡이배 낭랑 1호가 회항한다는 무전을 끝으로 소식이 끊겼다. 물에 퉁퉁 불은 시체가 떠밀려온 것은 바로 다음 날이었다. 섬사람 일곱이 목숨을 잃었는데 그중에는 곽수의 동생 만수도 있었다.

세월이 흐르는 동안 곽수의 사랑니는 잊을 만하면 한번씩 쿡쿡 쑤셔댔다. 마치 내가 여기 있다고 시위라도 하는 듯. 그때마다 안 좋은 일들이 일어났다. 사고로 누군가가 죽거나, 병충해가 돌아 작물이 상하거나, 아니면 본의 아니게 자신의 손에 피를 묻혀야 했다. 공장이 문을 닫을 위기에 처했던 작년에도 어김없이 사랑니가 아팠다. 무려 일주일간 무지근한 통증이 곽수를 끊임없이 괴롭혔다.

곽수는 자신의 사랑니에 대해서 아무에게도 말하지 않았다. 나쁜 일을 예고하는 사랑니라니, 개새끼도 웃을 일이었다. 영생도 이장, 게다가 서울의 유명한 대학까지 나온 체면에 그런 허튼소리를 떠벌리고 다닐 수는 없었다. 다만 지금처럼 통증이 계속될 때면, 그러니까 사랑니가 욱신욱신 경고음을 울려댈 때면 바싹 긴장을 하고 주위를 살폈다. 언제든 불행으로부터 도망갈 수 있게.

"이장님. 현수막이요, 다 걸었는데요."

곽수는 잇몸에서부터 시작해 귀와 관자놀이, 급기야는 머리 전체로 퍼져나가는 통증을 눌러 삼키며 목소리가 들린 쪽으로 고개를 돌렸다. 그 간단한 동작을 하는데도 오른쪽 얼굴 절반이 떨어져나갈 것처럼 아팠다.

"똑바로 걸었어?"

곽수는 봉석을 향해 물었다. 커다란 덩치에 어울리지 않는 자그마한 머리가 갸우뚱, 왼쪽으로 움직였다.

"똑바로 걸었냐고?"

"네. 단단히 걸었는데……."

자신 없는 대답이었다. 곽수는 마을회관을 향해 걸었다. 봉석이 주뼛주뼛 따라왔다. 며칠 전부터 신신당부를 했건만, 마을회관 진입로의 잡초는 여전히 고개를 내밀고 있었다. 썩을 뱃놈들은 두 번 세 번 말하지 않으면 도무지 들어먹을 생각을 하지 않았다. 아예 귓구멍에다가 작살처럼 박아 넣어야 일이 돌아갈 판이었다.

"진입로 담당은 누구야?"

곽수는 숫제 으르렁거렸다. 통증이 점점 심해졌다. 새벽에는 이쑤시개로 콕콕 찌르는 정도였는데 이제는 전동 드릴이라도 갖다 댄 느낌이었다. 하늘을 올려다봤다. 태양이 자비 없이 이글거리고 있었다. 타오르는 태양을 맨눈으로 보고 있자니 고통이 다섯 배는 더 짙어졌다.

"진입로 청소는 누가 하냐고?"

곽수가 목소리를 높였다. 봉석은 뱃놈이 아니었지만 말귀를 못 알아듣는 건 똑같았다.

"저…… 그게…… 한용 아잰가……."

"그냥 네가 해. 이 잡초들 다 뽑아버리라고."

"네."

봉석은 순순히 고개를 끄덕였다. 곽수는 발걸음을 서둘렀다. 몇 시간 후면 첫 손님들이 들이닥칠 터였다.

다행히 마을회관 앞은 제법 정돈이 된 상태였다. 지난주에 새로 페인트칠을 한 푸른색 외벽이 시원해 보였다. 마당도 깨끗했다. 에어컨과 방송을 위한 앰프 시설만 잘 작동되면 문제가 없을 것 같았다. 그건 형태의 몫이었다.

회관 안으로 막 들어가려는 찰나 곽수의 눈에 현수막이 들어왔다. 봉석의 말처럼 소나무 두 그루 사이에 단단히 걸려 있는 현수막에는 페인트로 짧은 문구가 적혀 있었다.

환 〈미레대학교 방송국 학생들!〉 영

"야이, 갯강구 같은 자식아! 저거 누가 쓴 거야? 어떤 따라지가 쓴 거냐고?"

곽수가 침을 튀기며 소리를 질렀다. 재작년부터 서서히 벗겨지기 시작한 이마가 붉게 달아올랐다. 봉석은 무슨 영문인지 몰라 그 어느 때보다 빠르게 고개를 갸웃거렸다. 비정상적으로 작은 머리가 금방이라도 툭, 떨어질 것만 같았다.

"글자가 틀렸잖아! '미레'에서 저 '레'가 아니라고!"

"죄송한데 저는 잘……."

봉석은 금방이라도 울 것 같은 표정이었다.

"아이고, 답답해. 혹시 선착장 쪽에도 똑같은 걸 건 거야?"

"그것도 저는 잘……."

곽수는 끓어오르는 화를 못 이겨 자기도 모르게 어금니를 꽉 깨물었다. 순간, 끔찍한 통증이 고압 전류처럼 온몸을 훑고 지나갔다. 눈앞이 노래질 정도였다. 비명은커녕 신음도 내지 못하고 입을 딱 벌린 채 그 자리에서 굳었다. 입안이 얼얼했다. 뇌도 마찬가지였다. 심지어는 등까지 아팠다. 발바닥부터 시작해서 오른쪽 잇몸을 거쳐 뇌까지 꼬챙이 하나가 일직선으로 관통한 느낌이었다.

"이장님, 괜찮으세요?"

곽수는 아무런 대답도 하지 못하고 천천히 숨을 골랐다. 입을 열면, 아니, 고개라도 까딱했다가는 똥오줌을 지리며 그대로 쓰러질 판이었다. 안절부절못하며 바라보는 봉석의 시선이 느껴졌지만 무시했다.

"어머, 곽수. 아침부터 수고가 많네."

신경을 자극하는 자글자글한 목소리가 들리지만 않았다면 곽수는 한참을 더 서 있었을지도 모를 일이었다.

"아이고, 오셨어요?"

봉석이 인사를 건네는 소리를 들으며 곽수는 느릿느릿 고개를 돌렸다. 빌어먹을 마귀 할망구가 서 있었다. 꿈이라면 좋았겠지만 그럴 리가 없었다. 온몸을 꿰뚫는 선명한 통증처럼 덕순의 새빨간 입술과 역한 향수 냄새도 더없이 선명했으므로.

"여기까지 어쩐 일이세요?"

퉁명스러운 말이 툭 튀어나왔다. 아차, 싶었지만 이미 늦었다. 덕순의 콧방울이 씰룩, 움직였다. 심기가 불편하다는 신호였다.

"중요한 행사니까 내가 와봐야지. 왜, 불편해?"

"불편하긴요. 이 더위에 여까지 걸어오시는 게 힘드셨을까 봐 그랬죠."

곽수는 자신의 얼굴을 더듬는 덕순의 죽 찢어진 눈을 피해 슬그머니 시선을 돌렸다. 현수막이 다시 눈에 들어왔다. '미레대학교'. 씨부럴…….

대가리에 바람이랑 소금만 가득 찬 것들.

"그런데 곽수는 어디가 불편한가 봐? 낯빛이 영 안 좋네."

올해 칠순이 된 이 할망구는 쥐새끼만큼이나 눈치가 빨랐다. 상대방의 약점을 금방 찾아내고 그걸 또 곧잘 이용했다. 곽수는 덕순이 그 옛날 남산에서 일했다면 꽤 훌륭한 수사관이 되었을 거라 생각했다. 남편인 소칠을 볶아대는 걸 보면 아마 고문 실력도 남달랐으리라.

"좀 피곤해서요. 워낙 신경을 썼더니."

"역시 우리 이장님이셔. 불철주야 노고가 많아."

덕순은 그렇게 말하고는 립스틱으로 범벅이 된 입술을 잔뜩 오므려 호호, 웃었다. 곽수는 주름이 맺힌 그 입술을 보며 닭 모래집을 떠올렸다.

"자네는 왜 그냥 서 있어? 어여 들어가서 도울 일 없는지 알아봐."

곽수는 애꿎은 봉석에게 쏘아붙였다.

"뭐, 뭘 하면…….'

"아, 할 게 왜 없어? 부녀회에서 음식 해 나르는 것도 좀 돕고, 아까 말했잖아. 잡초도 뽑으라고. 난 저기 뭐냐, 어떻게 준비 중인가 한 바퀴 돌아보고 올 테니까."

곽수는 어서 자리를 뜨고 싶었다. 작열하는 태양과 치통 그리고 마귀 할망구까지. 그야말로 최악의 조합이었다.

"바쁜가 봐. 그럼 난 이만 가볼게."

덕순의 목소리는 의뭉스러웠다.

"네. 살펴가세요."

곽수는 애써 웃어 보였다. 통증 때문에 입술이 떨리는 걸 숨기기 위해서는 거의 초인적인 인내가 필요했다.

"근데 말이야."

돌아서려던 덕순이 곽수 곁으로 바싹 붙어 섰다. 향수 냄새가 너무 강해 코가 얼얼할 지경이었다. 매일 이 냄새를 맡을 소칠이 새삼 불쌍하게 느껴졌다.

"이거 확실히 돈 되는 거 맞지? 곽수 말대로 체험 마을인가 뭔가 되면 말이야, 눈 먼 돈이 막 굴러들어오는 거 진짜지?"

영생도 땅의 3분의 2를 차지하고 있는 덕순이 오른손 엄지와 검지로 동그라미를 만들어 보였다. 섬 어디도 덕순의 땅을 밟지 않고는 다닐 수가 없었다. 덕순의 할아버지 대부터 그랬다. 덕순은 그 재산을 고스란히 물려받았고, 영생도 사람들에게 땅값을 받지 않고 집을 짓고 밭을 일구게 해주는 대가로 무소불위의 권력을 얻었다.

"당장이야 그렇게 되겠습니까만, 어쨌든 지금보다야 상황이 나아지겠죠."

곽수는 적당히 얼버무리며 자신이 몰고 온 스쿠터 뽈뽈이를 향해 걸어갔다. 농어촌 체험 마을에 선정되면 정부와 시에서 지원금이 나온다. 관광 수입도 얻을 수 있다. 1년에 몇 차례 낚시 손님들이 왔다 가는 것과는 차원이 다르다. 그나마 지금껏 영생도를 먹여 살렸던 영생 수산마저 문을 닫을 위기에 처한 지금, 섬을 살릴 길은 농어촌 체험 마을로 벌어들이는 돈밖에 없었다. 그러나 덕순에게 순순히 갖다 바칠 수는 없는 노릇이었다.

욕심 많은 할망구.

곽수는 분노와 통증, 밀려오는 짜증을 눌러 삼키며 오래된 스쿠터에 시동을 걸었다. 뿔뿔이가 천식 환자처럼 앓는 소리를 내더니 몸을 떨기 시작했다. 그는 곧 진입로를 빠져나와 마을길로 접어들었다. 머릿속이 복잡했다. 챙겨야 할 일이 산더미였다. 손님들이 묵을 숙소도 다시 돌아봐야 하고 통돼지 바비큐며 된장찌개 같은 음식들도 제대로 준비 중인지 확인할 필요가 있었다. 회는 어떻게 됐을까? 문갑이 횟감 담당인데 아직까지 감감무소식이었다. 게다가 저 엉터리 현수막도 해결해야 하고…….

고개를 저었다. 일단, 당장 필요한 것은 진통제였다. 한 움큼의 게보린이나 펜잘, 아니면 타이레놀. 나머지 일은 그 뒤에 생각해도 늦지 않을 것 같았다. 치통만 사라진다면 모든 상황이 훨씬 더 나아지리라. 지랄 맞은 날씨도, 심지어는 마귀 할망구도 참아 넘길 수 있겠지. 어쩌면.

곽수는 한 가닥 희망을 품고 집을 향해 속도를 높였다. 그때였다. 스쿠터 앞으로 뭔가가 날아들었다. 놀란 곽수는 급히 브레이크를 잡았다. 바퀴가 쭉 미끄러졌지만 가까스로 균형을 잡았다.

"뭐야?"

스쿠터에서 내린 곽수는 눈앞까지 날아왔다가 떨어진 게 뭔지 알아보려고 길 옆 풀숲으로 향했다. 잡풀들 사이에서 새끼 까마귀 한 마리가 버둥거리고 있었다. 아마도 나는 연습을 하다가 추락한 것 같았다. 곽수는 바들바들 떨고 있는 새끼 까마귀를 가만히 주워 들었다. 때마침 까마귀 우는 소리가 들렸다.

까악, 까악.

하늘을 올려다보니 새끼 까마귀의 부모로 보이는 까마귀 두 마리가 호를 그리며 날고 있었다. 곽수는 주위를 둘러보다가 길 건너편 나무에 까마귀 둥지가 있는 걸 발견했다.

"까마귀나 인간이나 자식 걱정하는 건 똑같네."

곽수는 그렇게 중얼거리며 새끼 까마귀를 쥔 손에 힘을 줬다. 그러고는 다른 손으로 새끼 까마귀의 목을 비틀어 꺾었다. 손바닥에 전해지던 꿈틀거림이 단번에 사라졌다. 그제야 속이 좀 시원했다. 곽수는 죽은 새끼 까마귀를 길가에 아무렇게나 던져놓은 뒤 스쿠터에 올랐다.

까마귀 두 마리가 그악스레 울어댔지만 곽수는 신경도 쓰지 않고 다시 스쿠터를 몰았다. 거슬리는 것은 그때그때 처리해야 한다. 그게 곽수의 철학이었고 그걸 실천했을 때 언제나 결과가 좋았다. 그러고 보니 치통이 조금 가신 것도 같았다.

고통으로 일그러졌던 얼굴에 히죽 웃음꽃이 피었다.

"가만히 좀 있어라이."

문갑은 통통하게 살이 오른 지렁이를 입에 넣고 쭉 잡아당겼다. 지렁이의 미끈한 몸뚱이가 혀를 훑고 지나갔다.

"자, 자, 보자."

입에서 빼낸 지렁이를 낚시 바늘에 가져다댔다. 꿈틀, 지렁이가 몸을 비틀었다. 낚시 바늘이 두 개로 보였다. 영 초점이 맞지 않았다. 지렁이는 문갑의 손가락을 휘감으며 살기 위해 버둥거렸다.

"에이, 젠장."

문갑은 지렁이를 바닥에 패대기치고는 벌렁 누워버렸다. 태양에 달궈진 바위는 뜨끈뜨끈했다. 바람이 불었고, 그때마다 철썩철썩 파도가 쳤다. 바다에 부딪쳐 산산조각 난 바닷물의 파편이 문갑의 얼굴에도 튀었다. 그러거나 말거나, 스르르 잠이 몰려왔다. 어젯밤에는 너무 과음을 했다. 형 두갑과 덕순 슈퍼의 소칠 아재와 막걸리 사발을 주거니 받거니 하는 사이 새벽닭이 울었고 까무룩 잠이 들었다 싶었는데 눈을 떠 보니 벌써 아침이었다. 그나마 곽수의 당부가 퍼뜩 떠오른 것은 불행 중 다행이었다.

"문갑 형님. 다시 한번 말하지만 회가 진짜 중요한 거요. 뭍에 사는 솔봉이들이 회라면 환장한다는 거, 형님이 제일 잘 아시잖소. 그러니까 낼 아침에 꼭 횟감 준비해서 기가 맥히게 솜씨 좀

발휘해주소."

암! 회에 대해서 제일 잘 아는 건 바로 이 몸이지. 문갑은 남은 막걸리를 따라 해장술로 들이켠 다음, 널브러져 코를 고는 두갑을 밀치고 밖으로 나왔다. 소칠 아재는 집으로 돌아간 모양이었다. 문갑은 낚시 도구와 밭에서 잡아놓은 지렁이들을 챙겨 구들 바위로 향했다. 넓고 평평한 바위들이 가득한 그곳은 낚시하기에 딱 좋은 장소였다. 이맘때면 우럭이 풍년이었다. 문갑은 트로트 가락을 흥얼거리며 구들 바위까지 걸었다. 보란 듯이 물고기를 잡아서 왕년의 솜씨를 발휘할 생각을 하니 벌써부터 기분이 좋았다.

그것이 벌써 두 시간 전의 일이었다. 그동안 한 마리도 잡지 못한 건 둘째 치고 미끼도 꿰지 못했다. 문갑은 눈을 감았다 떴다. 노란 하늘이 빙글빙글 돌았다. 술이 웬수지…….

한때는 잘나가던 일식 주방장이었다. 서울의 대형 일식집에서 일하기도 했다. 벌써 30년도 더 전의 일인데, 그때는 고급 일식집이 드물어 유명 인사들이 종종 문갑이 일하는 가게를 찾았다. 국회의원, 연예인, 운동선수 들 앞에서 직접 회를 떠주며 문갑은 자부심을 느꼈다. 그가 회를 잡으면 어떤 생선이든 적당한 두께와 식감으로 그릇에 놓였다. 서른과 마흔 사이 그 10년이 문갑 인생의 정점이었다.

내리막길을 타는 데는 술이면 충분했다. 손님들이 건네는 술을 한두 잔씩 마시다가 영업이 끝나면 사장과 함께 또 술잔을 기울이는 날들이 계속됐다. 언젠가부터 술이 문갑을 마시기 시작했다. 알코올이 들어가지 않으면 손이 떨려 칼을 쥘 수가 없었다. 회 뜨기를 실패한 어느 날, 문갑은 몸속에서 차고 넘치는 술들이 터트리는 비웃음 소리를 들었다. 알코올 중독이었다. 그 후 문갑은 시원찮은 활어 횟집을 전전하다가 결국 가족을 이끌고 고향인 영생도로 돌아왔다. 섬에는 형 두갑이 기다리고 있었다. 형제는 바다낚시를 하러 온 손님들을 상대하며 근근이 돈을 벌었다. 곽수네 공장에서 잡일을 돕기도 했다.

"날씨 드럽게 좋다."

문갑은 하늘을 올려다보며 중얼거렸다. 속이 메슥거렸다. 술김에 구들 바위까지 올 때는 몰랐는데 지금은 무릎이 쑤셨다. 허리도 끊어질 것 같았다. 마음 같아서는 바위에 누워 내처 자고 싶었지만 그랬다가는 곽수의 잔소리를 들을 게 뻔했다. 자기보다 열다섯이나 어린놈이었지만 밥줄을 쥐고 있으니 말을 안 들을 수도 없었다.

"조오옷 같은 내 인생."

노래를 흥얼거리며 문갑은 몸을 일으켰다. 저절로 끙, 하는 신음이 흘러나왔다. 낚시 바늘을 들고 다시 지렁이 한 마리를 꺼냈다. 아까 던져버린 녀석은 몸뚱이가 반쯤 터진 상태로도 꿈틀꿈틀 기어가고 있었다.

"어라, 저게 뭐여?"

주름에 뒤덮인 문갑의 눈이 커졌다. 술기운 때문에 헛것을 본

게 아니라면 바다 쪽에서 무언가가, 그러니까 사람처럼 보이는 어떤 것이 걸어 나오고 있었다. 문갑은 손등으로 눈을 비볐다. 눈도 껌벅거려봤다. 영 침침하긴 했으나 못 쓸 정도는 아니었다. 여전히 하늘은 파랬고 파도는 넘실거렸으며, 그리고 누군가가 온몸에 미역을 잔뜩 휘감은 채로 비척비척 바위를 향해 걸어오고 있었다. 그 모든 것이 똑똑히 보였다. 문갑의 머릿속에 세 가지 가능성이 스치고 지나갔다. 알코올로 둔해진 것치고는 놀랄 만큼 빠른 속도로.

첫째, 자신을 데리러 온 저승사자. 둘째, 무장공비. 셋째, 조난당한 사람. 저승사자가 바다에서 떠밀려 올 리는 없으므로 첫째는 아니었다. 미역으로 무장한 무장공비는 들어본 적이 없으므로 당연히 둘째도 아니었다. 그렇다면…….

"어이, 괜찮소?"

문갑은 쓰러질 듯 걸어오는 사람에게로 달려갔다. 무릎이 비명을 질렀다. 바다에서 온 자와의 거리가 가까워질수록 문갑의 심장이 이상할 정도로 두근거렸다. 일종의 경고요 예감이었으나, 문갑에게는 그것을 알아차릴 재주가 없었다.

"바다에 빠진 거요?"

숨을 몰아쉬며 문갑이 남자에게 물었다. 그렇다. 남자였다. 온몸이 젖은 상태였고 초점을 잃은 눈동자는 토끼처럼 새빨갰다. 남자의 입에서 쉴 새 없이 바닷물이 흘러나왔다. 특이한 것은 복장이었다. 남자는 문갑이 잘 아는 옷을 입고 있었다. 해경 전투복. 남자는 문갑 쪽으로 두세 걸음 더 걸어왔다. 금방이라도 쓰러질 것 같더니 제법 빠른 발걸음이었다. 덕분에 전투복에 붙은 이름표를 읽을 수 있었다. 박정혁.

"박 씨요? 나도 박 씨인데, 반갑소. 어찌된 영문인지는 모르겠지만……."

힘이 다한 것인지 남자가 문갑에게 몸을 기대왔다. 그 순간 문갑은 그르릉, 하는 고양이 소리를 들은 것만 같았다.

4

우에엑.

대현이 세 번째로 속을 게워냈다. 이번에는 싯누런 물만 나왔다. 침과 뒤섞인 토사물은 죄다 바다로 떨어졌다. 손으로 대충 입을 훔치고 난간에서 돌아섰다. 1층 객실로 들어갈까 하다가 그냥 2층 갑판에 주저앉았다. 객실 안은 덥고 답답했으며 무엇보다도 다른 사람들이 쏟아낸 토사물 냄새 때문에 코가 얼얼할 지경이었다.

영생도행 여객선은 '날파람'이라는 이름의 25톤짜리 배였다. 각 섬으로 생필품 등을 실어 나르는 작은 배였다. 제대로 된 편의시설은 찾아볼 수 없었고, 하나 있는 객실의 구조라고는 정사각형 모양 방 양쪽 벽에 붙박이식 벤치가 놓여 있는 것이 전부였다.

그 벤치에는 멀미에 녹다운된 혜진과 지석 그리고 하나와 나래가 누워 있었다. 다른 사람들도 상태는 비슷했다. 전부 시체처럼 축 늘어졌다. 늘 생기 넘치는 수용도 벽에 몸을 기대고 눈을 감은 채 숨만 골랐다. 이따금 배가 요동칠 때면 동시에 모든 사람이 얼굴을 찡그렸다.

영생도까지 가는 사람은 미래대학교에서 온 열한 명 말고도 두 명이 더 있었다. 단체복처럼 흰색 반팔 와이셔츠와 검은색 정장 바지를 똑같이 맞춰 입은 남자들이었다. 그 둘 중 한 명, 더 젊어 보이고 머리도 짧은 남자가 사고를 쳤다. 배가 좌우로 심하게 움직인다 싶은 순간, 남자의 눈알이 튀어나올 듯 커지고 볼이 복어처럼 부풀더니 결국 속에 있는 것을 토해냈다. 소리도 요란하고 냄새도 요란했다. 그것이 신호였다. 진군나팔 소리를 들은 충실한 병졸들처럼 미처 삭지 않은 음식들이 사람들의 입을 비집고 튀어나오기 시작했다. 객실 안은 곧 아수라장이 되었다.

대현은 눈을 감고 머리를 흔들었다. 그 끔찍했던 순간을 떠올리자 다시 속이 이상해졌다. 머리가 무거웠다. 특히 이마가 잔뜩 부어오른 것 같았다. 뇌가 뒤죽박죽이 된 느낌이었다. 지금껏 경험해보지 못한 강력하고 치명적인 멀미였다. 출발할 때 스피커에서 흘러나오던 선장이라는 작자의 말부터가 불길했다.

"오늘은 바다가 좀 거칠어요. 지랄발광을 할지도 모르니까 마음 단단히 잡수셔요."

과연, 바다는 지랄발광을 했다. 대현은 머리를 푹 숙인 채 앉아 있었다. 넘실대는 바다가 온몸으로 느껴졌다. 커다란 세탁기 속에 들어와 있는 것만 같았다. 그나마 바람이 불어서 시원하다는 게 위안이었다.

"이러고 있으면 더 힘들어."

대현은 목소리를 따라 천천히 고개를 들었다. 철민이 자신을 내려다보며 서 있었다.

"머리가 안 흔들려야 해. 여기 기대고 있어."

철민은 대현을 부축해 조타실 벽에 기대게 했다.

"고맙습니다."

같은 방송국 소속이었지만 대현은 철민과 이야기를 나눈 기억이 거의 없었다. 기껏 인사를 건네면 철민은 무심한 얼굴로 고개만 까딱할 뿐이었다. 대현이 갓 입학해 방송국에 처음 들어왔을 때부터 그랬다. 철민은 그 잘생긴 얼굴을 찡그리고 있거나 혼이 나간 사람처럼 멍하니 허공을 응시하거나 금방이라도 울 것 같은 표정으로 자신만의 세계에 빠져 있었다. 대현이 제대를 하고 복학을 한 후에도 철민은 여전히 그 모습 그대로 방송국의 구석자리를 차지하고 있었다. 땀을 뻘뻘 흘리며 교정을 달릴 때를 제외하고는.

철민이 대현의 옆에 앉았다. 다른 사람들과 달리 멀미를 하지 않는 것 같았다. 대현은 철민의 옆얼굴을 바라봤다. 전에 없이 편안하고, 심지어는 살짝 웃는 것처럼 보이기도 했다.

"선배는 멀미 안 하세요?"

"예전에 1년 정도 배를 탄 적이 있거든."

"선배가요?"

"응. 오징어잡이 배였어. 그 배에 비하면 이건 양반이지."

철민과 오징어잡이 배라니, 도무지 어울리지 않았다. 승복이 들었다면 오징어는 오징어처럼 생긴 사람이 잡아야 한다며 시시껄렁한 농담을 했을지도 모른다.

"의외네요. 선배가 오징어잡이 배를 탔다니. 그 배는 사람을 납치해서 억지로 태우는 줄로만 알았거든요."

철민은 대현을 향해 고개를 돌렸다가 이내 다시 하늘을 바라봤다.

"거기도 다 똑같은 사람들이 타고 있어. 다만 사연이 많을 뿐이지. 육지의 끝까지 몰린 사람들이 결국 오징어잡이 배에 오른다고 누가 그러더라. 땅에 발을 딛고 살기에는 마음이 너무 울렁거려 견딜 수 없는 사람들 말이야."

대현은 말없이 앉아 있었다. 선배의 사연은 뭐냐고 물으려다가 참았다. 알고 있었다. 혜진이 철민을 좋아하고 있다는 사실을. 철민을 바라보는 혜진의 눈빛은 자신이 혜진을 바라볼 때의 그것과 아주 똑같았다. 대현에게 철민은 넘어야 할 벽이었다. 벽을 넘어 혜진의 눈길을 자신에게로 향하게 만들고 싶었다. 철민의 사연을 들었다가는 벽을 넘는 일이 더 힘들어질지도 모른다고, 대현은 생각했다.

돌풍이 불어왔다. 배가 크게 출렁였다.

"조심해."

철민이 무심하게 말했다. 배가 솟구치는 것과 동시에 대현의 위장도 다시 뒤집어졌다. 대현은 손으로 입을 막고 난간으로 달려가 네 번째 구토를 했다.

5

"몇 번이나 말씀드리지만 오늘은 아주 중요한 날입니다."

곽수는 말을 끊고 마을회관에 모인 사람들을 천천히 바라봤다. 진지한 표정으로 듣는 사람도 있었고 하품만 쩍쩍 해대는 사람도 있었다. 두갑은 꾸벅꾸벅 졸고 있었다. 한 가지 공통점은 모두 꽤나 늙었다는 사실이었다. 영생도에서 제일 젊은 사람이요, 청년회 회장을 맡고 있는 형태가 벌써 쉰둘이었다. 올해로 쉰다섯이 된 곽수도 늙어간다는 사실을 온몸으로 느끼는 중이었다.

곽수가 학생운동을 하다가 쫓기듯 영생도로 내려온 지 벌써 30년도 넘게 흘렀다. 서울에 있는 대학에 진학해서 큰 사람이 되리라 기대했던 어머니에게는 죄송한 노릇이었지만, 곽수에게는 대안이 없었다. 형사와 동료들의 눈을 피해 죽은 듯 살아갈 곳이 필요했다. 당시의 영생도는 활기 넘치는 섬이었다. 수십 척의 어선이 매일 바다로 나갔고 선착장 주변은 늘 시끌벅적하고 붐볐다. 영생도에서 잡은 싱싱한 해산물들은 대도시에 팔려 나갔다.

그 시절에는 젊은이들도 많았다. 곽수의 친구들도 모두 남아 있었다. 곽수는 운동권 선배들이 술에 취하면 떠들어대던 신세계를 영생도에서 만들 수 있을지도 모르겠다는 희망을 품었다. 모두가 풍족하고, 모두가 행복하며, 모두가 평등한 곳.

곽수의 희망이 깨지기까지는 채 10년도 걸리지 않았다. 젊은 사람들이 점차 빠져나갔다. 덩달아 영생도의 생명력도 서서히 바닥을 드러냈다. 섬을 나가는 사람들의 이유는 다 똑같았다. '큰물에서 놀고 싶다'. 곽수는 그런 말을 들을 때마다 그 큰물이 얼마나 더럽고 거지 같은지 침을 튀기며 설명했지만 소용없었다. 일할 사람이 줄어드니 자연히 배를 탈 사람도 없었다.

곽수는 나이 마흔 줄에 이장이 되었다. 그전에도 마을의 행정적인 일을 도맡아 했던 그는 영생도를 살려볼 생각으로 이장이 되자마자 여러 일들을 벌였다. 꽉 막힌 뱃놈들을 설득하느라 고생스럽기도 했지만 천신만고 끝에 덕순에게서 돈을 빌려 '영생수산'을 설립했다. 물고기를 잡아오면 말리고 가공해서 식품 회사로 납품하는 것이 영생 수산의 일이었다. 곽수는 이장이자 영생 수산 대표로 눈코 뜰 새 없이 살아왔다. 결혼도 하지 않았다. 노모를 모시며 오로지 영생도만을 위해 평생을 바쳤다.

주마등처럼 스치는 지난날을 떠올리며 곽수는 잠시 눈을 감았다 떴다. 이제는 살아갈 날보다 죽을 날이 더 가까운 노인들이 자신을 바라보고 있었다. 곽수의 마음속 깊은 곳에서 무언가가 울컥, 올라왔다.

"영생 수산이 문을 닫을 수밖에 없는 지금, 농어촌 체험 마을에 선정되는 것이야말로 이 영생도가 살아날 수 있는 유일한 길입니다. 여기 계신 어르신들은 모두 잘 아시겠지만, 저 김곽수는 영생도만을 위해 살아왔습니다. 중국 새끼들이 물고기 씨를 말려 우리 영생 수산이 휘청거릴 때도 저는 다른 방법을 찾기 위해 백방으로 뛰어다녔습니다. 그 결과 오늘의 영광스러운 순간을 맞이하게 되었습니다. 이제는 9부 능선을 넘었습니다. 오늘 오는 첫 손님들만 잘 맞이한다면, 그리고 두 명의 심사단을 잘 구워삶기만 한다면 영생도가 농어촌 체험 마을로 선정되는 것은 시간문제입니다. 저는 여러분께서 잘해주시리라 믿어 의심치 않습니다. 이 시간 이후로 각자 맡은 자리로 가서 자신의 일을 열심히 해주시길 바랍니다. 그렇게만 하신다면 우리 섬은 살아날 수 있습니다. 희망찬 미래가 열릴 것입니다!"

곽수는 주먹을 쥐고 단상을 때렸다. 완벽한 연설이라 자부하면서. 몇몇이 박수를 쳤다. 곽수는 다시 눈을 감았다. 치통은 더이상 느껴지지 않았다. 열광적인 박수 소리, 자신을 향한 영생도 주민들의 무한한 신뢰와 감사가 그를 벅차오르게 만들었다. 그는 더 이상 그 옛날의 답답이 김곽수가 아니었다. 고문이 두려워 동료들을 고발한 겁쟁이 배신자 김곽수가 아니었다. 곽수는 오늘이 영생도의 역사적인 날이 되리라 장담했다.

그 누구도 절대 잊지 못하게 될 것이다, 오늘을.

제3종 근접 조우

1

문갑은 믿을 수 없다는 표정으로 자신의 어깨와 남자를 번갈아 바라봤다. 어깨에서는 피가 흐르고 있었고 남자는 입술에 묻은 문갑의 피를 혀로 핥는 중이었다.

"바, 방금 내를 문 거요?"

으르렁, 남자는 대답 대신 그런 소리를 냈다.

"이기 미쳤나?"

문갑은 꽥 소리를 질렀다. 남자는 문갑을 보며 고개를 갸우뚱했다. 꼭 생쥐를 눈앞에 둔 고양이 같았다. 이걸 어떻게 잡아먹을까, 고민하는.

"당신, 무슨 일인지는 모르겠는데 어른한테 이러면 안 되지!"

여전히 소리 높여 외치면서도, 문갑은 슬금슬금 뒷걸음질을 쳤다. 무언가 잘못되었다는 생각이 들었다. 훨씬 전부터 그 사실을 깨달았어야 마땅하지만 뇌의 절반이 알코올로 채워진 문갑에게는 불가능한 일이었다.

"뭐, 뭔가 오해가 있나 본데 내는 그쪽을 도우려고 한 기야."

허허, 거참. 문갑은 혼잣말처럼 중얼거리며 돌아서서 걷기 시작했다. 뒤통수가 근질근질했다. 힐끔 뒤를 돌아봤다. 남자가 막 한 발을 떼려던 참이었다. 크르릉. 시동이라도 거는 것처럼 남자의 목구멍 깊숙한 곳에서 기분 나쁜 소리가 울려 나왔다. 남자가 입을 크게 벌렸다. 충혈된 눈만큼이나 새빨간 혀가 지렁이처럼 꿈틀댔다.

"거기 가만히 있으라고. 내가 그 뭐냐, 사람들을 불러올 겨."

최대한 아무렇지 않게 말하고는 다시 발걸음을 옮겼지만 심장은 이미 튀어나올 듯 두근거렸다. 술기운이 확 달아났다. 물어뜯긴 어깨가 욱신거렸다. 낚시 가방에 작은 주머니칼이 있었다. 젊은 시절 일본에 건너가 비싼 돈을 주고 구입한 놈이었다. 손바닥에 쏙 들어오는 작은 크기였지만 그만큼 칼 맛은 기가 막히게 좋았다. 물에 빠진 생쥐 꼴을 한 채 으르렁거리는 저 만무방의 정체가 무엇이든, 설사 저승사자나 물귀신이라고 해도 칼만 손에 쥐면 이겨낼 자신이 있었다.

"절대로 사람을 향해서 휘두르면 안 된다."

문득, 스승이 했던 말이 떠올랐다. 일본의 사시미 명인에게서

기술을 전수받았던 사람으로 성격은 괴팍했으나 솜씨는 좋았다. 자고로 칼은 두 발 달린 것들에게는 쓰면 안 된다고, 스승은 누누이 말했다. 그러면 닭은요? 그런 질문을 했다가 숫돌로 두들겨 맞았던 기억도 떠올랐다.

스승님. 근데 저건 사람이 아닌 것 같습니다.

문갑은 자신이 누워 있던 바위에 도착했다. 다시 뒤를 돌아봤다. 남자는 불과 몇 미터 뒤에 있었다. 거리가 가위로 잘라내듯 싹둑싹둑 줄어들었다. 서둘러 가방을 뒤졌다. 잡동사니들만 가득할 뿐 칼은 잡히지 않았다. 남자는 이제 대놓고 울부짖었다. 손이 덜덜 떨렸다. 시큼한 냄새가 났는데, 자신에게서 풍기는 것인지 남자에게서 풍기는 것인지 알 수 없었다. 손가락 끝에 차가운 금속 물체가 닿았다. 찾았다. 문갑은 주머니칼을 그러쥐었다.

남자의 손이 문갑의 머리에 닿은 것과 문갑이 칼을 휘두른 것은 거의 동시였다. 잘 벼른 칼날이 살점과 힘줄, 근육, 혈관을 베고 지나갔다.

됐다.

확실한 느낌이었다. 남자는 평생 오른손으로 양치질을 할 수 없을 것이다. 문갑은 비스듬히 칼을 겨눈 채로 서서히 일어났다. 남자는 대책없이 벌어진 자신의 손목을 바라보고 있었다. 피가 쏟아져 내렸다. 남자의 표정에는 변함이 없었다. 신음도 내지 않았다. 다만, 방금 전 벌어진 일이 신기하다는 듯 덜렁거리는 손목과 칼을 쥔 문갑을 번갈아 바라볼 뿐이었다.

"씹……."

욕설을 채 끝마치기도 전에 남자가 달려들었다. 문갑은 칼을 휘둘렀다. 빠르고 정확하게. 남자의 왼쪽 뺨과 귀가 찢어졌다. 하지만 그는 끄떡도 하지 않았다. 다시 돌진해왔다. 남자가 입을 크게 벌리자 잘린 살점이 말려 올라갔다. 마치 활짝 웃고 있는 것 같았다. 문갑은 가지런히 자리 잡은 남자의 이를 보며 자신이 잘못 생각했다는 사실을 깨달았다. 남자는 양치질을 할 필요가 없었다. 평생, 아니, 어쩌면 앞으로도 영원히.

잘 움직이지 않는 무릎 관절을 저주하며 문갑은 도망치기 시작했다. 저승사자도 아니고 물귀신도 아니다. 인간은 더더욱 아니다. 그렇다면, 넌 대체 뭐냐?

물어볼 새도 없이 남자의 이가 문갑의 등에 박혔다.

2

배가 서서히 선착장으로 들어섰다.

"내가 다시 배를 타면 성을 간다."

승복은 퀭한 눈으로 대현을 바라봤다. 그 와중에도 캠코더는 꼭 쥐고 있었다. LCD 화면에 영생도 선착장 풍경이 나타났다. 펄럭이는 만국기와 울려 퍼지는 최신 댄스곡. 환영 인파로 보이는 사람들이 배를 향해 손을 흔들었다.

"내일 나가는 배 또 타야 되잖아. 성은 뭐로 바꿀 건데?"

대현은 눈으로 혜진을 찾으며 물었다.

"안 가. 안 나가. 나 여기서 고기 잡고 살 거야."

혜진은 고개를 푹 숙인 채 조타실 옆 한 뼘 그늘 아래 앉아 있었다. 멀미의 마수에서 아직 벗어나지 못한 모양이었다. 다른 사람들도 마찬가지였다. 짐을 들고 갑판 위로 나온 사람들은 간신히 목숨을 건진 패잔병처럼 보였다. 지석은 투덜거릴 힘마저 잃었는지 핼쑥해진 얼굴로 갈매기들을 바라볼 뿐이었다.

대현은 혜진을 향해 발걸음을 옮겼다. 선배, 짐 들어드릴까요? 그 간단한 문장을 마음속으로 수십 번 되뇌며. 결정적인 순간에 늘 말문이 막혔다. 인사를 건네거나 방송국 일에 대해 물을 때는 괜찮았다. 그러나 사적인 질문이라도 하려고 하면 어김없이 꿀 먹은 벙어리가 됐다. 머릿속에서는 수없이 많은 말이 맴도는데 막상 입으로 나오는 건 엉뚱하게도 "날씨 좋죠?"나 "오늘 정말 춥죠?" 혹은 "오늘 진짜 덥죠?" 따위였다. 한다는 게 고작 그놈의 날씨 타령이라니…….

"선배."

대현은 혜진을 불렀다. 혜진이 고개를 들고 자신을 바라보기까지 시간이 영원처럼 길게 느껴졌다. 혜진은 혼이 빠져나간 듯 멍한 얼굴이었다. 입술 주변에는 토사물의 잔해가 말라붙어 있었다.

"왜?"

힘없이 내뱉는 그 '왜?'가 '쓸데없는 말이면 알아서 해'라는 말로 들렸다.

"어…… 저…… 그, 그게……."

갑자기 눈앞이 캄캄해지고 속이 울렁거렸다. 혜진을 처음 만났던 바로 그날처럼. 혜진은 동아리 가입을 권유하러 강의실에 들어왔다. 혜진이 "학우들을 위해 보람되는 일을 해보지 않겠습니까?"라고 입을 열었을 때, 당시 신입생이었던 대현은 첫눈에 반해버렸다. 과연, 세상에는 그런 일이 존재했다. 누군가를 한 번 본 것만으로도 영혼을 송두리째 빼앗기는 일이.

"다 왔어. 일어나. 가방은 주고."

어디서 나타났는지 철민이 혜진 앞에 서 있었다. 대현은 단 세 마디로 자신이 하고 싶었던 말을 표현하는 철민을 물끄러미 바라봤다. 혜진은 철민을 향해 손을 내밀더니 조금 웃어 보였다. 질투심이 생기지는 않았다. 다만 가슴이 저리고 아팠다.

"대현아, 아까 뭐라고 한 거야?"

혜진이 물었다. 철민과 함께 대현의 곁을 막 스쳐 지나기 전이었다.

"아니에요, 선배. 그냥 날씨 좋다고요."

"그러게. 다행이네."

혜진은 웃었고, 대현도 웃었다. 갈매기 수십 마리가 무리를 지어 어딘가로 날아갔다. 정말로 푸르고 눈부신 하늘이었다. 노릇노릇 익은 태양이 선착장 가득 큼지막한 햇살을 던지고 있었다.

성긴 바람이 바닷물을 훑고 지나갔다. 배는 접안을 끝내고 긴 트림을 내뿜는 중이었다. 사람들이 하나둘 내리기 시작했다.

바라보고 있던 승복이 캠코더를 들이대며 다가왔다.

"왜 이렇게 어렵냐?"

대현이 중얼거리듯 물었다. 사랑은 원래 그런 거야, 따위의 별볼일 없는 조언을 기대했건만 승복은 캠코더를 내리고 대현을 바라볼 뿐이었다. 그러고는 속삭였다.

"철민 선배가 라이벌이면 넌 가망이 없어."

"뭐?"

"멋진 데다가 슬픈 사연까지 가진 남자를 이기기란 정말 힘들거든."

승복은 철민 선배에 대해 뭔가를 알고 있는 듯했다. 대현이 궁금한 표정으로 바라보자 승복은 한숨을 푹 쉬며 고개를 저었다.

"넌 진짜 아무것도 모르는구나. 철민 선배, 몇 년 전에 화재로 가족 모두를 잃었대. 그 후로 폐인 같이 사는 거고. 원래는 되게 밝은 사람이었는데 그 일 겪은 뒤로는 완전히 바뀌었다는 거야. 지금처럼."

"아……."

대현이 할 말을 찾지 못하고 앓는 소리만 내고 있을 때였다. 선착장 쪽에서 작은 소란이 일었다. 둘은 동시에 고개를 돌렸다. 지민이 가방을 사이에 두고 할아버지 한 명과 실랑이를 벌이고 있었다.

"어허, 그러니까 도와준다잖어!"

"괜찮다니까요, 할아버지!"

대치 국면이었다. 지민은 부잔교 위에서 자신의 가방을 꼭 붙든 채 서 있었고 그 앞을 어느 노인이 막아선 형국이었다. 잠자리 선글라스를 끼고 핫팬츠를 입은 지민과 속이 훤히 비치는 모시 셔츠를 걸친 노인의 모습은 타오르는 태양 아래에서 강렬한 대조를 이루었다.

"무슨 일이래?"

승복이 하나에게 물었다.

"그게, 저 할아버지가 가방을 들어주겠다는데 지민이가……."

"싫어요. 싫다니까 왜 자꾸 이러세요?"

지민은 완강했다. 노인도 만만치 않았다. 한쪽 손으로 지민의 가방 손잡이를 쥔 채 비켜날 생각이 없어 보였다. 노인은 왼쪽 어깨에서부터 비스듬히 '환영합니다!'라고 적힌 어깨띠를 두르고 있었다. 자존심 싸움이군. 대현은 머리를 긁적였다. 지민의 까칠한 성격이야 익히 알고 있었지만 노인도 대단했다. 입을 꾹 다물고는 움푹 팬 눈으로 지민을 노려볼 뿐이었다.

"지민아, 왜 그래?"

"아이고, 칠국 아재, 왜 그럽니까?"

수용과 곽수가 거의 동시에 끼어들었다. 지민과 노인의 대답도 함께 터져 나왔다.

"남이 제 물건 만지는 게 싫단 말이에요."

"저 년이 하도 앙칼지게 구니까."

"년이요?"

지민이 팩 쏘아붙이며 가방을 잡아당겼다. 그 순간 분홍색 가방의 문이 열리며 내용물이 쏟아져 나왔다. 헤어드라이기, 화장품 세트, 다량의 옷가지. 빼곡히 정리되어 있던 것들이 터져 나오며 한데 엉켰다. 일부는 하필 바다 위로 떨어졌다.

"어떻게 할 거야!"

지민이 주저앉아 울기 시작했다. 놀란 곽수가 부잔교에 흩어진 짐을 챙기려 하자 지민은 또 자지러질 듯 비명을 질렀다. 칠국은 이러지도 못하고 저러지도 못한 채 애먼 하늘만 노려보며 혀를 찼다. 말이 없기는 다른 사람들도 마찬가지였다. 부두에 걸린 만국기만이 힘차게 펄럭이며 존재감을 드러낼 뿐이었다. 아이돌 그룹의 흥겨운 노래가 눈치 없이 흘러나왔다.

"야. 저 현수막 좀 봐."

승복이 캠코더에서 눈을 떼지 않고 대현의 옆구리를 쿡 찔렀다. 대현은 전봇대 사이에 걸린 대형 현수막을 바라봤다.

환 〈미례대학교 방송국 학생들!〉 영

미례가 참 어둡구나. 대현은 한숨을 쉬었다. 시작부터 무언가가 어그러지는 느낌이었다. 어쩌면 고백은 물 건너간 걸지도 몰라. 대현은 육지에서 점점 멀어지는 지민의 물건들을 보며 그렇게 생각했다.

3

경운기는 툴툴거리며 비포장도로를 달려나갔다. 한여름의 태양이 끈덕지게 따라왔다. 바람에는 소금기가 가득했다.

"젊은 사람들이 오니까 참 좋구먼. 이놈도 신났는지 시원하게 달리네."

두갑은 경운기 엔진 소리에 지지 않으려고 목소리를 한껏 높였다. 경운기에 탄 이들은 모두 말이 없었다. 지독한 멀미가 속을 다 헤집어놓더니 이제는 쨍쨍한 햇빛이 머릿속을 파고들었다. 가만히 앉아만 있어도 땀이 흘러내렸다.

"진짜 덥다."

승복은 캠코더도 내려놓고 손으로 연신 부채질을 했다.

"그러니까 다이어트 좀 해."

대현은 목을 길게 빼고 앞에서 달리는 경운기를 바라봤다. 철민과 혜진이 나란히 앉아 있었다. 그 옆에서 지석이 무슨 말인가를 떠드는 것 같은데 소리가 들리지 않았다. 다만 분위기가 좋아 보이지는 않았다.

"넌 안 덥냐?"

"지금 그게 문제야?"

"문제는 또 있지. 배가 고프다는 거."

승복이 자기 배를 문지르며 말했다. 선착장에 모인 방송국 학생들은 경운기 석 대에 나눠 타고 이동했다. 시청에서 나왔다는 공무원 두 명도 함께였다. 원래는 성대한 환영 행사와 덕순의 환영의 말씀, 그리고 이장 곽수의 안내가 준비되어 있었지만 지민의 물건들이 바닷속으로 사라진 이후 모두 취소되었다. 어색하고 냉랭한 분위기를 수습하려고 곽수와 수용이 머리를 맞대고 계획을 수정했다.

"고구마 밭까지는 아직 멀었어요?"

하나가 운전 중인 두갑을 향해 물었다.

"뭐라고?"

"고구마 밭이요. 아직 멀었냐고요!"

평소에도 목소리가 작은 하나는 숫제 악을 썼다.

"아! 수영. 나야 기가 맥히지. 내가 어렸을 때부터 별명이 바다거북이었어."

"그게 아니고⋯⋯."

"조오련이 알지? 그 왜 아시아의 물개라는 그 양반. 내가 그 친구 수영 선생이었다니까. 걔가 중학생 땐가 가족들이랑 이 섬에 놀러 온 적이 있어. 내가 수영하는 걸 딱 보더니 선생님, 이러면서 무릎을 꿇는 거야."

두갑은 혼자서 신나게 떠들어댔다. 하나가 대현과 승복을 향해 고개를 저어 보였다. 그때 경운기가 왼편 샛길로 방향을 틀었다.

"어, 어? 어르신, 다른 경운기는 오른쪽으로 가는데⋯⋯."

승복이 앞서 달리는 경운기 두 대를 가리키며 소리쳤다.

"괜찮아, 괜찮아. 빨리 가봐야 뭐 해? 내가 오늘 특별히 죽이는 경치 보여줄게. 이쪽으로 가면 말이여, 그 뭐냐, 구들 바위라고 기가 맥힌 낚시터가 나오거든."

"그래도 다른 사람들이 걱정할 텐데."

이번에는 대현이 말했다. 내내 어두운 표정이었던 혜진이 마음에 걸렸다. 배를 타기 전부터 일이 꼬이더니 섬에 도착하고서도 풀어질 기미가 보이지 않았다.

"수영? 내가 선수라니까 그러네. 요 무릎만 안 아프면 말이여, 요즘도 뭍에까지는 너끈히 헤엄을 친다니까."

두갑은 껄껄 웃음을 터트렸다. 그러고는 갑자기 구성진 트로트 한 가락을 흥얼거리기 시작했다. 쿵짝, 쿵짝, 쿵짜라 쿵짝, 네 박자 속에.

"선배, 제3종 근접 조우라고 아세요?"

내내 말없이 히죽거리고만 있던 성민이 대현을 향해 대뜸 질문을 던졌다.

"3종 뭐라고?"

앤 또 무슨 소릴 하는 거야? 대현은 피로감이 몰려오는 걸 느꼈다. 그러고 보니 이 녀석은 줄곧 근처에서 서성이다가 결정적인 순간에 이상한 말을 하곤 했다. 기분 나쁜 웃음을 흘리면서.

"제3종 근접 조우. 근접 조우라는 게 유에프오 목격을 말하는 거거든요. 그중에서 제3종은 직접 접촉하는 거예요. 미지의 존재와 직접 만나고 교감을 하는 거."

"근데 그건 갑자기 왜?"

"지금 상황이 그렇잖아요. 우리들한테는 여기 노인들이, 그리고 노인들한테는 우리들이 외계인이나 다름없거든요. 앞으로 재미있는 일들이 많이 생길 거예요."

"외계인은 무슨……."

무시하는 투로 대답하긴 했으나 성민의 말이 계속 마음에 걸렸다. 외계인이 말 그대로 '바깥 세계' 사람을 뜻한다면 자신들과 노인들은 서로에게 분명 외계인이리라. 도무지 접점을 찾을 수 없으니. 대현은 경운기를 운전하는 두갑의 뒷모습을 바라봤다. 햇볕에 그을린 가늘고 주름진 목과 하얗게 센 성긴 머리카락이 눈에 들어왔다. 싸구려 셔츠의 해진 옷깃이 해풍에 펄럭거렸다. 일흔 정도 됐을까, 아니면 그마저도 훌쩍 넘었을까? 모르긴 해도 이토록 나이 든 누군가와 말을 섞은 게 까마득한 옛날 일처럼 느껴졌다. 아니, 그런 적이 있긴 했던가?

"자, 왼쪽으로 바다가 보이지? 그 앞에 절벽도. 여서 보는 바다가 제대론 거라."

경운기는 어느새 좁은 마을길을 벗어나 드넓은 벌판으로 들어섰다. 잡목 숲이 꾸물꾸물 비켜나더니 탁 트인 풍경이 모습을 드러냈다. 짙푸른 바다가 끝없이 펼쳐졌다. 바다는 단단하게 여문 햇빛을 받아 은빛으로 몸을 뒤척이는 중이었다. 해변에는 몽돌이 가득했다. 비릿하면서도 짭조름한 바다 냄새가 강하게 풍겨왔다. 물결을 타던 갈매기 수십 마리가 일제히 날아올랐다.

"와!"

대현은 자신도 모르게 감탄사를 뱉었다. 승복도 서둘러 캠코더를 들이댔다.

"쥑인다."

그래, 진짜 죽인다. 대현은 속으로 중얼거렸다. 저 눈부신 바다가 자신들을 죽어라 괴롭힌 그 바다가 맞나 싶었다.

"진짜 예뻐요."

하나가 말했다. 그가 쓴 챙 넓은 밀짚모자가 펄럭펄럭 힘찬 소리를 냈다. 모두의 얼굴에 모처럼 미소가 떠올랐다.

"내가 젊은 사람들이 좋아할 줄 알았다니까. 낚시꾼들한테도 여길 보여주면 다들 끔벅 죽는다니까. 곽수 이 새끼는 내 말을 안 듣고……."

두갑이 의기양양한 목소리로 고래고래 떠들다 슬그머니 말꼬리를 감췄다. 그러더니 클클클 웃었다.

"방금 말은 못 들은 걸로 하고. 여가 물고기 잘 잡히기로 유명한데, 아! 저기 있네. 저기, 저기 점마가 내 동생이다. 손님들 먹인다고 새벽부터 고기 잡으러 나가더니 아직 안 갔네. 손 흔들어 줘라."

두갑이 해변을 걷고 있는 한 남자를 가리켰다. 거리가 제법 떨어져 있어 자세히 볼 수는 없었지만 그는 오줌이라도 마려운 것처럼 같은 자리를 빙빙 도는 중이었다. 흡사 무언가를 집중해서 찾고 있는 것도 같았다.

"영감님! 안녕하세요?"

승복이 큰 소리로 외치며 손을 흔들었다.

"문갑아, 어서 잡고 와라."

두갑도 홍겹게 경적을 울렸다. 빵빵빵, 빵빵. 문갑은 대답이라도 하듯이 양팔을 번쩍 치켜들었다. 하나가 문갑을 향해 손을 흔들었다. 문갑이 팔을 휘휘 젓더니 경운기를 향해 몇 발 다가왔다.

"자슥. 어지간히 반가워하네."

두갑이 웃음을 터트렸고 이번에는 승복과 하나, 성민도 따라 웃었다. 대현은 고개를 갸웃하며 뒤를 돌아봤다. 문갑이 천천히 걸어오고 있었다. 어딘지 몸이 불편해 보였는데 그에 비해 팔을 들고 경운기를 향해 몸을 돌렸던 동작들은 묘하게 재빨랐다. 게다가 웃옷이 온통 검붉은 색이었다. 문갑은 점점 멀어지는 경운기를 향해 뭐라고 외쳤다. 소리는 들리지 않았지만 입모양으로 대충 짐작할 수 있었다.

……크아아?

대현은 혼자서 피식 웃으며 다시 바다로 눈을 돌렸다. 갈매기 떼가 어딘가로 날아가고 있었다.

곽수는 아주 잠깐, 그러니까 0.5초 정도 저 빌어먹을 개뼈다귀 같은 휴대폰을 뺏어들고 침을 뱉은 뒤 바닥에 내동댕이치고 싶은 욕망에 휩싸였다. 소리를 어찌나 크게 틀어놨는지 이어폰에서는 뜻을 알 수 없는 노래가 계속 흘러나왔다. 곽수는 노래에 몸을 맡긴 채 고개를 까딱거리는 만무방을 흘끗 노려봤다. 옆머리와 뒷머리는 허옇게 민 상태로 길게 기른 윗머리를 몽땅 뒤로 넘겼다. 어찌나 반질반질한지 마치 소가 핥아 놓은 것 같았다.

"……그러니까 말씀드린 것처럼 처리하겠습니다."

김 계장의 목소리가 곽수의 정신을 깨웠다.

"네?"

"못 들으셨어요?"

마흔 중반은 됐을까? 곽수가 보기에는 아직 솜털이 보송보송한 애송이에 불과한 김 계장이 대놓고 얼굴을 찌푸렸다. 꼴에 시청 계장이란 말이지? 배알이 꼴렸지만 어쩔 수 없었다. 꼴에 시청 계장이니까.

"들었죠, 들었죠. 저희 어르신들이 그 뭐냐, 긴장이라는 걸 해가지고 좀 잡음이 생겼는데 다음 코스부터는 문제가 없을 겁니다. 허허."

"딴소리하시긴. 우리 계장님 말씀은 그게 아니잖아요. 보고하는 건 저희가 책임지고 처리할 테니 그건 이장님께서 알아서……."

계장이라는 작자 옆에 매미처럼 착 달라붙어서 울어대는 놈은 자신을 이 서기라 밝혔다. 말끝마다 우리 계장님, 우리 계장님 하는 폼이 똥궁뎅이라도 핥을 위인이었다. 이 새끼, 아니 이 서기가 '그건'에 힘을 주며 오른손 엄지와 검지를 동그랗게 말아 보였다.

"아이고, 당연하죠!"

곽수도 덩달아 손가락으로 신호를 보냈다. 찔러줄 몇 푼은 이미 준비해놓았다. 타이밍만 노리고 있었는데 노골적으로 요구하니 차라리 마음이 편했다. 오케이. 게임 끝. 곽수는 그제야 허리를 펴고 등받이에 몸을 기댔다. 경운기의 덜컹거림이 기분 좋게 느껴졌다. 김 계장도 만족한 듯 먼 하늘로 눈을 돌렸다. 이 서기는 옆에서 연신 부채질을 해댔다. 젊은 만무방은 여전히 노래에 맞춰 고개를 끄덕대는 중이었다. 나사 하나가 빠진 꼴이었다.

"우리 잘생긴 학생분은 이름이 뭔가?"

곽수가 물었다. 놈은 대꾸가 없었다.

"학생 이름이 뭔가?"

목소리를 높이고 나서야 놈이 힐끗 곽수를 바라봤다.

"뭐라고요?"

"이름. 이름이 뭐냐고."

"박노영이요."

노영은 귓구멍에서 이어폰을 빼지 않은 채로 툭, 한마디를 던지고는 다시 눈을 감고 음악에 맞춰 고개를 까딱였다. 곽수는 신물처럼 올라오는 욕망, 휴대폰을 뺏어서 가래침을 뱉고 욕을 해준 후 발로 꽉꽉 밟아 부수고픈 충동을 간신히 내리누르며 허허 웃었다. 허허, 그 새끼 참.

"오늘 즐거운 시간 보내요."

곽수는 웃었다. 약 기운이 떨어진 건지 다시 어금니 근처가 욱신대기 시작했다.

4

제법 먼 거리인데도 고함 소리가 생생히 들렸다. 대현과 승복은 동시에 고개를 돌렸다. 산기슭을 타고 층층이 쌓인 밭에 사람들이 모여 웅성대는 중이었다.

"누구 허락을 받았냐고?"

카랑카랑하고 꼬장꼬장한 목소리가 산속에 울렸다.

"저 양반 또 시작이구먼."

두갑이 고구마밭 근처에 경운기를 세우며 말했다. 대현과 승복은 밭으로 달려 올라갔다. 산 아래로 제법 시원한 바람이 불어왔지만 푹푹 찌는 날씨는 변함이 없었다.

"왜? 내가 허튼소리 했어?"

불에다가 기름을 들이부은 듯 목소리가 한층 더 타올랐다.

"뭐지?"

승복이 헉헉대며 물었다. 대현도 알 턱이 없었다. 중간쯤에서 인상을 잔뜩 구기고 휴대폰을 만지작거리는 지석과 마주쳤다. 그가 족제비 같은 얼굴로 뭔가를 우물거렸지만 대현은 무시하고 달렸다. 사건이 터졌다. 그런 것쯤은 술렁이는 공기로도 알 수 있었다. 중요한 건 혜진의 상태였다. 족제비의 잔소리를 들어줄 여유는 없었다. 걸음이 느린 승복이 재물이 되겠지, 뭐.

"어르신, 일단 진정 좀 하시고, 네?"

곽수가 새까만 얼굴의 노인을 뜯어 말렸다. 나래는 밭 가운데 주저앉아 울고 혜진은 달래는 중이었다. 수용도 노인을 향해 뭐라 이야기를 하며 연신 고개를 숙였다. 나머지는 폭격을 피해 나무 그늘 아래 앉아 있었다.

"뭐야?"

방금 전 승복이 했던 질문을 이번에는 대현이 던졌다. 노영이 대현을 돌아보았다.

"말도 마세요. 밭에서 고구마 뽑고 있는데 웬 미친 영감이 나타나서 지랄거리는 거 있죠? 밭 다 망친다면서. 하필이면 그 앞에 나래 선배가 있어서."

노영은 다 알지 않느냐는 표정을 짓더니 다시 이어폰을 끼고 리듬을 타기 시작했다.

"누구 마음대로 밭에서 이 짓거리냐니까?"

노인은 고래고래 소리를 질렀다. 불콰한 얼굴이 술깨나 마신 모양이었다.

"봉수 어르신. 제가 몇 번이나 말씀드렸잖습니까. 밭 좀 빌리겠다고. 그때는 괜찮다 하시더니 이제 와서 이러면 어쩝니까?"

곽수는 정말로 미칠 노릇이었다. 이 술고래 영감이 산통을 깨도 유분수지.

"마을 분들과 조율이 안 된 겁니까?"

수용이 곽수에게 물었다.

"그게 아니고 저 영감님이 좀 오락가락하셔서."

"뭐? 이 새끼가 날 노망난 늙은이 취급해?"

곽수는 더 이상 상대하고 싶지 않아 봉석에게 눈짓을 했다. 봉석과 형태가 얼른 달려와 봉수 영감의 겨드랑이에 팔을 찔러 넣고 끌고 갔다. 때마침 소식을 듣고 달려온 봉수 영감의 아내가 남편의 입을 틀어막으며 지청구를 늘어놓았다. 아이고, 이 영감탱이가 뭔 짓이래. 술을 마셨으면 자빠져 자지 기어 나와서는.

곽수는 점점 멀어지는 봉수 영감의 고함을 들으며 눈을 감았다 떴다. 벌써 더위라도 먹은 건지 등에 서늘한 땀이 차고 머리가 지끈거렸다. 눈앞에 선 인간들의 얼굴이 보였다. 학생 놈들은 불만에 가득 찬 표정으로 앉아 있었다. 버르장머리 없는 새끼들. 마을 주민들은 멍한 얼굴로 자신을 바라볼 뿐이었다. 멍청한 쭉정이들. 김 계장과 이 서기는 자기들끼리 뭐라고 수군대는 중이었다. 돈만 밝히는 버러지들. 마음 같아서는 싹 다 쓸어버리고 싶었다.

"아이고, 죄송합니다. 사소한 오해가 있어서 불미스러운 일이 발생했는데 이장으로서 정말 면목 없습니다."

곽수는 집으로 달려가 다락에 넣어둔 사냥용 엽총을 꺼내 사람들을 쏘아 죽이는 대신 허리를 숙였다. 뜨끔뜨끔한 어금니 근처를 혀로 누르며. 아무래도 그 편이 낫지 싶었다. 깔끔하고.

"아닙니다. 일을 하다 보면 다 그렇죠. 너희도 괜찮지?"

수용이 학생들을 돌아보며 물었다. 아무도 대답이 없었다. 혜진이 멍한 얼굴로 고개를 끄덕일 뿐이었다. 대현이 얼른 외쳤다.

"네, 네. 괜찮습니다!"

"자자, 앉아 있지만 말고 얼른 움직여. 바닷바람이 얼마나 시원하냐?"

수용이 사람 좋아 보이는 너털웃음을 터트리며 말했다. 그제야 학생들이 하나둘 엉덩이를 털며 일어났다.

"아이, 왜 휴대폰 안 터져?"

기껏 살아나려는 분위기에 찬물을 끼얹은 건 지석이었다. 땀을 삘삘 흘리는 승복을 달고 나타난 지석은 삐딱하게 선 채로 휴대폰을 들여다보고 있었다.

"제 것도 그래요. 아까부터 먹통이야."

지민이 대뜸 나섰다. 그제야 다른 학생들도 자신의 휴대폰을 확인하기 시작했다. 대현도 주머니에서 휴대폰을 꺼내 보았다. 신호가 안 잡혔다.

"처음부터 그랬어요. 이 섬에서는 휴대폰이 안 터지는 것 같아요. 인터넷도 마찬가지예요."

노영이 자기 휴대폰을 들어 보였다.

"그럴 리가 없는데……. 원래 좀 비실비실하긴 했어도 어제 전화국 직원들이 와서 중계긴가 뭔가를 새로 달았거든요."

곽수가 당황한 얼굴로 말했다. 영생도에는 집집마다 유선 전화가 놓여 있다. 게다가 곽수가 속으로 괴벨스라 부르는 이장 전용 마이크를 사용하면 코딱지만 한 섬 구석구석까지 소식을 전할 수 있었다. 물론 대부분 휴대폰 역시 가지고 있었다. 그리고 휴대폰이 잘 터지지 않는다고 불만을 토로하는 이는 여태 한 명도 없었다. 말이라고는 도통 통하지 않는 전화국을 설득해 빵빵하고 커다란 새 중계기로 바꿔 달기로 한 건 순전히 손님들 때문이었다. 요즘 젊은이들이 휴대폰을 한시도 놓지 않는다는 사실쯤은 곽수도 충분히 알고 있었다.

"어제 아침 배편으로 전화국 직원 셋이 장비를 들고 들어왔거든요, 분명. 제가 경운기로 송장산까지 태워줬어요."

형태가 머리를 갸우뚱하며 말했다. 광고만 뻔질나게 해대면서 막상 도와달라니 이리 미루고 저리 미루는 통에 곽수는 열불이 나 죽을 뻔했다. 사정사정해서 불러놓았더니만 일을 이딴 식으로 처리해?

"그럼 그 직원들 지금 어디 있어?"

"네?"

"오늘 아침 나가는 배에 타진 않았으니까 섬 어딘가에 있다는 소리잖아."

"그러네요. 이 사람들이 어디 처박혀서 낚시라도 하나?"

곽수는 피가 거꾸로 솟는 기분이었다. 형태의 천하태평한 말투도 듣기가 싫었고 그걸 또 멍하니 입을 벌린 채 바라만 보는 봉석의 꼬락서니도 눈에 거슬렸다. 이쯤 되면 누구 하나 퍼뜩 달려가서 그 새끼들 찾아내란 말이야! 버럭 소리를 지르고 싶었지만 빌어먹을 손님들과 심사단 앞에서 그럴 수는 없었다.

"이봐, 형태. 그럼 가서 그분들 한번 찾아봐. 어려움이 있으면 도와드리고. 어서."

그나마 형태는 눈치라는 게 있었다. 곽수의 표정을 보고는 화들짝 놀라며 달려갔다. 어찌나 정신없이 뛰었던지 몇 미터 못 가서 돌부리에 걸려 넘어지고 말았다. 곽수는 하마터면 웃음을 터트릴 뻔했다. 다리를 절뚝거리면서도 꽁지 빠지게 도망치는 형태를 보고 있으니 기분이 조금 풀어졌다. 그러고 보니 꽁지 빠지게 도망친다는 표현이 마음에 들었다. 누구로부터? 바로 이 김곽수로부터.

"여기에 휴대폰 들여다보러 온 거 아니잖아. 해결해주신다니까 조금만 참아."

수용이 상황을 정리하려는 듯 손뼉을 두 번 치며 말했다.

"교수님, 너무 더워요."

이번에는 지민이 투정을 부리고 나섰다.

"이렇게 더운데 꼭 고구마를 캘 필요는 없지 않을까요?"

누가 짝짜꿍 아니랄까 봐 이번에는 지석이 거들고 나섰다. 두 사람의 행동이 얄밉긴 했지만 덥다는 사실만은 대현도 인정했다. 이런 날씨에 밭에서 고구마를 캐다가는 건장한 남자도 픽픽 쓰러질 판이었다. 경운기에서 내려 제일 마지막으로 밭에 올라온 하나는 아예 숨이 넘어갈 것 같은 얼굴이었다.

"그래. 좀 덥긴 하지?"

수용의 등과 겨드랑이에도 이미 땀이 흥건했다.

"아이고 마. 우리들은 이보다 더 더워도 끄떡없는데 젊은 사람들이 엄살이 심하네."

머릿수건을 둘러쓴 할머니가 밭에 쭈그려 앉아서는 한마디 했다. 노골적으로 빈정대는 투였다.

"암. 요즘 것들은 매가리가 없지."

호미를 든 할아버지가 덧붙였다. 쯧쯧, 혀를 차면서. 얼굴을 가로지른 주름이 밭고랑만큼이나 깊고 진했다.

"왜 여기까지 와서 고구마를 캐요?"

지민이 샐쭉한 표정으로 혜진을 바라봤다. 주어만 없을 뿐 혜진에게 책임을 묻는 모양새였다.

"유지민!"

대현은 자기도 모르게 소리를 질렀다. 지금까지 소리는커녕 지민과 제대로 말도 못 해본 대현이었다. 지민 역시 방송국 쭉정이인 대현에게는 미소 한번 지어주지 않았다. 모두 놀란 얼굴로 대현을 바라봤다. 대현은 얼굴이 벌게져서 이리저리 시선을 돌리다가 혜진과 눈이 마주쳤다. 혜진의 눈꼬리가 살짝 내려갔다가 금세 제 위치로 돌아왔다. 대현은 그 순간을 놓치지 않았다.

"더워서 힘든 건 알겠는데 그만들 해."

수용이 끼어들기는 했지만 그 역시 난감한 표정으로 학생들을 바라볼 뿐이었다. 지석이 대현을 향해 대놓고 눈을 부라렸다. 지민은 눈물까지 글썽이며 대현을 째려봤다. 승복은 아무도 몰래 엄지를 치켜들어 보이고는 입모양으로 천천히 말했다. 좆. 됐. 어.

"맞습니다. 오늘 날씨가 좀 이래서 한참 볕드는 지금은 고구마 캐기가 좀 그럴 겁니다. 제가 이럴 줄 알고 다른 활동을 또 준비했습니다. 허허."

곽수는 상황을 지켜보다가 재빨리 말을 꺼냈다. 다른 활동 같은 건 있지도 않았다. 낮 동안 밭에 처박아뒀다가 새참을 먹인 후 저녁에는 바비큐 파티를 열어주는 게 계획의 전부였다.

"그렇습니까?"

수용이 반색을 했다. 곽수는 심사단 두 명의 눈치를 살피며 필사적으로 머리를 굴렸다. 낚시를 시킬까? 바다 수영은 싫어하겠지? 영생 수산 견학은 씨알도 안 먹힐까? 짭조름한 바닷바람이 불어왔다. 곽수는 얼굴을 찡그렸다. 요 며칠 바람이 거셌다. 어릴 때부터 바람이라면 지긋지긋했다. 바닷바람이 우렁우렁 부는 걸 보며 희희낙락하는 건 뱃놈들뿐이었다. 바람만 잠잠했다면 낚시를 하거나 배를 타고 섬 뒤쪽 구경을 할 수도 있었을 텐데. 곽수의 마음이야 아랑곳없다는 듯 다시 한번 굵고 깊은 바람이 휘이잉 소리를 내며 불어닥쳤다가 산등성이를 타고 사라졌다. 쉬이이익 바람 빠지는 소리만이 남았다. 그 순간 곽수의 머릿속에 퍼뜩 좋은 생각이 떠올랐다.

"여러분이 계신 이곳이 바로 송장산입니다. 여기서 조금만 더 올라가면 우리 영생도의 자랑거리인 송장굴이 나오죠."

곽수는 미소를 지으며 말했다.

"송장굴이라면 동굴을 말씀하시는 건가요?"

수용이 물었다.

"네. 자연 동굴입니다. 입구가 무척 넓은데 갈수록 좁아지죠. 그래도 계속 걸어가다 보면 반대편 입구가 나옵니다. 바다에서 불어오는 바람이 송장굴을 지나면서 아름다운 소리를 내는데, 그게 다 양쪽이 통해 있기 때문입니다. 저희 영생도 주민들은 그 소리를 듣기 위해 여름밤이면 송장굴에 모여 이야기도 나누고 같이 밥도 해 먹습니다. 오늘 그 동굴 탐험을 코스에 넣었으니 한번 가보시죠. 아주 시원합니다. 점심도 거기서 드시면 되겠네요."

송장굴이 있다는 것만 빼고는 다 거짓말이었다. 바람이 동굴을 빠져나가며 소리를 내긴 했지만 낭만적인 것과는 거리가 멀었다. 오히려 귀신이 우는 것 같은 으스스한 소리가 난다며 마을 주민들은 송장굴을 멀리했다. 게다가 그 옛날 송장굴은 시체를 버리는 용도로 쓰였다. 매장 풍습이 없던 시절의 이야기지만 꺼림칙한 기운만은 지금도 변함이 없었다. 몇 명인가는 귀신을 봤다고도 했다.

곽수는 눈이 휘둥그레진 마을 사람들의 얼굴을 보며 한편으로는 흐뭇했고 한편으로는 신경이 쓰였다. 산통 깨는 인간이 나오면 안 되는데…….

"잘됐네요. 그런 좋은 곳이 있다니. 얘들아, 너희도 좋지?"

수용이 물었고 학생들은 천천히 고개를 끄덕였다. 배터리가 떨어져 가는 시계 같았다. 이제 될 대로 되라는 표정이었다. 대현도 마찬가지였다. 1초라도 빨리 이 어색하고 불편한 상황에서 벗어날 수만 있다면 뭐든 괜찮다 싶었다. 누군가의 제안을 따르고 반대는 하지 않는다. 내 의견을 말하는 건 금물. 언제부턴가 대현은 그런 자세를 취하게 되었다. 귀찮고 어려운 건 질색이다. 그저 흘러가는 대로 두면 된다. 어떤 의미에서는 호불호를 확실히 표현하는 지민이나 지석이 부러울 때도 있었다.

"또 거기까지 올라가야 돼?"

혼자서 몇 마디 투덜거리기는 했지만 이번에는 지민도 순순히 동의를 했다. 아무렴, 더위 속에서 고구마를 캐는 것보다는 동굴 탐험이 나아 보였다.

"곽수 동생, 어쩌려고 그래?"

곽수는 자신을 끌고 구석으로 데려가 나무라듯 말하는 두갑이 마음에 들지 않았다. 술주정뱅이 주제에 어떤 때는 느닷없이 어른 행세를 하려고 한다.

"어쩌긴요. 동굴 한번 구경시켜주는 거지. 형님은 걱정 마시고 문갑 형님 좀 데리고 오세요. 횟감 좀 마련해달란 게 언젠데."

무언가 말을 덧붙이려는 두갑을 두고 곽수는 홱 돌아섰다. 봉석이 모아이 석상 같은 얼굴로 멍하니 서 있었다.

"어서 가서 랜턴 몇 개 챙겨와. 부녀회장한테는 송장굴에서 점심 먹을 거니까 알아서 준비하라 말하고. 빨리빨리 움직여!"

불만에 찬 마을 사람들의 시선을 뒤로 한 채 곽수는 송장굴을 향해 걸음을 옮겼다. 바람이 불었다. 송장굴이 환영 인사라도 건네듯 으으으 신음을 토해냈다.

"선배, 괜찮아요?"

대현이 물었다.

"아니. 열나 힘들어."

승복이 대답했다.

"야! 좀 진지하게 해봐."

"진지하긴 개뿔. 나 진짜 힘들다니까. 섬에 와서 왜 등산을 해야 되냐고?"

승복은 툴툴거리면서도 캠코더를 손에서 놓지 않았다. 화면 속에는 가파른 산길을 느릿느릿 올라가는 방송국 학생들의 뒷모습이 보였다.

"어떻게 물으면 좋겠는지 어서 말해달라니까. 선배, 괜찮아요? 아니면 괜찮아요, 선배?"

승복은 고개를 저었다.

"그럼 이건 어때? 선배, 마음 많이 상했죠?"

"그건 좀 괜찮네."

승복이 말했다. 대현은 마음을 굳혔다.

"그냥 옆에서 같이 걸어주기만 해도 돼."

뒤쪽에서 그런 말이 들려왔다. 대현과 승복은 고개를 돌렸다. 철민이 희미한 미소를 지으며 두 사람을 쓰윽 지나쳤다. 성큼성큼 올라가는 철민을 보며 승복이 속삭였다.

"저 선배가 웃을 때도 있네? 근데 너한테 한 말이야?"

아마도.

대현은 철민의 뒷모습을 바라봤다. 속내를 알 수가 없었다. 저 사람도 혜진 선배에게 마음이 있는 걸까? 왠지 상상이 가지 않았다. 철민을 보면 어린 시절 쓰던 색연필이 떠올랐다. 끝까지 다 쓰고 나면 껍데기만 남던 색연필. 철민의 속에 들어 있는 건 무엇일까? 무엇이 저 사람을 혼자서 달리게 만드는 걸까?

그때, 위쪽에서 탄성이 들렸다. 대현과 승복은 발걸음을 서둘렀다. 수풀로 우거진 산길을 지나자 탁 트인 공간이 나타났다. 그 끝에 거대한 동굴 입구가 시커먼 속을 내보이고 있었다. 작은 섬의 뒷산에 뚫린 동굴치고는 규모가 상당했다. 이장의 말마따나 바람이 불 때마다 동굴 안에서 기묘한 소리가 울려 나왔다. 승복은 흥분해서 캠코더를 들고 동굴 앞으로 뛰어갔다. 모두 말없이 동굴을 바라봤다. 심지어 내내 불평하던 지민과 지석마저도 감탄한 표정이었다.

"자, 저희들이 랜턴을 나눠드릴 테니까 동굴 안에 들어가셔서 살펴보셔도 됩니다. 마침 저기 랜턴이 오네요."

곽수가 말을 마치자마자 봉석이 땀을 뻘뻘 흘리며 랜턴을 들고 뛰어왔다.

"랜턴이 몇 개 없으니까 몇 명씩 알아서들 짝지어서 돌아다녀. 조심하고."

수용의 말에 대현은 정신이 번쩍 들었다. 혜진과 함께할 좋은 기회였다. 대현은 봉석을 향해 얼른 뛰어갔다.

"저 하나 주세요."

대현은 봉석에게서 빨간색 랜턴 하나를 받아들고 혜진을 찾았다. 수용과 짝을 이룬 지석, 지민 콤비는 벌써 동굴 안으로 들어가는 중이었다. 혜진은 랜턴을 들고 철민 옆에 서 있었다. 하나와 나래가 두 사람과 함께 들어갈 모양이었다. 대현은 혜진을 바라봤다. 모처럼 활짝 웃고 있었다.

"선배, 같이 가시죠."

뒤쪽에서 여지없이 성민의 목소리가 들려왔다. 도수 높은 안경을 추켜올리며 후후 웃고 있었다. 이어폰을 귀에 꽂은 노영도 대현을 보고 씩 웃었다.

"오! 친구, 나를 위해서 랜턴 챙겼구나."

승복이 뱃살을 출렁거리며 다가왔다. 대현은 랜턴을 팽개치고 산에서 뛰쳐 내려가고 싶었다.

"너무 멀리까지 들어가면 안 됩니다. 생각보다 꽤 깊거든요. 잠깐만 둘러보고 점심을 먹겠습니다."

곽수가 학생들의 뒤통수를 향해 소리쳤다.

형태는 이상한 광경과 마주했다. 전화국 직원으로 보이는 남자 셋이 외부 중계기 근처에서 서성거리는 중이었다. 공구함은 활짝 열린 채로 뒤집혔고 거기서 쏟아져 나온 드라이버며 망치 같은 것들이 땅바닥에 널브러져 있었다. 뭐라 중얼거리고 있긴 한데 서로 말을 나누는 모양새는 아니었다. 셋 다 옷이 무척 더러 웠고 어딘가를 다친 듯 걸음걸이가 불안정했다.

사고가 났었나?

"저기⋯⋯."

소리쳐 부르려다가 재빨리 입을 닫았다. 뒤편 덤불숲에서 부스럭대는 소리가 들렸다. 위협적인 목울림이 뒤를 이었다. 비리고 역한 냄새에 코를 막으려는 찰나 덤불을 헤치고 허연 얼굴이 쑥 튀어나왔다.

"다, 당신 누구야?"

형태는 놀라서 엉덩방아를 찧었다. 찹쌀떡처럼 허옇고 통통 붇은 얼굴이 고개를 갸우뚱하며 형태를 바라봤다. 눈이 새빨갰다. 군청색 해경 전투복이 찢어져 너덜거렸다. 왼쪽 귀가 없었다.

"해경?"

둥그렇게 말린 물음표가 입 밖으로 나오기도 전에 남자가 달려들었다. 형태는 반사적으로 팔을 뻗었다. 날카롭고 선명한 통증이 오른손을 덮쳤다. 형태는 해경의 입 속으로 들어간 자신의 손가락과 그 손가락을 문 채 질겅질겅 씹어대는 해경의 얼굴을 바라봤다. 몇 초 후 상황 파악이 되었고, 그제야 머리털이 쭈뼛 섰다.

"히익!"

갈매기처럼 울부짖으며 손가락을 잡아 뺐다. 해경의 입은 자물쇠를 채운 듯 꿈쩍도 하지 않았다. 형태는 해경의 얼굴을 걷어찼다. 아픈 것보다는 공포가 먼저였다. 그래도 떨어지지 않자 몇 번이고 발길질을 했다. 소싯적에는 인천에서 힘깨나 쓰던 몸이었다. 몸집이 작다고 얕보는 양아치들의 해끔한 얼굴을 향해 바다 사나이의 묵직한 발차기를 수도 없이 먹여줬다.

"놔, 놔!"

고통을 참으며 해경의 얼굴을 차댄 보람이 있었다. 놈이 으르렁거리며 입을 살짝 벌렸다. 형태는 그 순간을 놓치지 않고 온 힘을 다해 오른발을 내질렀다. 퍽, 하는 소리와 함께 해경의 한쪽 뺨이 찢어졌다. 검붉은 피가 쏟아지고 부러진 이가 땅으로 떨어졌다. 재빨리 손가락을 빼냈다. 어찌나 세게 물렸던지 중지는 뼈가 보일 정도로 살점이 떨어져 나갔다. 벌어진 상처에서 쉴 새 없이 피가 샘솟았다. 심장이 마구 뛰었다. 목이 뻣뻣하고 뒷머리가 욱신거렸다. 고혈압이라는 놈이 이때를 노리고 달려들 모양이었다.

형태는 비틀거리며 일어섰다. 해경은 고통 따위는 느끼지 못하는 듯 태연한 얼굴로 자꾸 다가왔다.

"이 미친 새끼가 도대체 왜 이래?"

고함을 질러봐야 해경은 알아듣지도 못하는 것 같았다. 대신에 다른 쪽에서 소름 돋는 소리가 들려왔다. 배고픈 육식동물의 울부짖음이었다. 형태는 고개를 돌렸다. 전화국 직원 세 명이 자신을 향해 비척비척 걸어오고 있었다. 그 모습을 보고 있자니 핏기가 싹 가셨다. 진작 알아챘어야 했는데……. 형태는 고통을 참기 위해, 혈관을 휘돌아다니는 공포에 맞서기 위해 아랫입술을 질끈 깨물었다. 직원 세 명도 정상적인 몰골이 아니었다. 멀리서

볼 때는 몰랐는데 옷 여기저기에 핏자국이 가득했고 그중 한 명은 옆구리가 찢어져 내장이 흘러나온 상태였다. 그 직원이 걸음을 옮길 때마다 소장인지 대장인지 모를 뻘건 것이 꼬리처럼 좌우로 흔들렸다. 모두 똑같이 무표정한 얼굴에다가 새빨간 눈알을 하고 있었다.

도대체 이게 무슨 일이야?

팔을 잡아채는 해경의 손을 뿌리치며 형태는 뒤돌아 달렸다. 도망쳐야 한다는 생각뿐이었다. 심장이 얼얼했다. 좋지 않은 신호였다. 저 괴물 같은 놈들보다도 고혈압이 먼저 덮칠지도 모를 일이었다. 하지만 그건 기우에 불과했다.

걸어왔던 길을 되돌아 얼마나 달렸을까. 갑자기 몸이 떨리기 시작했다. 한여름 태양은 여전히 무자비하게 내리쬤다. 산속이었지만 바람만 조금 불 뿐 환장하게 더운 건 똑같았다. 밭은 숨을 토해내며 달릴 때마다 땀이 후드득 땅으로 떨어졌다. 그런데도 추웠다. 아니, 정확하게 말하자면 살갗에 오슬오슬 소름이 돋고 몸 안 깊숙한 곳에서부터 차디찬 기운이 뻗어 나왔다. 심장에 살얼음이라도 낀 것 같았다. 명치가 뜨끔뜨끔하고 속이 울렁거렸다. 귓가에서 벌떼들이 붕붕 날갯짓을 해댔다. 고혈압하고는 상관없었다. 재작년에 아내를 두들겨 패다가 쓰러졌을 때는 얼굴이 뜨겁게 달아올랐고 머릿속이 상한 달걀처럼 흐물흐물 풀어지는 느낌이었다. 그런데 그때 왜 그 사람을 때렸던 거지? 상황과 맞지 않는 엉뚱한 생각이 불쑥 떠올랐지만 곧 물러갔다. 대신에 갑자기 화가 치밀었다. 내가 왜! 이 땡볕에! 피를 철철 흘리면서! 괴물 새끼들한테! 쫓기는 거지! 형태는 뒤를 돌아봤다. 10여 미터 뒤에서 해경과 전화국 직원 세 명이 꾸물꾸물 쫓아오고 있었다. 빠른 걸음은 아니었다. 어기적어기적 걷는 꼴이 꼭 술에 취한 것 같았다. 입을 헤 벌리고 침을 흘린다. 이를 드러낸 채 으르렁댄다. 멈춰 서서 숨을 고르는 일도 없이 한결 같은 속도로 발걸음을 옮긴다. 그 단순하고 우직한 모습이 더 소름끼쳤다.

"살려……."

소리를 지르려는데 목에서 걸려 나오지 않았다. 누군가가 안에서 손을 뻗어 목구멍을 막고 있는 것 같았다. 누군가? 이상하다는 생각도 잠시, 곧 피부가 근질거리기 시작했다. 아니, 피부가 아니라 더 안쪽이다. 근육과 피부 사이 어딘가. 형태는 몸을 부르르 떨었다. 숨을 쉴 때마다 몸 안이 얼어붙는 느낌이었다. 해경에게 물린 손가락을 내려다봤다. 방금 전까지 줄줄 흐르던 피가 어느새 멎어 딱딱하게 굳었다. 매미들의 그악스런 울음이 유독 크게 들렸다. 산모기 몇 마리가 주위를 느릿느릿 날아다녔다. 그야말로 느릿느릿. 손을 뻗으면 금방이라도 잡을 수 있을 것 같았다.

형태는 우뚝 멈춰 섰다. 멀리서 바람을 타고 사람들의 목소리가 들렸다. 그것뿐만이 아니었다. 나뭇잎이 바스락거리는 소리, 산새가 날아오르는 소리, 괴물들이 걸어오는 소리, 청설모가 나무를 오르는 소리가 생생하게 들렸다. 갑자기 모든 풍경이 낯설게 보였다. 양쪽 눈가에서부터 서서히 붉은 커튼이 드리워졌다.

마치 막을 닫는 것처럼. 문득, 배가 고팠다. 참을 수 없을 만큼 허기가 졌다.

무언가를 먹고 싶다.

아주 간단하고 원초적인 생각이, 머릿속을 가득 채우고 있던 두려움을 밀어내며 온몸으로 퍼져나갔다. 형태는 방향을 틀었다. 사람들의 소리가 들리는 쪽으로. 짐작컨대 그곳은 송장굴 근처였다. 쓰레기 같은 이장이 뭔 말로 사람들을 꼬드겼는지 모르겠지만 좌우지간 지금은 거기 모여 있다. 그리고 그곳으로 가면 먹을 것들이 가득할 것이다. 다시 뒤를 돌아봤다. 이제는 모든 풍경이 새빨갛게 보였다. 우거진 나무도, 청명한 하늘도, 저 멀리 펼쳐진 바다도, 그리고 험한 몰골의 추격자들도.

형태는 송장굴 쪽으로 향했다. 멀리서 낯은 익지만 이름은 생각나지 않는 쭈그렁바가지 노인이 다가와 자신을 향해 뭐라고 떠들어댔다.

"뭔 일 있었냐? 얼굴이 왜 그래?"

형태는 기침을 했다. 허리를 숙이고 숨이 멎을 정도로 콜록댔다. 탁한 핏덩이가 울컥울컥 쏟아져 나왔다. 노인이 외마디 비명을 질렀다. 맞아! 밥을 늦게 차려줬었지. 그래서 때렸어. 그것이 형태가 한 마지막 생각이었다.

그리고 그는 눈앞의 먹이를 향해 달려들었다.

아수라장

1

"선배, 〈디센트〉라는 공포 영화 보셨어요?"

성민은 쉴 새 없이 떠들어댔다. 대현은 건성으로 대답하며 동굴 구석구석을 랜턴으로 비췄다. 기괴한 모양의 종유석들이 천장에 매달려서 낯선 침입자들을 바라보고 있었다. 동굴의 천장은 밖에서 봤던 것보다는 낮았지만 바람이 휘돌아 나가기에는 충분했다. 잠에서 깬 박쥐 몇 마리가 불빛 앞으로 불쑥 튀어나오더니 후드득 소리를 내며 뒤쪽으로 날아갔다. 뒤에서 여자들의 비명이 들렸다. 대현과 그 패거리들은 일행의 제일 앞쪽, 그러니까 동굴의 가장 깊은 곳에 있었다. 어둠이 드리운 동굴을 보며 감상에 젖을 생각 따위는 조금도 없었다. 성민 말고는 말을 하는 사람도 없었다. 승복이 배가 고프다고 잠시 투덜거렸을 뿐이었다. 그러다 보니 자연스레 걸음이 빨라졌다.

"그 영화에서 보면요, 이런 동굴 속에 지하 괴물이 살고 있는데……."

대현은 한숨을 쉬었다. 좀비, 외계인, 공포 영화, 이제는 지하 괴물까지. 성민의 관심사는 참으로 다양하면서도 또 한결같았다. 성민이 어두컴컴한 기숙사 방에 앉아 인터넷으로 관련 사이트를 돌아다니며 낄낄거리는 모습이 눈앞에 훤히 그려졌다. 그런 것도 덕질이라고 해야 하나? 정확하게는 모르겠지만 성민이 독특한 취미를 가진 것만은 분명해 보였다. 한편으로는 그런 모습이 부럽기도 했다. 무언가에 열정을 가지고 몰입한다는 건, 대현으로서는 상상하기 힘든 일이었다. 친구들이 게임이나 축구 혹은 자동차에 푹 빠져 있을 때도 대현은 늘 심드렁했다. 고등학교 3학년 내내 대현은 있는 듯 없는 존재였다. 무색무취. 그나마 승복이라도 없었다면 학창 시절의 추억이라곤 아무것도 없었으리라. 그런 승복은 지금 자기 혼자 뭐라 중얼거리며 촬영에 열중하고 있었다. 캠코더 조명에서 푸르스름한 빛이 새어 나왔다.

"넌 좋겠다."

대현이 승복에게 말했다.

"좋긴. 여기 너무 어두워서 꼭 싸구려 공포 영화처럼 찍힌다."

승복은 이미 확고한 꿈이 있었다. 다큐멘터리 영화감독. 부모님이 아무리 반대해도 꼭 꿈을 이룰 거라며 이미 고등학교 3학년

때 선언을 했다. 늘 지니고 다니는 캠코더는 승복의 분신이나 다름없었다.

내 꿈은 뭘까?

승복을 볼 때면 늘 그런 생각이 들었다. 내가 잘하는 건 뭐고, 잘할 수 있는 건 뭘까? 대학에 진학하고 군대도 다녀왔지만 아직까지 알 수가 없었다. 대현은 답답했다. 답답했지만 마땅히 답을 찾기 힘들었다. 베스트셀러라는 자기계발서도 읽어보고 유명 멘토라는 사람의 유튜브 강의도 들어봤지만 그때뿐이었다. 다음 날이면 전날 진탕 마셨던 술과 함께 모두 날아가버린다. 그러면 또 똑같은 하루가 반복되는 것이다. 강의를 듣고, 토익 공부를 하다가 웹툰을 보고, 저녁에는 친구들과 어울려 술잔을 기울인다. 미래에 대한 걱정이 마음을 뒤덮고 있지만 지금 당장의 유혹을 뿌리치기 힘들다. 매일 다짐과 후회를 반복한다. 그사이 시간은 뭉텅뭉텅 흘러간다. 한 가지 위안이 되는 것은 주위 친구들 대부분이 비슷한 고민을 한다는 사실이었다. 그나마 어학연수라도 다녀오고 형식적이건 어쨌건 봉사활동이라도 하는 친구들은 나은 축에 속했다.

대현은 우울한 생각을 떨쳐버리려고 고개를 가볍게 저었다. 그때 뒤쪽 어딘가에서 비명이 들려왔다. 다급하고 고통에 찬 비명이었다. 그것도 남자가 내는 소리가 분명했다.

"박쥐 가지고 뭘 저리 놀래?"

승복이 패널에서 눈을 떼지 않은 채 말했다.

"뭐, 뭐야?"

또 다른 소리가 들렸는데 네 명 모두 그 목소리의 주인공이 누구인지 알아챘다. 수용이었다. 그제야 뭔가 심상치 않은 분위기가 감돌았다.

"무슨 일이 생겼나?"

대현이 말했다.

"드디어 지하 괴물이 나타난 건가?"

성민이 흥미진진하다는 투로 말했다. 하지만 목소리에는 긴장감이 배어 있었다. 대현은 뒤쪽을 향해 랜턴을 들이댔다. 쭉 뻗어나가는 불빛 사이로 우왕좌왕 움직이는 사람들의 형체가 보였다. 그 순간 수용이 외쳤다.

"모두 도망가!"

곽수는 처음부터 끝까지 다 지켜봤다.

처음에는 신기루라고 생각했다. 동굴 입구는 나무가 전혀 없는 평지였고 그 때문에 한낮의 태양이 피어올린 아지랑이가 어른거리고 있었다. 그 사이로 어딘가 불편해 보이는 형태가 뛰어들어왔다.

"이런 식으로 진행이 되면……."

김 계장이 뭐라 말을 했지만 귀에 들어오지 않았다. 곽수와 김 계장 그리고 이 서기는 동굴 옆 나무 그늘 아래서 담배를 피우는 중이었다. 땡볕에 산을 탄 게 마음에 안 들었던지 김 계장은 못마땅한 얼굴로 계속 잔소리를 늘어놓았다. 곽수는 배알이 꼴리는 걸 참아가며 묵묵히 듣고만 있었다. 개똥 같은 자슥들. 속으로 욕을 하며.

다가오던 형태는 비틀비틀 몇 발자국을 걷다가 허리를 숙이고 기침을 해댔다. 그 소리가 너무 크고 끔찍해서 곽수는 자기도 모르게 마른침을 삼켰다.

"저, 저분 괜찮은가?"

김 계장이 말했다. 동시에 형태가 입에서 피를 쏟아냈다. 멀리서 보기에도 상태가 안 좋았다. 어깨는 구부정하고 목은 쌈닭처럼 쭉 빼고 있는데 눈이 완전히 새빨갰다. 마침 근처에 있던 최 영감이 형태에게 다가갔다. 고구마 캐는 일을 도와준다고 해서 데려왔는데 일이 틀어지면서 졸지에 송장굴까지 따라온, 올해 칠순이 된 최 영감은 성격이 수더분해 군말 없이 곽수의 말을 들어주었다. 어르신, 여기서 저 애들한테 동굴 설명도 좀 해주시고, 네?

형태는 갑자기 달려들었다. 큰 소리로 으르렁댄다 싶더니 돌연 최 영감의 목을 물어뜯었다. 살을 씹어대고 피를 들이켜는 소리가 십여 미터 떨어진 곽수에게도 똑똑히 들렸다.

"저, 저, 저, 저."

김 계장이 고장 난 오디오처럼 말을 더듬었다. 최 영감이 고통에 찬 비명을 질렀다.

"형태! 뭐 하는 거야?"

곽수가 하얗게 질린 얼굴로 달려 나갔다. 심장이 두근거렸다.

잘못 본 거야. 헛것을 본 거야. 그래, 신기루. 빌어먹을 여름 햇볕이 만들어낸 환상. 숨을 몰아쉬며 달리는 중에도 곽수는 몇 번이나 눈을 감았다 떴다. 신기루는 사라지지 않았다. 훨씬 더 선명해질 뿐이었다. 그리고 냄새까지 풍겼다. 비릿하고 역겨운 피 냄새.

크으으.

최 영감의 목덜미에 코를 박고 있던 형태가 고개를 들고 곽수를 바라봤다. 그는 짐승 같은 소리를 냈다. 송장산에 숨어 살며 닭이나 오리를 잡아가는 야생 고양이들이나 낼 법한 소리였다. 언제부턴가 불어난 야생 고양이들은 영생도의 골칫거리였다. 낚시꾼들이나 마을 주민들이 버린 고양이들이 산에 들어가 무리를 이루었고, 이제는 대낮에도 병아리들을 낚아채 갈 만큼 대담해졌다. 곽수는 형태를 보며 고양이를 떠올렸다. 입가에는 피가 잔뜩 묻어 있었고 아직도 무언가를 우물우물 씹는 중이었다. 형태가 혀로 입술을 핥았다. 다음 먹이를 찾았다는 듯.

"어르신……."

최 영감을 부르려다가 곽수는 입을 닫았다. 이미 늦었다. 최 영감은 간헐적으로 몸을 떨고는 있었지만 찢겨나간 목덜미에서 피가 울컥울컥 쏟아져 나와 땅이 금세 벌겋게 물들었다.

도대체, 도대체 이게 뭐야?

도무지 사태 파악이 되지 않았다. 문득 엉뚱한 생각이 들었다. 형태가 저 모양이면 마을회관 마이크 시절은 누가 점검하지? 그런 것 따위는 이제 필요 없다는 듯, 형태가 천천히 일어나며 최 영감의 살점을 꿀꺽 삼켰다. 툭 튀어나온 목울대가 유난히 도드라져 보였다.

"무슨 일입니까?"

어느새 달려온 김 계장이 물었다. 곽수는 입을 다물었다.

"무슨 일이냐니까?"

무슨 일인지 알 수가 없었다. 미치지 않고서야 이런 일이 가능할 리 없었다. 사람이 사람을 물다니. 물어서 뜯어 먹다니.

"계장님이 무슨 일이냐고 묻잖아요?"

이 서기가 버럭 소리를 질렀다.

"몰라! 이 새끼야!"

곽수도 마주 소리를 질렀다. 돌아보니 뭍에서 온 두 놈의 얼굴에는 이미 핏기가 하나도 없었다. 이 서기가 토하기 시작했다. 한심한 놈. 시건방진 애송이는 내버려둔 채 다시 형태에게로 고개를 돌렸다. 그는 숨이 끊어진 최 영감을 넘어 천천히 다가오는 중이었다.

"뭐가 이렇게 시끄럽대?"

동굴 속에 있던 마을 주민 두 명이 밖으로 나왔다. 잔소리쟁이 춘자와 딸을 서울로 시집보낸 게 유일한 자랑거리인 박색이었다. 두 사람 모두 영생도에서는 젊은 축에 드는 할머니였다. 먼저 비명을 지른 건 박색이었다.

"아이고, 이게 뭐래?"

춘자가 박색의 비명을 받았다. 형태의 고개가 두 사람을 향해 확 돌아갔다. 그때 곽수의 눈에 또 다른 놈들이 보였다. 방금 형태가 걸어 나온 숲길을 헤치고 네 명의 사내가 비틀거리며 모습을 드러냈다. 맨 앞에 선 놈은 해경이 틀림없었고 그 뒤 세 명은 전화국 직원이 분명해 보였지만 그들을 인간이라 부를 수 있을지는 자신이 없었다. 네 명 모두 형태와 같았다. 끔찍한 몰골, 새빨간 눈알, 구부정한 어깨, 쭉 내민 목, 말려 올라간 입술.

"저것들도 저러네."

김 계장이 겁에 잔뜩 질린 목소리로 말했다. 역시 눈치 하나는 빨랐다.

곽수는 주위를 둘러봤다. 무기가 될 만한 걸 찾았지만 잡초와 작은 돌멩이뿐이었다. 봉석이 있었다면 좋으련만. 그 멍청한 놈은 불과 몇 분 전에 곽수 자신이 마을회관으로 심부름을 보냈다. 점심 배달을 위해서였다.

"엄마야, 세상에!"

춘자와 박색이 동굴 안으로 도망쳐 들어갔다. 형태는 늙은 호박 같은 할망구들을 따라 비틀대며 걸어갔다. 그 뒤를 새로 나타난 네 괴물이 따라갔다.

뭐야? 무슨 일이야? 왜 그래? 동굴 안에서 마을 주민들이 외치는 소리가 들렸다.

저 안에 몇 명이나 있지?

곽수는 헝클어진 머릿속을 더듬었다. 뭍에서 온 대학생들 열 명과 교수라는 작자 한 명, 그리고 하등 도움은 안 되지만 어쨌든 도우미라고 불러 모은 마을 주민 다섯에 춘자와 박색. 아! 맞다. 형태의 부모인 순욱과 유숙도 있었다. 둘 다 팔순을 넘긴 노인네였다. 나머지 한 명은 이미 형태에게 물어 뜯겨서…….

순간 곽수는 제 눈을 의심했다. 이번 건 분명 신기루야. 확실해. 확실하고말고.

최 영감이 일어서 있었다. 목에서는 여전히 피가 철철 흘러내렸다. 그는 몸을 한 번 부르르 떨더니 곽수를 향해 고개를 홱 돌렸다. 부자연스러울 정도로 재빠른 몸짓이었다. 눈이 빨갰다. 그 새빨간 눈깔을 바라보자 온몸에 소름이 돋았다.

"이, 이장님. 일단 이 자리를 피하는 게……."

어찌 된 영문인지는 모르겠고 알고 싶지도 않았지만, 한 가지 확실한 사실은 김 계장과 자신의 마음이 통했다는 거였다. 곽수는 고개를 끄덕였다.

"저것들 사람이 아니에요."

이 서기가 떨리는 목소리로 한마디를 던졌다. 그것도 맞는 말이었다. 곽수는 다시 한번 고개를 끄덕이고는 제일 먼저 산 아래로 달렸다.

일단, 무기가 필요해. 그다음에 동굴 안 사람들을 구하는 거야.

그때까지 버틸 수 있을까? 그런 생각이 떠올랐지만 머리를 흔들어 떨쳐버렸다. 동굴 안에는 젊은이들이 많다. 충분히 버틸 수 있을 것이다. 지금 중요한 건, 이 섬의 이장인 자신이 살아남는 것이다.

동굴 안에서 커다란 비명이 들렸다. 뜨거운 햇살이 산길을 달려 내려가는 곽수의 등을 달궜다. 무릎이 시큰거렸다. 어금니가 쑤셨다. 멀리 뒤쪽에서 으르렁대는 소리가 들렸다.

2

종신은 라디오 채널을 이리저리 돌렸다. 주파수가 잘 맞지 않았다. 지직거리는 잡음과 함께 간간히 아나운서의 목소리가 들릴 뿐이었다.

"현재…… 인천과…… 해경이…… 소요 사태…… 원인 불명…… 급속도로……."

결국 라디오를 꺼버렸다. 종신은 눈앞에 들어온 영생도 선착장을 바라봤다. 몇 분 전의 무전이 마음에 걸렸다. 서해 앞바다의 유인도를 돌며 관광객을 실어 나르는 로즈마리 호의 박 선장이 보낸 무전이었다. 평소대로라면 피서철을 맞아 몰려드는 사람들을 싣고 영생도에서 배로 30분 거리인 승봉도 쪽으로 향하고 있어야 했다. 어찌 된 일인지 박 선장은 겁에 질린 목소리로 이쪽 무전은 들을 생각도 않은 채 혼자 떠들어댔다. 아무에게나 무전을 친 모양이었다.

"씨발! 괴물 같은 새끼들이 지금 몰려와서…… 여객터미널도 아수라장이 되고…… 승객들도 전부…… 사람들이 수십 명씩 떼를 지어서…… 젠장, 이 새끼들아!"

무전은 거기서 끊어졌다. 당최 무슨 내용인지 알 수가 없었다. 장난이라기에는 박 선장의 목소리가 너무 심각했다. 로즈마리호로 다시 무전을 보냈지만 아무도 응답을 하지 않았다. 혹시나 싶어 뭍으로도 연락을 해봤지만 그쪽 역시 묵묵부답이었다.

종신은 찜찜한 마음을 애써 누르며 영생호를 선착장에 바싹 붙였다. 배가 잔교에 닿자 조타실 앞쪽에 걸어놓은 액자가 살짝 흔들렸다. 액자에는 자수로 새긴 '슬로우 슬로우 퀵 퀵'이라는 문구가 들어 있었다.

영생호는 5톤짜리 소형 어선이다. 벌써 30년도 더 넘은, 인간으로 치면 내일 당장 죽어도 전혀 이상할 게 없는 늙은 놈이었다. 종신에게 영생호는 첫 번째 배다. 그 전까지는 남의 배만 타다가 나이 마흔 무렵에 그동안 모은 돈으로 영생호를 장만했다. 그때만 해도 번쩍번쩍 빛이 나는 새 배였고 엔진에서는 늘 맑고 힘찬 소리가 났다. 결혼도 그 무렵에 했다. 자기보다 열 살이나 어린 도시 여자에게 첫눈에 반해 섬에서 뭍으로 죽자 살자 따라다녔다. 춤추는 걸 좋아했던 그 여자는 이제 할머니가 되어 매일 선착장으로 나와 종신의 무사귀환을 환영했다.

오늘은 선착장에 아무도 없었다. 모두 농어촌 체험 마을인가 뭔가로 바쁘게 돌아다니고 있을 터였다. 주인 잃은 현수막만이 바닷바람에 펄럭이고 있었다.

환영은 개뿔.

종신은 영 마음에 들지 않았다. 철없이 나부끼는 현수막이 괜스레 밉살맞게 보였다. 섬에 공장을 건설했을 때부터 못마땅했다. 영생도에 필요한 건 빌어먹을 건어물 공장이 아니라 중국 뱃놈들을 확실히 쫓아낼 방법이었다. 고기만 다시 잡힌다면 걱정할 일이 없었다. 헌데 주둥이만 산 곽수 놈은 떡하니 영생 수산을 차려놓고 왕 노릇을 해댔다. 대학을 나왔다는 사실만으로 저보다 나이 많은 사람들을 가르치려는 꼴이 영 눈꼴시었다. 게다가 대학 시절 데모를 했다고 떠벌리고 다니지 않는가! 데모를 했다는 건 빨갱이나 다름없다는 뜻이었다. 적어도 종신에게는 그랬다.

영생호를 선착장에 단단히 묶어두고 담배 한 대를 물었다. 오늘도 수확이 영 신통찮았다. 그물에 걸린 건 죄다 상품으로 못 쓸 잡어들뿐이었다. 중국 어선이 싹쓸이를 한 탓이었다. 중국 놈들은 거대한 엔진을 단 배로 치고 빠지는 전술을 썼다. 눈앞에서 도둑질하는 꼴을 보고 해경에 신고를 하려 하면 금세 달아나고 말았다.

"새끼들. 잡히기만 하면……."

일흔이 넘은 나이지만 지금도 몸 쓰는 일은 자신이 있었다. 젊은 놈 두엇이 덤벼도 이겨내지 싶었다. 귀신 잡는 해병대로 제대했던 스물다섯 이후로 지금까지 하루도 운동을 거른 적이 없었다. 매일 아령을 들고 팔굽혀펴기를 했다. 마당에 세워놓은 철봉도 거르지 않았다. 스무 개. 그 정도는 너끈했다. 굵은 소금을 칫솔에 듬뿍 묻혀 이를 닦고 찬물에 세수를 한 후 비가 오나 눈이 오나 러닝셔츠 바람으로 아침 운동을 하는 것이다. 오줌이 잘 나오지 않아 조금 걱정이긴 하지만 지금 건강 상태라면 백 살까지 살 자신이 있었다. 그래 봐야 30년 후다.

종신은 날이 무뎌진 작살을 챙기고 저녁 찬거리로 쓸 우럭 두 마리를 아이스박스에 담아 집으로 향했다. 작살은 숫돌에 직접 갈 생각이었다. 손잡이 부분이 움푹 들어간 작살도 벌써 10년째 쓰는 물건이었다.

매끈하게 풀을 벤 길이 눈에 들어왔다. 며칠 전부터 곽수가 성화를 부렸으니 형태나 봉석 둘 중 누군가가 했으리라. 마을 사람 중 태반이 농어촌 체험 마을의 도우미로 차출됐다. 지금쯤 아내인 세현은 부녀회장이라는 이름으로 마을회관에서 식순이 노릇을 하고 있을 터였다. 곽수가 하는 일에 사사건건 트집을 잡는 종신과 달리 세현은 제법 우호적이었다.

"좋은 게 좋은 거잖아. 곽수 동생도 다 우리 섬을 위해서 그러는 거고."

세현이 그렇게 말하면 종신은 아무런 대꾸도 못 했다. 그저 혼자 툴툴거릴 뿐이었다. 얌생이처럼 생긴 곽수가 영생도를 위한다는 것쯤은 종신도 알고 있었다. 다만 그 방법이 마음에 들지 않을 뿐이었다. 시끄러운 대학생들이 마을을 누빈다는 상상만 해도 머리가 지끈거렸다.

선착장에서 쭉 이어진 길을 지나 마을 입구로 들어섰다. 왼쪽으로 가면 마을회관, 오른쪽으로 가면 영생 수산이 나온다. 종신의 집은 영생 수산 근처였다. 오른쪽으로 방향을 틀려는 찰나, 이 상한 광경이 눈에 들어왔다. 누군가가 배추밭에 엎드려 있었다. 선착장 근처에서 식당을 운영하는 한용이네 배추밭이었다. 얼핏 한용이 배추를 뽑는가 싶었는데 자세히 보니 그게 아니었다. 해 경 전투복을 입은 남자였고 그 밑에 누가 깔려 있는 것 같았다.

"거기 뭐 하는 거요?"

해경이 고개를 들었다. 담이 센 종신이었지만 그는 흠칫 놀라 뒤로 몇 발자국 물러나고 말았다. 남자는 왼쪽 귀와 뺨이 찢어져 너덜거리는 상태였다. 벌어진 피부 사이로 잇몸과 이가 다 드러 나 보였다. 그리고 그 입에는 피가 한가득이었다.

"살려줘요!"

남자의 밑에서 누군가가 소리쳤다. 종신은 얼른 배추밭으로 다가갔다. 해경으로 보이는 남자는 종신에게서 눈을 떼지 않은 채 가만히 일어섰다. 어떤 예비 동작도 없이, 마치 기계나 로봇이 몸을 일으키는 것 같았다. 손에도 피가 잔뜩 묻어 있었다. 게다가 한쪽 손에는 눈알을 들고 있었다.

"사, 살려……."

밑에 깔려 있던 한용이 엉금엉금 기어서 종신에게로 다가왔 다. 오른쪽 눈이 없었다. 코도 사라졌다. 광대뼈가 드러날 정도로 얼굴이 찢어졌는데도 한용은 용케 정신을 잃지 않고 발버둥을 쳤다.

"당신 누구야?"

뭔가 말을 더 하고 싶은데 너무 놀라 입 밖으로 나오지 않았다. 칠십 평생 동안 이렇게 끔찍한 광경은 처음이었다. 물에 빠진 시체도 수없이 건져보고 크고 작은 사건들을 숱하게 겪었지만 인간이 인간을 물어뜯고 눈알을 뺀다는 건 상상도 못 한 일이었다. 그것도 1년 내내 조용한 영생도에서.

해경은 비척거리며 종신에게로 다가왔다. 빨간 눈이 기묘하게 번뜩였다. 표정도 없고 동작도 굼떴지만 눈만은 살아 있는 것 같았다. 그 눈이 종신을 탐욕스럽게 훑었다.

종신은 주위를 둘러봤다. 배추밭 바로 옆 파란 지붕을 얹은 집에서 주인인 양수가 걸어 나왔다. 종신과는 형 동생 하며 장기를 두는 사이였다. 양수 역시 새빨간 눈을 하고 있었다. 문제는 그것뿐만이 아니었다. 배가 활짝 열린 채였고 그 안에서 흘러내린 내장이 바닥에 질질 끌리는 중이었다.

"양수야!"

오랜 친구의 이름을 불렀지만 되돌아온 건 짐승이나 낼 법한 으르렁거리는 소리뿐이었다. 놀란 가슴을 진정시킬 새도 없이 종신의 뒤쪽에서 시큼한 냄새가 날아들었다. 반사적으로 몸을 홱 틀었다. 선미의 손이 방금 종신이 있던 자리에서 우뚝 멈춘 채 꿈틀거렸다. 선미는 한용의 아내다. 꼬불꼬불한 파마 머리는 피에 젖어 달라붙어 있었고 얼굴도 온통 피투성이였다. 선미가 입맛을 다셨다. 해경과 양수도 점점 다가왔다. 셋 다 구부정한 자세로 입을 크게 벌리고 있었다. 그 안에서 피로 범벅이 된 새빨간 혀가 마치 살아 있는 것처럼 움직였다.

종신은 백발이 쭈뼛 서는 느낌을 받았다. 꿈인지 현실인지 알 수가 없었다.

"이런 일이, 이런 일이."

소용없다는 걸 알면서도 자꾸만 중얼거렸다. 종신을 비웃듯 세 명이 동시에 으르렁거렸다. 제일 가까이 있던 선미가 종신에게 달려들었다. 종신은 옆으로 피하며 자신도 모르게 발로 선미를 걸어찼다. 괴상한 소리를 내며 나동그라지는 선미를 보며 종신은 퍼뜩 정신을 차렸다.

꿈이 아니다! 멍하니 있다가는 나도 당한다!

양수가 내장을 덜렁거리며 손을 뻗어왔다. 종신은 옛 친구를 향해 아이스박스를 집어 던지고 가까이 다가온 해경의 가슴팍을 어깨로 들이박았다. 해경은 쓰러지지 않고 종신의 팔을 움켜잡았다. 어마어마한 힘이었다.

"이놈이!"

주먹으로 해경의 목울대를 정통으로 때렸다. 보통 사람이라면 피를 토하며 쓰러졌으련만 해경은 조금 뒤로 물러났을 뿐이었다. 종신은 그 틈을 놓치지 않고 허리를 숙여 해경과 지금 막 다시 일어난, 아이스박스를 맞고 얼굴이 깨진 양수 사이를 빠져나갔다. 온몸에 땀이 흘렀지만 등골이 서늘했다. 셋이 악귀 같은 얼굴로 종신을 바라봤다.

그때, 서늘한 감촉이 발목을 잡았다. 어느새 길가로 기어 나온 한용이 종신의 다리를 잡고 막 이를 박아 넣으려는 참이었다.

종신은 들고 있던 작살을 한용의 머리를 향해 내리꽂았다. 피부와 근육 그리고 뼈가 깨지는 기분 나쁜 감촉이 작살을 타고 온몸으로 전해졌다. 한용은 소화불량에 걸린 것처럼 긴 트림을 하더니 고개를 떨어뜨리고 움직임을 멈췄다. 그 사이 나머지 셋이 종신의 바로 코앞까지 다가왔다. 느릿느릿 움직이는 듯 보였지만 먹이를 향해 손이나 이를 드러낼 때의 동작은 소름 끼칠 정도로 재빨랐다.

종신은 뒤돌아 달리기 시작했다. 무슨 일이 벌어졌는지는 모르겠지만 이대로라면 영생도 주민 모두가 위험하다.

시체가 살아서 움직이다니.

역시 무당의 말이 맞았다. 올 초 풍어굿을 할 때 용왕님이 씐 무당이 뭐라고 했던가. 뱃놈들이 자꾸 뱃길 다스리는 법을 무시하면 큰 화가 온다고 했었다. 바다가 노하고 그 속에서 수귀들이 걸어 나오고, 송장산에 내다버린 수많은 시체들이 마을로 내려온다고 했었다. 그 말 그대로였다. 쥐새끼 같은 곽수와 그 따라지들이 영생도에 화를 불러왔다.

종신은 숨을 몰아쉬며 머리를 굴렸다. 저것들을, 저 시체들을 다시 잠재우려면 무기가 필요했다. 작살 말고 더 강력한 무기. 집에 놓아둔 물건들을 하나하나 떠올렸다. 야구방망이, 손도끼, 톱, 그 외 각종 공구들. 그리고 몰래 숨겨놓은 엽총. 죄다 챙겨서 저것들을 싹 쓸어버려야지. 그때까지 제발 다른 사람들이 피해를 입지 않길 빌며 종신은 속도를 더 높였다.

집사람은 뭘 하고 있을까?

저것들이 세현의 털끝 하나라도 건드린다면 종신은 저 움직이는 시체들을 묶어놓고 조각조각 포를 떠버릴 작정이었다.

3

수용의 외침과 함께 동굴 안은 곧 비명으로 가득 찼지만 대현 일행은 여전히 무슨 일인지 갈피를 잡을 수 없었다.

"뱀이라도 나타났나 봐요."

노영의 얼빠진 소리를 무시하고 대현은 승복을 향해 외쳤다.

"가보자!"

랜턴을 들고 들어왔던 길을 되돌아 달렸다. 불빛이 이리저리 흔들렸다. 앞쪽에서는 비명과 함께 무언가가 부딪치는 소리, 그리고 들짐승이 내는 것 같은 으르렁거리는 소리도 간간이 들려왔다.

대현은 어둠 속을 내달리며 제발 큰일이 아니기를 빌었다. 누군가가 넘어져서 좀 다친 거라면, 그 정도라면 괜찮다. 그 넘어진 사람이 지석이라면 더할 나위 없고. 동굴에만 산다는 왕거미나 해괴한 벌레 때문에 나래나 하나가 비명을 질렀을 수도 있다. 어쨌든 혜진에게만은 아무 일이 없어야 한다.

거의 입구 근처까지 왔다. 저 멀리 한여름의 환한 햇살이 비쳤다. 서로 포옹하고 있는 두 개의 실루엣이 보였다. 다른 사람들이 들고 있는 랜턴 불빛이 빗나간 총알처럼 사방으로 튀었다. 바닥에 붙어 있던 바위가 대현의 정강이를 때렸다.

"악!"

대현은 비명을 지르며 나동그라졌다. 다행히 랜턴을 놓치지는 않았다. 불빛이 비스듬히 누워 동굴 바닥을 비췄다. 넘어진 대현의 바로 앞에 낯익은 얼굴이 쓰러져 있었다. 최나래였다. 쓰고 있던 동그란 안경은 한쪽 알이 깨진 채였다. 뺨에 할퀸 자국이 나 있었다.

"나래야!"

놀란 대현이 눈물 많은 친구의 이름을 불렀다. 숫기 없는 대현에게는 거의 유일하다 싶은 여자 친구였다. 자신이 쓴 방송 원고를 보고 울 정도로 마음이 여리고 착했다. 아닌 게 아니라 지금도 눈가에 눈물이 맺혀 있었다.

"나래야, 괜찮아?"

대현이 다시 한번 불렀다. 나래가 번쩍 눈을 떴다. 랜턴 불빛 아래서도 빨갛게 충혈된 눈동자가 똑똑히 보였다. 입이 열리고 침과 피로 범벅이 된 혀가 지렁이처럼 꿈틀거렸다. 윗입술이 말려 올라갔다. 크으으. 목구멍 깊숙한 곳에서 위협적인 소리가 울려 나왔고 그때마다 입술이 파르르 떨렸다.

"나, 나래야?"

공격은 갑자기 시작됐다. 마치 개구리처럼 나래가 튀어 올랐다. 미처 놀라기도 전에 나래의 이가 랜턴을 든 대현의 손으로 향했다.

딱.

랜턴과 나래의 이가 경쾌한 소리를 내며 부딪쳤다. 나래의 양손은 대현의 허벅지를 움켜쥐었다. 살이 찢어질 듯 날카로운 통증에 헉, 숨을 멈췄다. 지석이 보기만 해도 더워 죽겠다며 놀려댄 청바지가 아니었다면 정말로 피부가 찢겨 나갔을지도 모른다. 나래는 포기하지 않았다. 이번에는 대현의 목덜미를 향해 달려들었다. 대현은 한 손으로 나래의 목을 잡고 가까스로 막았다. 나래는 침을 줄줄 흘리며 어마어마한 힘으로 밀어붙였다.

"왜, 왜 이래?"

머릿속이 하얗게 변했다. 무슨 일이 벌어지고 있는 거지? 사방에서 비명이 들렸다. 발소리, 넘어지는 소리, 고통에 찬 신음, 무언가가 찢기고 부러지는 소리. 그리고 나래가 으르렁대는 소리.

정신을 차려보니 나래의 이가 바로 앞에 있었다. 팔에 점점 힘이 빠졌다. 비릿한 피 냄새가 대현의 코를 찔렀다. 대현은 이를 악물고 랜턴으로 나래의 머리를 내리쳤다. 끄떡도 하지 않았다. 고통 같은 건 모르는 것 같았다. 주황빛 랜턴 불빛에 드러난 나래의 얼굴은 미친개 그 자체였다. 대현은 저도 모르게 눈을 꽉 감아버렸다.

"선배!"

노영의 목소리와 동시에 퍽, 하는 파열음이 들렸다. 대현은 눈을 떴다. 노영의 발에 채인 나래가 옆으로 나뒹굴었다.

"어서 일어나세요."

대현은 노영과 성민의 부축을 받으며 일어났다. 손발이 덜덜 떨렸다. 나래가 나가떨어진 곳을 향해 랜턴을 비췄다. 목이 완전히 꺾인 미지의 생물이 거기 있었다. 끈질기게도 나래는 부러져서 덜렁거리는 목을 매단 채 비척비척 몸을 일으켰다.

"히익."

성민이 이상한 소리를 냈다. 자기가 그런 소리를 냈다는 사실도 모르는 것 같았다. 머리에 수건을 둘러쓴 할머니가 다가오고 있었다. 고구마 밭에서 처음 만나 송장굴까지 따라온 할머니였다. 무릎이 안 좋은지 절뚝거리며 발걸음을 옮겼다. 입을 크게 벌리고, 새빨간 눈을 희번덕이며. 그 뒤로 비쩍 마른 할아버지가 따라왔다. 한 손에 길쭉한 무언가를 들고 있었는데 대현과 나머지 둘은 거의 동시에 그것이 무엇인지 알아챘다.

누군가의 팔이었다.

"도망가자! 아, 안쪽으로!"

어느새 승복이 나타나 다급하게 외쳤다.

"다른 사람들은?"

대현이 물었다.

"몰라, 빨리 와!"

승복이 달리기 시작했고 노영과 성민도 뒤를 따랐다. 대현은 랜턴을 들고 주위를 비췄다. 다른 사람들은 보이지 않았다. 나래가 일어서서 대현을 쏘아봤다. 수건을 쓴 할머니와 작대기 같은 할아버지는 점점 가까워졌다. 모두 도망간 걸까? 혜진 선배는 어디로 갔을까?

그 순간, 몇 미터 앞 바위 사이에 몸을 숨긴 혜진이 보였다. 불빛을 보고 혜진이 고개를 돌렸다. 다행히 정상적인 모습이었다. 공포에 질리긴 했으나 적어도 으르렁거리지는 않았다. 대현은 느릿느릿 다가오는 할머니를 피해 앞으로 내달렸다. 혜진이 바위 뒤에서 벌떡 일어났다. 그러자 기다리고 있었다는 듯 옆에서 검은 그림자가 튀어나왔다. 불빛 아래 두꺼비를 닮은 남자의 얼굴이 드러났다. 형태라고 했던가? 이장이 그에게 윽박지르던 몇 시간 전의 일이 생생히 떠올랐다. 남자는 혜진을 향해 달려들었다.

"조심해요!"

혜진이 몸을 숙였다. 남자의 이가 허공을 깨물었다.

"야! 이 괴물아!"

대현이 내지른 소리에 남자가 반응했다. 멍하니 대현을 바라보다가 천천히 움직이기 시작했다.

"선배, 빨리요!"

혜진이 대현에게로 기어왔다. 대현은 손을 내밀었다. 혜진과 대현이 손을 맞잡은 순간, 이번에는 어둠 속에서 허연 손이 불쑥 솟아 나왔다.

"으아악!"

대현은 어둠을 향해 랜턴을 휘둘렀다. 퍽, 퍽, 퍽. 머리가 터진 또 다른 할머니가 고개를 갸우뚱하며 이를 드러냈다. 한쪽 팔이 뜯겨 나간 채였다. 바로 앞에는 두꺼비 남자, 형태가 서 있었다.

"도망쳐요! 안쪽으로!"

대현과 혜진은 최대한 동굴 벽에 붙어서 뛰었다. 튀어나온 종유석에 얼굴과 어깨가 쓸렸지만 멈추지 않았다. 먹잇감을 놓친 짐승들이 아쉬움에 찬 괴성을 질렀다. 대현은 땀에 젖어 미끄러지려는 혜진의 손을 다시 꽉 잡았다. 그러고는 송장굴 안쪽으로, 어둠이 도사린 그곳으로 달려 들어갔다. 두 사람은 앞만 보고 달렸다. 랜턴 불빛이 금방이라도 꺼질 듯 불안하게 깜박거렸다. 어느 순간 대현은 뒤를 돌아봤다. 저 멀리 어둠 속에서 누군가가 맹렬히 제자리 뛰기를 하고 있었다. 마치 예열이라도 하는 것처럼.

4

마을회관은 시끌벅적했다. 스피커에서는 흥겨운 트로트 가락이 흘러나왔다. 바닥에 펼쳐놓은 돗자리에 둘러앉은 세 명의 여자는 주먹밥을 만들고 있었다. 간이 칸막이를 설치해 주방처럼 만든 곳에서는 요리가 한창이었다. 대형 버너 위에 올려놓은 솥단지에서 물이 펄펄 끓고 있었다. 반백의 노인은 숫돌에 칼을 가는 중이었다. 회관 밖에서 돼지 울음이 들려왔다.

"트로트 틀었다고 이장이 싫어하는 거 아녀?"

주먹밥을 만들다 말고 복녀가 말했다. 올해로 예순아홉이 된 그는 남편과 자식을 모두 바다에서 잃고 한평생 혼자 살고 있었다. 손맛이 좋아 마을 잔치 때면 늘 요리를 도맡아 했다.

"언니도 참. 뭘 그런 것까지 신경 써요."

부녀회장 세현이 웃으며 말을 받았다. 예순둘인데도 아직 피부가 곱다. 사람 좋아 보이는 인상에 말투도 사근사근해 영락없이 뭍에서 귀하게 살 것 같은 인상이지만 세현은 누구보다도 마을 일에 열심이었다.

"곽수 걔가 워낙 깐깐해야 말이지. 젊은 사람들 좋아하는 노래로 틀어놓으라고 신신당부를 하고 갔잖아."

"젊은 놈들이 뭔 노래를 좋아하는지 우리가 알 게 뭐여?"

퉁명스레 말한 이는 기역 자로 굽은 허리로도 척척 일을 해내는 문순이었다. 일흔두 살로 그나마 거동이 가능한 부녀회원들 중에서는 왕언니였다.

"그렇긴 하지만……."

영생 수산에서 일을 하며 겨우겨우 살아가는 복녀에게는 곽수의 말을 거스른다는 게 영 꺼름칙했다. 그 마음을 읽었는지 세현이 걱정 말라는 투로 말했다.

"괜찮아요, 괜찮아. 이장님이 뭐라 하면 내가 틀었다 하지. 손님들 내려올 때쯤 최신 가욘가 뭔가로 바꾸면 되는 거고."

"그나저나 송장굴에는 왜 기어 올라갔대?"

칼을 갈던 칠국이 걸걸한 목소리로 한마디를 던졌다. 그는 선착장에서의 사건 이후 내내 기분이 언짢았다. 새파랗게 젊은 년이 뭐? 앙칼지게 생긴 그 상판대기에다 질펀한 욕 한 사발 못 퍼부어준 게 두고두고 분했다. 내일 모레면 팔순, 영생도에서도 어른 대접을 받는 칠국이었다. 곽수 그놈만 아니었어도, 그놈의 애미만 아니었어도 재수 없는 고년의 귀싸대기를 올려붙였을 것이다. 칠국이 곽수의 어머니인 미자에게 마음이 있다는 건 영생도 주민이면 누구나 아는 사실이었다. 그걸 빌미로 곽수는 아버지뻘 되는 칠국을 자주 부려먹었다. 오늘만 해도 칠국이 기르던 돼지 한 마리를 잡아달라고 돈 한 푼 없이 은근슬쩍 요구했다.

"그놈 속에 능구렁이가 들었잖수. 마을 어른들은 죽어나가는 줄도 모르고. 쯧쯧."

"형님, 쉿."

복녀가 문순을 향해 고갯짓을 하며 말했다. 문순이 흘끔 뒤를 돌아봤다. 창가에 봉석이 우두커니 서 있었다. 목덜미에 닿는 햇살이 뜨거울 법한데도 멍하니 허공만 바라보며 미동조차 하지 않았다. 땀을 뻘뻘 흘리며 산에서 뛰어 내려와서는 빨리 도시락을 가지고 올라가야 한다며 말한 뒤 내내 저 모습이었다. 솥뚜껑만 한 손에 도시락 봉투를 들려주면 다시 산을 뛰어 올라갈 것이다. 곽수에게 1분 1초라도 빨리 가져다주기 위해서.

"저 반편이가 제일 불쌍하지. 쯧쯧."

문순이 다시 한번 혀를 찼다. 자기에게 하는 말인 줄 아는지 모르는지 봉석은 작은 머리통을 한 번 갸우뚱할 뿐이었다.

"점심이야 주먹밥이라 치고 저녁 찬은?"

간이 칸막이 뒤편에서 용순이 고개를 내밀었다. 용순은 온몸에 타이어를 두른 것처럼 투실투실 살이 쪘다. 그래도 물질 솜씨만큼은 영생도에서 제일이었다. 요즘이야 당뇨 때문에 물에 자주 들어가지 못했지만 그래도 한번 잠수를 하면 전복이고 성게 같은 것들을 몇 망씩 따서 맛깔스러운 요리들을 척척 만들었다. 건강하던 시절에는 그렇게 물질을 해 돈도 꽤 벌었다.

"이장님 말로는 통돼지 바비큐에 회에 산해진미를 가득 차린다는데 낚시하러 간 문갑 아재가 감감무소식이네요."

세현이 말했다.

"그 자슥 어디서 또 술 퍼마시고 있는 거 아냐?"

칠국이 무릎을 짚고 일어섰다. 잘 벼른 칼날이 번뜩거렸다.

"그나저나 가스는 충분해?"

"창고에 커다란 거로 한 통 더 있어요."

문순이 묻자 세현이 대답했다. 이번에는 용순이 물었다.

"밭에 채소 뽑으러 간다던 선미하고 한용이는?"

"집에서 낮거리라도 하는 거 아닌가 몰라."

문순의 말에 모두 자지러질 듯 웃음을 터트렸다. 구성진 트로트는 어깨를 들썩이게 만드는 네 박자 리듬을 실컷 뽑아내고 있었다. 노래 사이로 매미 울음이 섞여 들었다. 이러니저러니 해도 함께 모이면 즐겁다. 젊은이들이 다 떠난 코딱지만 한 섬에서 즐길 거리라고는 수다와 술 한잔, 그리고 맛있는 음식뿐이었다. 고기도 잡히지 않고 영생 수산도 개점휴업 상태인 요즘, 영생도의 노인들은 할 일이 아무것도 없었다.

"그래도 3대 9년 만에 섬이 시끌벅적하니까 좋긴 좋구만."

용순은 흘러나오는 노래에 맞춰 트로트 가락을 흥얼거렸다. 신났네, 신났어. 툴툴거리긴 해도 칠국도 기분이 많이 풀린 얼굴이었다. 용순의 노래는 곧 합창으로 변했다. 봉석이 무슨 일이냐는 표정으로 그들을 바라봤다. 에어컨이 박자를 맞추듯 웅웅 돌아갔다. 벽에 걸린 선풍기도 좌우로 고개를 돌리며 늘쩍지근한 바람을 토해냈다. 세현이 달라붙는 파리들을 부채를 들고 쫓았다. 살랑살랑. 그 동작마저도 흥겨운 구석이 있었다.

"내는 이만 저놈 먹이나 따고 오지."

칠국은 그렇게 말한 후 간이 칸막이 뒤에다 대고 크게 소리를 질렀다.

"정수야! 가자!"

"네, 형님."

떡 진 머리를 긁적이며 정수가 걸어 나왔다. 이미 낮술을 한잔 걸치고 불콰하게 취해 퍼질러 자던 참이었다. 정수는 배도 탔다가 밭일도 했다가 칠국네 돼지도 돌봤다가 아무튼 일손이 필요한 곳이라면 어디든 마다않고 찾아갔다. 장돌뱅이로 전국을 돌던 젊은 시절부터 한 가지 일을 진득하게 하지 못하던 그였다. 늘그막에 영생도로 돌아와서도 그 버릇을 버리지 못했다. 지금은 용순 네에서 서방 노릇을 하며 얹혀 살고 있었다.

"벌써 하게요?"

복녀가 물었다.

"아, 지금 조져놔야 저녁 때쯤 죽을 거 아냐."

칠국과 정수는 문을 향해 느릿느릿 걸어갔다. 에어컨 밑에 있다가 밖으로 나갈 생각을 하니 벌써부터 막막했다. 칠국은 작게 한숨을 쉬었다. 몸이 예전 같지 않으니 돼지 잡는 일도 올해가 마지막이다 싶었다.

정수가 문을 열었다. 조립식으로 지어진 마을회관은 아귀가 맞지 않는 곳이 많아 문을 열 때마다 노인네 관절에서나 날 법한 끼이익 하는 소리가 났다.

"어? 문갑 형님."

정수가 무심히 말했다.

문 앞에 문갑이 서 있었다. 정수와 칠국 둘 다 처음에는 문갑의 상태를 알아채지 못했다. 그저 이상하다고 생각할 뿐이었다. 고개를 푹 숙인 채 뭐하고 선 거야? 어깨는 왜 또 이리 구부정해?

"문갑 자네, 낚시하러 간다더니만 어째 빈손으로……."

칠국이 몇 마디 입을 열다가 그대로 딱 멈췄다. 문갑이 천천히 고개를 들었다.

"형님, 그 피, 피!"

정수의 목소리가 확 뒤집어졌다. 그제야 두 사람의 눈에 문갑의 몰골이 들어왔다. 어깨에서 흘러나온 피로 흰색 러닝셔츠가 온통 붉게 물들어 있었다. 얼굴은 창백하고 눈 밑에는 짙은 그림자가 드리웠다. 무엇보다 섬뜩한 것은 시뻘건 눈알이었다.

"다치셨어요? 일단 이리로……."

정수가 한 발 앞으로 다가가자 그 순간 문갑이 달려들었다. 칠국은 문갑이 정수를 향해 쓰러지는 건 줄로만 알았다. 얼른 손을 뻗어 자신도 문갑을 도우려는 찰나, 정수의 처절한 비명이 울려 퍼졌다.

"악!"

칠국의 얼굴로 뜨거운 액체가 튀었다. 무슨 상황인지 이해할 수가 없었다. 손을 들어 얼굴을 쓱 닦고는 눈앞으로 가져갔다. 새빨간 피가 묻어 있었다. 그사이 정수와 문갑이 엉키며 바닥으로 넘어졌다. 칠국은 똑똑히 봤다. 문갑이 정수의 목덜미를 잘근잘근 씹고 있는 모습을.

"뭐예요?"

여자들이 일제히 일어나 뒤를 돌아봤다. 순간, 비명이 터져 나왔다. 정수의 목에서 솟아 나온 피가 점점 범위를 넓히며 바닥을 적시고 있었다. 정수는 문갑의 밑에 깔려 버둥거렸다. 눈이 뒤집어졌다.

"이놈아, 뭐 하는 거여!"

가까스로 정신을 차린 칠국이 문갑을 떼어내려 했지만 어림도 없었다. 문갑은 무시무시한 힘으로 정수에게 달라붙어 말 그대로 살점을 뜯어먹고 있었다. 피부가 찢기는 기분 나쁜 소리가 들렸고 그때마다 정수가 고통에 찬 신음을 토해냈다.

"뭘 보고 있어? 빨리 와서 거들어!"

"아이고, 영감!"

제일 먼저 용순이 달려왔다. 용순은 울면서 문갑의 등을 때리기 시작했다. 문갑은 꿈쩍도 하지 않고 식사에 몰두했다. 세현과 복녀, 허리가 불편한 문순까지 합세해 칠국과 함께 문갑을 끌어당겼지만 정수의 목덜미에서 나온 근육인지 인대인지 모를 무언가가 찌이익 소리를 내며 찢어졌을 뿐이었다. 또 피가 왈칵 쏟아져 나왔다.

"이 미친 새끼가!"

이성을 잃은 용순이 칠국 손에서 칼을 뺏어들고 문갑의 어깨를 찔렀다. 일순간 모두 동작을 멈췄다. 세 사람의 시선이 문갑의 어깨에 꽂힌 칼을 지나 부들부들 떨고 있는 용순에게로 향했다. 문갑은 살점을 한 입 베어 문 채로 용순을 가만히 바라봤다. 정수는 더 이상 움직이지 않았다. 새빨간 피만이 마치 살아 있는 것처럼 쿨럭쿨럭 소리를 내며 흘러나올 뿐이었다.

"크아아!"

문갑이 용순을 향해 튀어 올랐다. 그때 누군가가 몸을 날려 문갑을 덮쳤다. 둘은 바닥에 나동그라졌다.

"빠, 빠, 빨리 못 움직이게."

봉석이었다. 문갑 위에 올라탄 봉석이 다급한 목소리로 외쳤다. 거구의 봉석이 내리누르고 있었지만 문갑은 금방이라도 일어날 것처럼 버둥거렸다. 입을 크게 벌리고 위협적인 소리를 내며 허공에 이를 딱딱 마주쳤다.

"나무아미타불, 나무아미타불."

문순이 바닥에 주저앉아 얼빠진 표정으로 중얼거렸다.

"이게 뭔 일이야?"

칠국이 달려가 문갑의 어깨에서 칼을 뽑아들고는 그를 향해 겨눴다. 칼끝이 덜덜 떨렸다. 용순은 정수를 바라보며 오열했다.

"언니, 뭐라도 좋으니까 묶을 만한 걸 찾아봐요!"

세현이 말했다.

"그, 그래."

복녀가 허둥지둥 주위를 둘러봤다. 눈에 보이는 거라고는 주먹밥을 담으려고 꺼내 놓은 비닐 봉투뿐이었다.

"이 새끼가, 이 미친놈이, 술을 얼마나 처먹었으면, 야, 이 개새끼야!"

용순이 문갑에게로 달려들어 등을 마구 때렸다. 문갑이 눈앞에 펼쳐진 먹잇감을 향해 몸을 들썩거렸다. 봉석의 얼굴이 점점 일그러졌다.

"내 힘으로도 어, 어려워……."

"문갑이 너 이놈. 움직이기만 하면 이 칼로 확!"

칠국은 소용없다는 걸 알면서도 문갑의 눈앞에 칼을 들이댔다. 밖에서 돼지가 울어댔다. 제일 튼실한 놈으로 골라왔는데. 목에다가 칼을 쑤셔 넣고 스윽 긋기만 하면 끝날 일이었는데. 그런데 도대체 왜 이 꼴이 난 거지?

"형님, 뒤!"

복녀가 소리를 꽥 질렀다. 문순은 뒤에서 느껴지는 서늘한 기운에 자기도 모르게 고개를 돌렸다. 목덜미 절반이 뜯겨나간 정수가 자신을 굽어보며 서 있었다. 문순은 본능적으로 쥐며느리처럼 허리를 둥글게 말았다. 옆구리에 뜨거운 통증이 느껴졌다. 전혀 현실감이 없는 사건이었지만 고통만은 진짜였다. 정수의 손이 찢어진 옆구리 안으로 쑥 들어왔다. 문순은 비명을 질렀다.

"영감!"

용순이 정수를 향해 달려갔다.

"아, 안 돼."

봉석은 결국 쓰러졌다. 문갑의 힘을 도저히 당할 수 없었다. 문갑은 벌떡 몸을 일으켰다.

"도망쳐요! 빨리 도망쳐요!"

세현은 그렇게 외친 후 문 밖으로 달려 나갔다. 칠국도 칼을 꼭 쥐고 뒤를 따랐다. 봉석은 주춤주춤 뒤로 물러났다. 발에 뭔가 물컹한 게 밟혔다. 주먹밥이었다. 본능적으로 한 봉지를 챙겨들었다. 봉석은 비틀비틀 다가오는 문갑을 피해 한여름의 태양 아래로 도망치며 잠시 뒤를 돌아봤다. 정수가 마치 깊은 포옹이라도 하는 듯 용순의 어깨에 얼굴을 파묻고 있었다.

"아악!"

용순의 비명이 울려 퍼졌다.

5

"좀비예요, 좀비! 분명해요!"

성민이 말했다.

"조용히 해."

"진짜라니까요!"

"알았으니까 조용히 좀 하라고."

승복이 화를 내자 성민은 입을 다물었다. 동굴 안은 다시 침묵에 휩싸였다. 대현, 승복, 노영 그리고 혜진은 안쪽으로 계속 걸어 들어가고 있었다. 동굴은 그 끝을 알 수 없을 정도로 깊었고 한 걸음을 옮길 때마다 더 짙은 어둠이 발목을 낚아챘다. 대현의 랜턴 불빛으로는 삼사 미터 앞을 밝히는 게 고작이었다. 그나마도 계속 깜박거렸다.

네 사람은 조심스레 움직였다. 모두 충격에서 헤어 나오지 못했다. 불빛이 닿지 않는 어둠 속 어딘가에서 빨간 눈을 번뜩이는 괴물이 튀어나올 것만 같았다. 대현은 자신을 향해 각다귀처럼 달려들던 나래의 모습을 잊을 수가 없었다.

"괜찮아?"

혜진이 조용히 물어왔다. 두 사람은 아직까지도 손을 잡고 있었다. 축축하게 땀이 배어났지만 혜진은 상관하지 않는 눈치였다.

"네. 선배는요?"

혜진이 대현의 손을 꼭 쥐었다.

"구해줘서 고마워."

"쉿! 조용히 해봐."

맨 뒤에서 걸어오던 승복이 잔뜩 겁먹은 목소리로 소곤거렸다. 모두 제자리에 멈춰 섰다. 승복은 아수라장 속에서도 캠코더를 놓지 않았다. 지금까지 적외선 촬영 모드로 뒤쪽을 찍으며 걸어왔다.

"왜? 무슨 일이야?"

대현이 승복 곁으로 다가갔다. LCD 패널에는 별다른 움직임이 보이지 않았다. 탁한 어둠이 화면을 가득 채우고 있었다.

"소리를 들었어."

승복이 속삭였다. 늘 장난기 넘치고 느물느물하던 승복의 목소리는 온데간데없었다.

"무슨 소리?"

"저기 앞에서…….."

그때 LCD 화면 안으로 시커먼 형체가 쓱 나타났다. 두 사람은 동시에 숨을 삼켰다. 큰 키가 비척비척댄다. 적외선에 드러난 눈이 고양잇과 동물의 그것처럼 번뜩인다. 형체는 쓱쓱 앞으로 걸어왔다.

"좀비다!"

성민이 소리를 질렀다. 대현은 혜진의 손을 꼭 잡고 뛸 준비를 했다. 순간, 시커먼 형체의 손끝에서 푸르스름한 불빛이 뻗어 나왔다. 대현은 멈칫했다.

"너희들이니?"

목소리가 조심스레 흘러나왔다. 귀에 익은 목소리였다.

"철민 선배?"

혜진이 대현의 손을 놓고 앞으로 달려 나갔다. 조심하라고 소리치고 싶었지만 말문이 막혔다. 대신에 랜턴을 들어 철민을 향해 비췄다. 주황색 불빛 아래 눈이 부신 듯 얼굴을 찡그린 철민의 모습이 드러났다. 얼굴 여기저기에 긁힌 상처가 있었지만 다른 곳은 괜찮아 보였다. 무엇보다 눈이 정상이었다.

"괜찮으세요?"

승복과 노영이 철민 곁으로 다가갔다. 목소리에 반가움이 잔뜩 묻어났다. 말 한번 제대로 나눠보지 않은 선배였지만 피비린내 가득한 동굴 안에서 멀쩡한 모습으로 마주치니 울컥 눈물이라도 쏟아질 것 같았다. 대현도 마찬가지였지만 선뜻 다가서지 못했다. 철민에게 달려가 안긴 혜진을 씁쓸한 눈으로 바라볼 뿐이었다.

다섯으로 불어난 일행은 어둠을 헤치며 계속 동굴 안으로 들어갔다. 랜턴을 든 대현이 맨 앞이었다. 바로 옆에는 성민, 그 뒤로 혜진과 철민이 함께 걸었다. 승복은 맨 뒤에서 캠코더를 들고 주변을 살피며 뒷걸음질 쳤다. 노영은 그런 승복을 도왔다.

동굴은 가도 가도 끝이 나오지 않았다. 지형은 갈수록 험해졌다. 천장은 점점 낮아지고 길도 울퉁불퉁했다. 자연스레 걸음이 느려졌다. 대현은 휴대폰을 꺼내 시간을 확인했다. 반나절은 흐른 것 같은데 고작 한 시간밖에 지나지 않았다.

한 시간.

불과 한 시간 전만 해도 모든 게 정상이었다. 적어도 겉으로 보기에는 그랬다. 방송국이 없어질 위기에 처하긴 했어도, 섬으로 오는 길에 잔뜩 토하긴 했어도, 한여름 더위가 무색하게 냉랭한 분위기가 흐르긴 했어도, 서로를 물어뜯어 죽이는 일 같은 건 상상도 하지 못했다. 정말로 영화 속에나 나올 법한 일이었다. 인간을 잡아먹다니, 성민의 말처럼 진짜 좀비였다. 대현은 아까 전 상황이 떠올라 자신도 모르게 몸을 떨었다.

지금쯤 그 괴물들은 어디에 있을까?

그것들은 대현의 눈으로 확인한 바로는 나래까지 포함해 총 넷이었다. 곧바로 자신들을 뒤쫓을 줄 알았는데 생각보다는 걸음이 느렸다. 제일 마지막에 합류한 철민의 말로는 작업복 같은 걸 입은 짧은 머리의 남자 하나가 끝까지 쫓아왔다고 한다. 그 남자는 노인들에 비해 걸음이 빨랐는데 다행히 언제부터인가 기척이 사라졌다. 철민은 짧은 보고를 마친 후 무심한 어조로 덧붙였다.

"놈들은 아마 계속 쫓아올 거야."

대현의 생각도 같았다. 다른 사람들도 입을 열지는 않았지만 같은 생각일 거라고 대현은 짐작했다.

"이장이 잘못 말한 거 아닐까요?"

옆에서 걷던 성민이 불쑥 입을 열었다. 분명히 반대편에도 입구가 있다고 했는데.

"아무리 가도 반대편 입구 같은 건 안 나오잖아요."

이장이 거짓말을 했거나 잘못 알고 있었던 거라면 자신들은 독 안에 든 쥐 신세였다. 어둠 속에서 괴물들이 다가오기를 기다리거나 아니면 왔던 길을 되돌아가야 했다. 어느 것 하나 자신이 없었다.

"분명 입구가 있을 거야. 봐, 저쪽에서도 바람이 불어오잖아."

철민이 말했다. 침착한 그 목소리를 듣고 있자니 저절로 안심이 되었다. 철민의 말이 마법이라도 부린 것처럼 대현도 얼굴에 닿는 부드러운 바람을 느낄 수 있었다.

"하지만 빛이 하나도 안 보이잖아요. 입구가 있다면 빛이 들어와야 할 텐데."

"그건 이 동굴이 휘어져 있기 때문일 거야. 나도 처음에는 계속 직진을 하고 있는 줄 알았는데 캠코더를 들여다보면서 뒤로 걸으니까 확실히 알겠더라고. 우리는 지금 몇 번이나 모퉁이를 끼고 돌았어."

승복의 말을 듣고 보니 그런 것 같았다. 어둠 속을 걷다가 갑자기 벽과 맞닥뜨려 방향을 바꾸곤 했다. 워낙 더듬거리며 천천히 걸은 탓에 미처 알아채지 못했다.

"다른 사람들은 어떻게 됐을까?"

혜진이 중얼거렸다. 지치고 슬픔에 찬 목소리였다. 혜진은 아마 이 모든 일이 자신 때문이라 자책하고 있을지도 모른다. 그 생각을 하자 대현의 마음도 아파왔다. 동료들의 얼굴도 떠올랐다. 심지어는 그 재수 없는 지석과 지민 콤비까지 걱정이 되었다. 무사히 도망쳤을까? 설마, 나래처럼 변한 건 아니겠지?

나래를 떠올리자 소름이 돋는 것과 동시에 눈물이 왈칵 쏟아질 것 같았다. 길고 긴 여름방학이 시작되기 몇 주 전, 나래와 함께 도서관에서 밤을 새워 공부했던 기억이 아직까지 생생했다. 자판기 커피를 뽑아들고 도서관 옥상으로 올라가 한참 동안 밤하늘을 올려다봤었다. 그때 나래는 전에 없이 당당한 목소리로 말했다.

"난 결정했어. 졸업하면 방송 작가가 될 거야. 지금까지 고민이 많았는데 최근에야 마음을 굳혔어. 난 방송국에서 원고 쓰는 일이 정말 좋아. 전공이랑 전혀 다른 분야라 힘들겠지만 그래도 도전해봐야지."

늘 울기만 하고 마음 약한 소리만 하는 친구인 줄 알았는데 나래의 마음속에는 굳은 심지가 깃들어 있었다. 뭐가 되고 싶은지, 꿈이 무엇인지조차도 알 수 없는 대현에게 나래의 변한 모습은 신선한 충격이었다. 나래는 수줍게 웃으며 덧붙였다.

"나 그리고 요즘 매일매일 달려. 체력이 약해서 방송국에도 툭하면 민폐를 끼쳤잖아? 그게 싫어서 운동을 시작했는데 이젠 제법 익숙해졌어. 밤공기를 마시며 텅 빈 학교 운동장을 돌면 얼마나 상쾌한지 아니?"

나래는 지금 뭘 하고 있을까? 그 목소리가 마치 어제의 일처럼 생생했다.

"나도 정신이 없긴 했지만 교수님과 다른 애들이 동굴 밖으로 빠져나가는 건 봤어. 그러니 아마 다들 괜찮을 거야."

철민이 말했다.

"하긴. 지석 선배나 지민이가 좀비에게 당한다고는 상상이 안 되네요. 다가오기만 해도 짜증을 부려서 다 쫓아버릴걸요?"

지금껏 조용히 있던 노영의 한마디에 모두 작게 웃음을 터트렸다. 무거웠던 마음이 조금 가라앉았다. 대현은 안도의 한숨을 쉬었다. 어쨌든, 모두 살아 나갈 것이다. 밋밋했던 인생에서 충격적인 사건은 하나로 족하다. 동굴만 빠져나가면 다른 사람들과 웃으며 재회할 것이고 경찰이든 군인이든 영생도로 달려와 이 끔찍한 상황을 해결해줄 것이다. 납득될 만한 설명도 해주겠지. 왜 이런 일이 벌어진 건지.

아니, 아니다.

대현은 마음속으로 고개를 저었다. 승복, 혜진 선배, 철민 선배, 지석 선배, 성민, 하나, 노영, 교수님 그리고 이 섬마을의 어른들까지 모두 무사하기만 하다면 그깟 이유야 상관 없었다. 이유 따위는 알고 싶지 않다. 그저 조용히, 마치 아무 일도 없었다는 듯 해결됐으면 좋겠다. 대현은 진심으로 빌었다.

모두가 안도하고 있던 그 순간, 어둠 속에서 몸을 숨기고 호시탐탐 기회를 노리고 있던 것처럼 갑자기 소리가 날아들었다.

"크으으."

모두 얼어붙었다. 대현은 랜턴을 떨어트릴 뻔했다. 뒤꿈치부터 등줄기까지 오싹한 기운이 훑고 지나갔다. 심장이 마구 뛰었다.

"놈들이야."

승복의 목소리가 떨렸다. LCD 패널에는 아무것도 비치지 않았다. 하지만 놈들이 내지르는 분노에 가득 찬 울부짖음은 똑똑히 들렸다. 어둠 저 너머 어딘가, 적외선 촬영으로 잡아내지 못할 만큼의 거리에서 놈들이 쫓아오고 있었다.

"서두르자."

철민의 말에 모두 다시 움직이기 시작했다. 좁은 동굴 안을 거의 구르다시피 달려 나갔다. 튀어나온 바위에 찍히고 긁혔지만 간신히 신음을 삼켰다. 모두 숨을 몰아쉬며 묵묵히 달릴 뿐이었다. 동굴은 점점 좁아졌다. 괴물의 어금니 같은 종유석에 몇 번이나 부딪칠 뻔했다. 대현은 앞장서서 달리며 이리저리 랜턴을 비췄다. 괴물의 배 속으로 들어가고 있는 것 같았다. 어두운 데다가 축축한 공기까지 감도는 동굴은 거대한 짐승의 위장 같았다. 쓸데없는 생각을 떨쳐버리려고 머리를 흔들었다. 그 순간 발밑이 훅 꺼졌다. 날카롭게 솟아오른 돌무더기 위로 쓰러지려는 찰나, 철민이 대현의 팔을 잡았다. 랜턴이 바닥으로 떨어져 산산조각이 났다. 순식간에 어둠이 닥쳐왔다.

"아!"

외마디 탄식이 나왔다.

"괜찮아?"

철민이 물었지만 대현은 아무 말도 할 수 없었다. 내 잘못이다. 내가 덤벙거린 탓에……. 대현은 어찌할 바를 몰라 멍하니 서 있었다. 끈적끈적한 어둠이 달라붙었다. 한 치 앞도 보이지 않았다. 바람이 으스스한 소리를 내며 동굴을 관통했다. 그 바람 끝에 놈들의 울부짖음이 섞여 있었다. 방금 전보다 더 가깝다. 증오와 살기가 그대로 느껴졌다.

"일단 다시 도망가야 돼!"

승복이 외쳤다.

"모두 휴대폰 꺼내."

대현도 철민의 말에 따라 휴대폰을 꺼내서 조명을 켰다. 하얀 빛 네 개가 동굴 벽에 긴 그림자를 던졌다. 분명 랜턴 불빛만은 못했다.

"네 잘못이 아냐. 다치지 않은 것만 해도 다행인걸."

혜진의 따뜻한 말이 그나마 위안이 되었다.

"이제부터 내리막길이야. 경사가 그렇게 심하진 않지만 넘어지지 않게 조심해."

철민이 말했다. 지금껏 쭉 평지였는데 갑자기 경사가 졌다. 대현이 넘어질 뻔한 것도 그 때문이었다. 내리막길은 달리기가 더 힘들었다. 완만한 경사로 곳곳에 물웅덩이가 있었다. 종유석 끝에 맺혀 있던 물이 웅덩이로 떨어질 때마다 깜짝 놀랄 만큼 큰 소리가 울려 퍼졌다.

"크으으."

놈들의 소리는 더 가까워졌다. 이제는 발소리까지 들렸다. 태엽이 풀려버린 인형처럼 느릿느릿 움직이던 놈들의 모습과는 달랐다. 이장이 형태라고 부르던 아저씨도, 수건을 둘러쓴 할머니와 한쪽 팔이 잘린 할머니도 걸음이 그렇게 빠르지는 않았다. 철민 선배를 쫓아왔다던 그 남자일까? 대현은 숨이 막힐 것 같은 공포 속에서 겨우 한 걸음씩 옮겼다. 놈들이 금방이라도 따라잡을 것 같았다.

"저기 빛이 보여요!"

성민이 외쳤다. 정말이었다. 어둠 속 저편에서 희미한 불빛이 비쳐들었다. 공기도 달라졌다. 소금기를 머금은 시원한 바람이 불어와 비릿한 바다 냄새를 풍겼다.

출구다!

대현은 사력을 다해 뛰었다. 쭉 내리막이던 길은 출구로 갈수록 다시 오르막으로 이어졌다. 몇 번이나 발을 헛디뎠지만 네 발로 기다시피 올라갔다. 작은 돌멩이들이 발 밑에서 데굴데굴 굴렀다. 출구로 쏟아져 들어온 햇살이 동굴 바닥에 작은 원을 만들고 있었다. 안전지대. 저곳까지만 가면 밖으로 나갈 수 있다. 더 이상 괴물들에게 쫓기지 않아도 된다!

제일 먼저 출구에 도착한 사람은 대현이었다.

"선배, 먼저 올라가세요."

대현은 숨을 헐떡이는 혜진에게 손을 내밀었다. 출구는 사람 한 명이 겨우 통과할 정도로 좁은 데다가 바닥에서 1미터쯤 떨어져 있었다. 혜진은 대현과 철민의 도움을 받아 밖으로 나갔다.

"크으으."

놈들의 울부짖음은 이제 바로 뒤에서 들렸다. 동굴 속이 쩌렁쩌렁 울렸다.

"빨리! 다음 사람!"

성민이 눈치를 보다가 앞으로 나섰다. 이번에도 대현과 철민이 성민의 엉덩이를 들어 올려 탈출을 도왔다. 다음은 노영이었다. 그때, 뒤에서 고통에 찬 비명이 들렸다.

"악!"

승복이 발목을 붙잡은 채 쓰러져 있었다. 전력 질주를 하다가 발을 헛디딘 모양이었다. 평소에도 달리기와는 거리가 먼 승복이었다. 군대에서도 구보 시간만 되면 갖은 핑계를 대고 빠졌다며 자랑스레 말하곤 했다. 이 몸매를 유지하려면 어쩔 수 없잖아. 승복은 아무리 급한 일이 있어도 터덜터덜 걸으며 그렇게 말했다. 캠코더까지 쥔 채로 지금까지 달려온 것도 대단한 일이었다.

"빨리 일어나!"

대현이 외쳤다. 승복은 대답도 없이 끙끙댈 뿐이었다.

철벅철벅 물을 밟으며 달려오는 소리가 들렸다. 대현은 방금 전 지나온 물웅덩이를 떠올렸다. 10여 미터 전이었다. 모퉁이를 돌아 달려 내려오기만 하면……

"선배, 먼저 올라가세요."

철민에게 말한 후 대현은 승복을 향해 뛰었다. 심장이 터질 것 같았다. 공포와 긴장으로 머릿속이 하얘졌다. 승복을, 저 뚱땡이를, 느려 터진 저 녀석을, 하나밖에 없는 친구를 구해야 한다는 생각뿐이었다. 승복이 없었다면 고등학교 3학년은 그야말로 지옥 같았으리라. 혼자서 그 지독한 똥구덩이 속을 헤매야 했으리라. 아무 특징도 없이, 그다지 기쁠 것도, 아주 슬플 것도 없이 무미건조한 나날을 보내야 했으리라.

너 화면발 잘 받는다? 캠코더를 들이대며 승복이 말을 걸어왔던 것이 두 사람의 첫 만남이었다. 이 자식아, 좀 웃고 다녀라. 웃으면 잘생긴 놈이 왜 늘 무표정이냐? 내가 좀 웃겨줘? 그렇게 말하며 배를 출렁이면서 춤을 추던 녀석이었다. 두 사람은 금세 단짝이 되었다. 대학도 같은 곳으로 선택했다. 유명한 영화감독이 되겠다고, 승복은 입버릇처럼 말했다. 함께 있으면 늘 편하고 즐거웠다. 야자를 빼먹을 때도, 숨어서 몰래 담배를 피울 때도, PC방에서 게임을 할 때도 꼭 붙어 다녔다. 너무 조급해하지 마. 꼭 뭐가 될 필요는 없어. 언젠가 하고 싶은 걸 찾게 될 거야. 가끔은 어른스러운 말로 위로도 할 줄 아는 녀석이었다.

그 녀석을 향해 필사적으로 뛰었다.

"승복아!"

대현은 승복 옆에 앉았다.

"뭐 하러 왔냐?"

"빨리 일어나, 새끼야."

"안 돼. 발목을 삔 것 같아. 너 먼저 가."

"씨발, 혼자 영화 찍어? 발목 멀쩡하니까 일어나!"

승복의 겨드랑이에 손을 넣고 억지로 일으켜 세웠다. 승복은 뒤뚱거리다가 다시 주저앉았다. 덩달아 대현도 쓰러졌다.

"살 좀 빼!"

"됐으니까 그냥 가라고!"

그 순간 어둠 속에서 무언가가 휙 튀어나왔다.

"와, 와, 왔다!"

승복이 소리를 꽥 질렀다. LCD 패널에 나래의 모습이 잡혔다. 그는 목을 쑥 빼고 대현과 승복을 바라봤다. 풀어헤친 머리카락이 얼굴에 착 달라붙었다. 바위에라도 부딪쳤는지 반바지 아래로 드러난 다리에는 뼈가 보일 정도로 큰 상처가 나 있었다. 으르렁. 나래가 윗입술을 말아 올리며 고양이처럼 위협을 했다. 눈이 동그란 점으로 희번덕이고 입에서는 진득한 액체가 흘러내렸다.

"크으으."

한 번 울부짖은 후, 나래가 달려 내려오기 시작했다.

"어서 일어나!"

대현은 승복을 질질 끌면서 달렸다. 포기할 생각은 없었다. 친구가 괴물이 되는 꼴을 보는 건 나래 한 번으로 족했다. 이를 악물었다. 나래, 아니 괴물의 울음이 바로 뒤에서 들렸다. 훅훅, 차가운 입김이 목덜미를 스쳤다. 승복이 뭐라고 소리를 질렀지만 들리지 않았다. 심장이 떨어져 내릴 것만 같았다. 밖으로 튀어나왔는지도 모른다. 소리가, 심장 뛰는 소리가 귀를 찢을 듯 크게 들렸다. 대현은 뒤를 돌아봤다. 몸을 날려 달려드는 나래의 모습이, 새빨간 눈과 피에 젖은 이, 꿈틀거리는 혀와 잔뜩 찡그린 얼굴이 똑똑히 보였다.

나래가 승복을 덮쳤다. 대현은 넘어지면서 발로 나래의 얼굴을 걷어찼다. 나래의 코뼈가 부러졌다. 그러나 나래는 공격을 멈추지 않았다. 이를 마주치며 승복의 배 쪽으로 얼굴을 들이밀었다. 딱, 딱, 딱, 딱. 승복이 비명을 지르며 나래의 목을 잡았다. 딱, 딱, 딱, 딱. 목표물을 잃은 이가 분노에 차 어둠을 씹어댔다.

"잠시만 버텨!"

대현은 주위를 둘러봤다.

나래를 잠재울 수밖에 없었다. 친구가 괴물이 되어 이 어두운 동굴 안을 서성이게 할 수는 없었다. 그게 두 친구 모두를 구할 수 있는 유일한 방법이었다. 커다란 돌멩이를 집어 들었다가 차갑고 섬뜩한 느낌에 하마터면 떨어트릴 뻔했다. 대현은 마음을 다잡으며 나래 곁으로 다가갔다. 그 사이에도 나래의 탈을 쓴 괴물은 무서운 힘으로 승복을 몰아붙이고 있었다. 나래의 입에서 떨어진 침이 승복의 목덜미에 닿았다.

"빨리!"

승복이 외쳤다.

대현은 돌멩이를 휘둘렀다. 퍽. 나래의 뒤통수가 움푹 꺼졌다. 마치 송장굴처럼, 어둡고 깊은 구멍이 뚫렸다. 그 사이로 피와 뇌수가 흘러나와 승복 위로 떨어졌다. 대현은 주저하지 않고 다시 휘둘렀다. 다시, 다시, 또다시.

"으아아아!"

눈물이 흘러내렸다. 나래는 머리가 뭉개진 채로 옆으로 쓰러져 더 이상 움직이지 않았다. 돌멩이를 내던지고 승복을 잡아 일으켰다. 온 힘을 다해 승복을 부축했다. 입구가 바로 코앞이었다. 저기로 올라가면 안전하다. 이 지긋지긋한 어둠 속에서 탈출할 수 있다.

"가! 빨리 올라가!"

대현은 승복을 밀어 올렸다. 밖에서 철민과 노영이 손을 내밀어 승복을 잡았다. 돼지 새끼 진짜 존나 무겁네. 나가면 엉덩이를 차버릴 테다. 두툼한 뱃살에다가 주먹을 한 방 먹여야지. 승복이 좁은 입구를 간신히 빠져나갔다. 이제 남은 건 대현뿐이었다. 잠시 입구를 올려다봤다. 새파란 여름 하늘이 펼쳐져 있었다.

"어서 올라와!"

철민이 손을 내밀었다. 대현은 그 손을 잡고 입구를 향해 뛰어올랐다. 그때 누군가가 달려오는 소리가 들렸다. 동굴 입구 아래에서, 작업복을 입은 한 남자가 자신을 향해 달려오는 모습이 아주 느리게, 마치 슬로우 비디오처럼 보였다. 입을 한껏 벌린 남자가 몸을 날려 대현의 다리를 낚아챘다. 엄청난 힘으로 발목을 쥐었다. 절대 놓칠 수 없다는 듯, 잡아먹고 싶어 죽겠다는 듯.

"올려주세요!"

대현이 있는 힘껏 외쳤다. 그러고는 다리를 버둥거렸다. 봐,

놔, 놓으라고! 남자는 떨어지지 않았다. 발목이 으스러질 것 같았다. 상체만 밖으로 빠져나왔다. 다리에는 여전히 남자가 매달려 있었다. 대현은 남자의 이가 자신의 허벅지에 박히는 상상을 하며 눈을 꾹 감고 다리를 끌어올렸다. 그런데 그때, 휙 하고 무언가가 대현의 귓가를 스치며 날아갔다. 눈을 떴다. 남자는 입을 벌린 채로 움직임을 멈췄다. 그 머리에 기다란 화살이 박혀 있었다.

"한 마리 잡았군."

걸걸한 목소리가 뒤를 이었다.

마을회관

1

곽수는 멈춰 서서 숨을 골랐다. 금방이라도 쓰러질 것 같았다. 문득 어릴 때 친구들과 자주 했던 장난이 떠올랐다. 영생도에 물고기가 지천이던 시절이었다. 고깃배가 들어오는 날이면 선착장으로 나가 잡어 몇 마리를 얻어온다. 물고기 꼬리에 줄을 단단히 묶고 머리 위로 빙글빙글 돌린다. 원심력이 최고점에 이르면 투포환 선수처럼 물고기를 날려 보낸다. 이른바 '물고기 멀리 날리기'. 곽수는 한 번도 1등을 해본 적이 없었다. 그래도 끝장나게 재미있는 놀이였다. 그 놀이의 하이라이트는 바닥에 떨어진 자신의 물고기를 확인하는 것이었다. 그야말로 처참한 몰골로 죽어나자빠진 물고기를 보면서 또래 아이들은 잔인한 즐거움을 만끽

하곤 했다. 가끔은 멀쩡한 모습으로 죽은 물고기도 있었다. 대신에 입 밖으로 내장들이 죄다 튀어나와 있었다.

이 순간, 곽수는 자신이 바로 그 물고기가 된 기분이었다. 한 발이라도 더 달렸다간 내장이 전부 튀어나올 것 같았다. 허파는 이미 목구멍 어딘가에 걸려 있지 싶었다.

"어, 어디로 갈 거요?"

김 계장도 숨을 헐떡댔다. 이 서기도 마찬가지였다. 젊은 놈의 새끼들이……. 곽수는 바닥에 주저앉았다. 가래침을 그러모아 뱉었다. 정신없는 상황 속에서도 빌어먹을 사랑니는 자신의 존재를 제발 알아달라는 듯 지속적이고 악의적인 통증을 계속 발산해냈다.

"조금만 더 내려가면 경운기가 있으니 일단 그걸 타죠."

그 후의 일은 머릿속에 없었다. 이글이글 타오르는 햇살 아래서 산길을 달려 내려오는 동안 한껏 머리를 굴려봤지만 아무 결론도 얻지 못했다.

대체 무슨 일이 벌어진 건가, 응?

곽수는 자신의 사랑니에게 물어보고 싶은 심정이었다. 얼마나 거창한 일을 벌이려고 이렇게 쑤셔대는 건지, 도대체 무슨 꿍꿍이를 품고 있는지.

사랑니가 가장 끔찍하게 지랄발광을 했을 때는 몇 년 전이었다. 글쎄, 그때가 정확히 언제였더라? 이상하게도 정확하게 기억이 나지 않았다. 다만 한 가지 확실한 건 자신이 사람을 죽였다는 사실이었다.

그 며칠 전부터 이가 아팠다. 처음에는 쿡쿡 쑤시는 정도였는데 이틀 정도가 지나자 진통제 따위로는 감당도 못할 만큼 악화됐다. 곽수는 성난 도사견처럼 얼굴을 찡그리고 다녔다. 맞다! 그때도 여름이었다. 불현듯 생각이 났다. 날씨도 더운데 이까지 아프다며 구시렁대는 자신을 향해 약사가 측은한 표정으로 진통제를 내밀었다. 약을 사서 영생도로 돌아오기 위해 연안 여객터미널에서 배를 기다리고 있을 때 그 인간을 만났다. 이름이 차성만이었지, 아마? 대학교 1년 선배. 이 땅의 민주화를 위해 한 몸을 바치겠다며 열변을 토하던 남자. 누군가가 어깨를 쳐 뒤를 돌아보니 성만이 서 있었다. 이름은 기억나지 않았지만 실눈을 뜨고 상대방을 바라보는 가자미를 닮은 그 얼굴만은 대학생 때 그대로였다.

"너, 곽수 맞지?"

성만은 곽수가 팔아넘긴 열다섯 명의 동료 중 하나였다.

"야! 진짜 반갑다. 요즘 어찌 지내? 옛날 그대로네."

곽수의 마음을 아는지 모르는지 성만은 벙긋벙긋 웃으며 친한 척을 해왔다. 그는 낚싯대와 가방을 들고 있었고 혼자였다.

"마누라랑 애들은 모두 캐나다에 있어. 난 여름휴가를 내서 혼자 낚시라도 할까 했지. 잘 됐네. 이왕이면 네가 이장으로 있다는 섬에 가자. 괜찮지?"

그는 묻지도 않은 말을 늘어놓더니 결국 곽수 곁으로 따라붙었다. 지금 뭘 하느냐는 물음에 영생도에서 이장을 맡고 있다고 대답했던 게 실수였다.

"이야. 잘나가네, 김곽수. 어리바리 대학생이던 녀석이 섬마을 하나를 주무르는 이장님이 다 되고."

솔직한 감탄이었는지 비꼬는 말이었는지는 확인할 길이 없었다. 하지만 적어도 곽수에게만은 고깝게 들렸다. 영생도로 향하는 배 안에서, 갑판에 나가 바닷바람을 맞으며 성만은 실없는 이야기들을 계속 늘어놓았다. 안 들으니만 못한 싸구려 추억담이었다. 그는 자기 혼자 뭐가 그리 즐거운지 껄껄 웃더니 마지막에는 눈물까지 흘렸다.

"그런데 말이야, 그때는 도대체 왜 그랬어?"

배에서 내리기 직전, 여전히 웃는 얼굴로 성만이 물었다.

"여기 사람들은 아는가 몰라? 자기네 이장이 동료들 팔아먹은 가짜 민주화 투사였단걸. 하하하."

성만은 잊지 않고 있었다. 곽수의 머릿속에 빨간 경고등이 켜졌다. 경고등은 이가 욱신거리는 순간에 맞춰 요란하게 울어댔다. 모든 건 우연이었으리라. 그날 아침에 곽수가 뭍으로 나갔던 건 순전히 약을 사기 위해서였다. 하필 그 자리에 성만이 있었다. 필시 우연이었을 테지만, 곽수에게는 이 모든 상황이 사랑니가 벌여놓은 일인 것만 같았다. 자신을 파멸시키기 위한, 그리고 영생도를 말아먹기 위한 아주 악의적인 계획. 김곽수가 곧 영생도였다. 불미스러운 일로 이장 자리에서 내려온다면 영생도는 금방이라도 허물어질 판이었다. 영생도를 지키기 위해서라도 내가 정신을 바짝 차려야 한다. 곽수는 진통제를 입 안에 털어 넣으며 마음을 다잡았다.

그날 밤, 밤낚시를 하고 싶다던 성만을 데리고 구들 바위로 갔다. 다른 낚시 손님은 없었다. 구들 바위에는 곽수와 성만 둘뿐이었다. 성만은 멋들어진 지포 라이터를 꺼내 담배에 불을 붙인 뒤 말했다.

"다른 건 아니고, 돈 좀 줘. 그럼 입 꾹 다물고 있을게. 기러기 아빠로 살자니 돈이 좀 많이 들어가야지."

성만은 굳이 에둘러 말하지 않고 바로 본심을 밝혔다. 그 뻔뻔한 얼굴이 달빛을 받아 벌겋게 보였다. 곽수는 그 인간의 비열한 표정을 보며 내심 안도했다. 변한 건 자신뿐만이 아니었다. 모두 어딘가가 망가졌다. 그 옛날 정의의 투사 흉내를 냈던 사람들은 몇십 년이라는 세월 동안 죄다 가면을 쓰고 변해버렸다. 아니, 어쩌면 대학생 때가 가면이었고 지금이 진짜 얼굴일지도 모른다. 곽수는 며칠 만에 처음으로 환한 미소를 짓고는 물었다.

"영생도에 온 걸 아는 사람이 있습니까?"

"아무도 모르지. 안 그래도 지금 막 애 엄마한테 국제전화라도 때릴까 했어."

오른쪽으로 눈이 몰린 가자미는 절대 왼쪽을 바라볼 수 없다. 성만은 만사 오케이라는 듯 실실 웃었다. 곽수는 미리 준비한 망치로 그 얼굴 가운데를 정확히 내리쳤다. 순간 성만의 얼굴이 우스팡스럽게 찌그러졌다. 코가 팍 주저앉고 입술이 터졌다. 그는 신음을 뱉을 틈도 없이 바위 위에 쓰러졌다.

"이 새끼가, 재수 없게 왜 자꾸 반말이야!"

곽수는 더 이상 팔을 들 수 없을 때까지 망치질을 계속했다. 성만의 가자미 같은 얼굴은 몇 조각의 뼈와 질퍽한 액체를 빼고는 거의 남지 않았다. 지쳐서 바위에 주저앉은 곽수는 봉석에게 전화를 걸었다.

"좀 처리할 일이 생겼으니까 구들 바위로 와봐."

전화를 끊은 곽수는 성만의 손에서 지포 라이터를 빼냈다. 그 탐욕스러운 인간은 죽는 순간까지 라이터를 꼭 쥐고 있었다. 곽수는 그걸 챙겨서 자기 주머니에 넣었다. 딱히 이유는 없었다. 그저 전리품 하나 정도는 남기고 싶었다.

봉석은 충직한 개처럼 금세 달려왔다. 곽수는 봉석과 함께 성만을 들어 바다에 빠트렸다. 다리에 돌멩이를 매다는 것도 잊지 않았다. 신기하게도, 그 즉시 치통이 사라졌다. 이상할 정도로 싹 나았다. 그날 이후 곽수는 성만의 지포 라이터를 늘 가지고 다녔다. 담배는 피우지 않았지만 지포 라이터는 여러모로 쓸 데가 많았다. 무엇보다 마음을 다스리기에 좋았다. 문득문득 화가 치밀어 오를 때 곽수는 주머니 속에 손을 넣어 지포 라이터를 만지작거렸다. 그러면 기분이 한결 나아졌다.

"이장님! 이장님!"

이 서기가 어깨를 잡고 흔들어대는 탓에 퍼뜩 정신을 차렸다.

144

"우리 계장님이 질문을 하는데 왜 대꾸를 안 하세요?"

곽수는 새파랗게 어린 이 서기의 얼굴을 올려다봤다. 저 툭 튀어나온 이마에다가 망치를 박아 넣으면 어떤 소리가 날까? 지금 자신의 손에 망치가 없는 게 유감이기도 했고 다행이기도 했다.

"잠시 딴생각을 하느라. 그런데 무슨 일로?"

"도대체 이게 무슨 상황이냐고요. 설명을 좀 해봐요."

김 계장은 손수건으로 연신 땀을 닦았다. 달아오른 얼굴에는 공포와 의문이 떠올라 있었다. 곽수는 이 작자가 참 단순한 인간이라는 생각을 했다. 감정이 저렇게 생생하게 드러나다니. 단세포를 구워삶는 건 자신의 주특기였다. 가려운 부분을 조금만 긁어주면 이런 치들은 금세 혀를 길게 빼고 헤헤거린다. 슬쩍 돈만 건네주면 될 일이었다. 김 계장 주머니에 큰 거 한 장, 이 서기 주머니에 작은 거 한 장. 그 후에는 만사형통. 농어촌 체험마을 허가가 떨어지고 영생도는 다시 살아난다. 불과 한 시간 전까지만 해도 그런 장밋빛 미래가 펼쳐져 있었다.

"저도 모르겠습니다. 갑자기 왜 이렇게 된 건지."

진심이었다. 사랑니는 아직까지 그 음흉한 속내를 드러내지 않았다.

"지금 상황이 얼마나 심각한지 아세요? 봤잖아요. 사, 사람이 다른 사람을 물어뜯었다고. 그리고……."

"죽었던 사람이 다시 살아났죠."

"그러니까 이게 무슨 상황이냐고!"

김 계장은 버럭 화를 냈다.

"저도 상황 파악이 아직 안 된 상태라, 죄송합니다. 일단 경운 기를 타고 마을회관으로 가시죠. 거기에 다른 주민들도 모여 있으니 무슨 정보를 얻을 수 있을지도 모릅니다."

"아무튼 이번 일은 잘잘못을 확실히 가릴 생각입니다. 도, 도 대체 이게 말이 되는 일이요, 엉? 나 참 어이가 없어서."

곽수는 자기도 모르게 얼굴을 찡그렸다. 사랑니가 또 신호를 보내왔다. 아직, 아직은 아니야. 아직은 참아야 해.

"자네, 여태 연락이 안 되나?"

이번에는 이 서기에게로 불똥이 튀었다. 휴대폰을 들고 울상 을 짓고 있던 이 서기는 기다렸다는 듯 한숨을 푹 내쉬었다.

"완전 먹통입니다. 전화도 안 되고 인터넷도 안 됩니다."

쯧. 김 계장이 혀를 차며 곽수를 바라봤다. 이번에는 못마땅하다는 표정이구먼. 참 솔직한 양반이야.

"마을회관에 가면 무전기가 있습니다. 그걸로 뭍에 연락을 해 서 경찰이면 경찰, 구급대면 구급대, 뭐라도 부를 수 있을 겁니다. 그러니 서둘러 마을회관으로 가시죠."

김 계장은 여전히 떨떠름한 표정을 지으면서도 천천히 일어났다. 이 서기가 아이고 우리 계장님 어쩌고 하면서 김 계장의 엉덩이에 묻은 흙을 털어주었다. 누런 먼지가 풀풀 날렸다. 곽수도 일어나 먼저 움직였다. 풀숲에서 갈색 여치 서너 마리가 동시에 푸르르 날아올랐다. 몇 년 전만 해도 영생도에서는 찾아볼 수 없던 놈들인데 언젠가부터 개체수가 늘더니 요즘은 농작물을 갉아먹어 아주 골칫덩어리가 되었다.

이놈들이고 저놈들이고 싹 다 잡아 죽여야 돼.

영생도를 지키려면 그 수밖에 없었다. 그래, 이번 일만 정리되면 저 징그러운 벌레 새끼들도 모조리 박멸하는 거야.

곽수는 생각만으로도 기분이 한결 나아졌다. 그때 산속 어딘가에서 비명이 들렸다.

숫제 피의 축제였다.

처음 사건이 벌어졌을 때는 수용도 정신을 차리지 못했다. 밖에서 요란한 소리가 들리더니 두 할머니가 비명을 지르며 동굴로 뛰어 들어왔다. 그 뒤를 이장의 오른팔 노릇을 하던 양반이 비틀거리며 따라왔다. 머리에 수건을 쓴 할머니가 돌부리에 걸려 넘어지자 그가 기다렸다는 듯 할머니에게로 달려들었다. 그게 시작이었다.

그때부터 동굴 안은 일대 혼란에 휩싸였다. 비명이 난무하고 날 것 그대로의 포효가 쩌렁쩌렁 울렸다. 어기적거리며 동굴 안으로 들어온 '그것'들은 행동이 느린 노인들을 공격했다. 동굴 안내를 돕겠다던 비쩍 마른 노인은 또 다른 할머니의 오른팔을 우악스레 뜯어버렸다.

피의 축제…….

수용은 비슷한 제목의 싸구려 공포 영화가 있었던 것 같다는,

상황과 어울리지 않는 이상한 생각을 했다. 다행히 곧 정신을 차렸다. 지석과 지민 그리고 하나가 근처에 있었다. 선두로 들어간 학생들까지 신경 쓸 여력은 없었다. 수용은 세 학생을 데리고 동굴을 빠져나갔다.

동굴 밖도 끔찍하기는 마찬가지였다. 누군가의 몸에서 나왔을 게 틀림없는 피 웅덩이가 사막의 오아시스처럼 고여 있었다. 그 피를, 푸른색 작업복을 입은 남자가 핥는 중이었다. 남자는 수용 일행을 보더니 그르렁거리기 시작했다.

"저, 저 사람은 빨라요."

지석이 말을 더듬었다. 그 말 그대로였다. 남자는 아주 재빠른 동작으로 몸을 일으키더니 딱, 딱, 딱, 이를 마주쳤다. 맛있는 음식을 씹기 전에 준비 운동을 하는 것 같았다. 남자는 수용 일행을 향해 곧장 달려왔다.

"도망쳐!"

수용은 그렇게 외치며 돌멩이 하나를 주위들었다. 아이들은 우르르 몰려 산 아래로 내려갔다. 누구 하나 돕겠다는 인간이 없었다.

나쁜 놈의 새끼들.

수용은 점점 다가오는 남자를 겨냥해 힘껏, 그야말로 온 힘을 다해 돌멩이를 던졌다. 날아간 돌멩이는 남자의 얼굴을 정확히 때렸다. 코를 시작으로 입까지 완전히 함몰된 남자는 잠시 비틀거렸다. 피가 폭포수처럼 쏟아졌다. 진짜 인간이었다면 바로 정신을 잃었거나 비명을 지르며 나뒹굴었을 텐데 그것은 통각 자체가 없는 듯 고개를 주억거릴 뿐이었다.

"내가 말이야, 대학 때 야구를 좀 했거든."

수용은 묘한 쾌감을 느끼며 두 번째 돌멩이를 집어 들었다. 그때 동굴 안에서 노인 둘이 걸어 나왔다. 척 보기에도 정상이 아니었고, 몰골 또한 끔찍했다. 할머니의 배는 완전히 갈라졌다. 그 안에서 내장이 흘러나와 마치 옷고름을 풀어 헤친 것처럼 보였다. 할머니는 찢어진 살을 펄럭이면서 수용을 향해 다가왔다. 할아버지도 마찬가지였다. 이제 상대해야 할 적이 셋이 되었다.

수용은 일단 후퇴하기로 했다. 아무리 훌륭한 투수라도 동시에 세 명의 타자를 아웃시킬 수는 없었다. 남자가 다시 달려들기 전에 수용은 산길을 뛰어 내려갔고 학생들과 합류했다.

그게 바로 몇 분 전이었다.

"뭐라도 좀 가져와봐! 단단한 걸로!"

수용은 노인의 목을 비틀어 잡고 학생들을 향해 외쳤다. 지석은 아무런 도움도 되지 않았다. 엉덩이를 바닥에 끌며 도망치다가 툭 튀어나온 바위에 꼬리뼈라도 부딪쳤는지 아프다고 그저 난리였다.

"젠장."

수용은 노인의 사타구니를 냅다 걷어찼다. 무언가가 터져나가는, 묵직한 감촉이 느껴졌는데도 노인은 멀쩡했다. 오히려 더 세게 수용을 몰아붙였다.

"교수님!"

하나가 뛰어든 것은 수용이 쓰러지기 일보직전일 때였다. 하나는 자기 얼굴만 한 돌멩이를 들고 씩씩거리며 달려왔다.

"던져! 하나야, 던져!"

수용이 외쳤다.

하나는 잠시 머뭇거리더니 돌멩이를 던지는 대신 머리 위로 치켜들고 노인의 얼굴을 향해 그대로 내리찍었다.

빠각.

머리통이 부서지는 소리는 생각보다 크지 않았다. 대신에 효과는 분명했다. 노인의 왼쪽 두개골이 산산이 으깨졌다. 잠시 몸을 부들부들 떨던 노인은 뒤로 나자빠졌다.

"어떡해!"

하나는 그제야 정신을 차린 듯 깜짝 놀라며 돌멩이를 던져버렸다. 돌멩이는 하필이면 쓰러진 노인의 두개골을 향해 떨어지며 제 몫을 끝까지 해냈다.

"잘했어. 잘했어, 하나야."

수용이 떨고 있는 하나의 어깨를 두드렸다.

"저, 저는 그냥 영화에 나오는 것처럼…… 교수님, 아시죠? 좀비는 머리를 공격해야 죽는 거. 전…… 그, 그래서 머리를……. 제가 죽인 건가요?"

좀비.

이제야 그 단어가 생각났다. 저것들은 영화에서만 보던 좀비였다. 죽었지만 살아서 돌아다니는 존재. 좀비에게 물린 사람은 똑같은 좀비가 된다. 그 사실을 왜 이제야 깨달았을까?

수용은 자신의 아둔함에 속으로 혀를 찼다.

"저는 그냥 교수님 도우려고……."

하나는 공황 상태에서 계속 떠들고 있었다. 평소에는 말이 없는 학생이었다. 방송국 작가로 지내면서 조용히 자기 몫의 일을 해나가는 평범한 학생. 딱히 잘난 구석도 없고 그렇다고 못난 점도 없는. 그런 하나가 좀비를 물리친 후 수다쟁이가 되었다.

"아니야. 네 말대로 저것들은 좀비야. 이미 죽었어. 넌 잘한 거야."

수용이 달래자 하나는 비로소 고개를 끄덕였다.

"조, 좀비는 영화에서만 나오는 거잖아요."

지민이 잔뜩 잠긴 목소리로 말했다. 화장이 번져 얼굴이 얼룩 덜룩해졌다. 땀을 잔뜩 흘리고 있었다.

"나도 모르겠다. 갑자기 왜 이런 일이 일어난 건지."

수용은 고개를 저었다. 정말로 모를 일이었다. 꿈이 아닐까, 잠시 그런 생각이 들 정도였다.

지독한 악몽.

하지만 역한 피 냄새가 현실이라고 말해주고 있었다.

"교수님, 어디로 가면 될까요?"

어느새 일어난 지석이 겁에 질린 얼굴로 물었다.

"일단은 마을로 내려가야죠, 선배."

하나가 말했다. 그런 식으로 의견을 제시하는 것도 처음이었다. 수용은 적잖이 놀라면서 고개를 끄덕였다.

"그래, 그러자."

네 사람은 다시 산길을 달려 내려갔다. 태양은 사정없이 내리쬐고 흙먼지는 쉴 새 없이 흩날렸다.

"이상해요. 왜 갑자기 이 작은 섬에 좀비가 나타났을까요? 제가 본 영화에서는 바이러스에 감염되거나 이상한 주술 때문에 좀비가 되던데 이것도 그런 거 아닐까요?"

하나는 계속해서 떠들었다. 그 안의 무언가가 꼭꼭 잠겨 있던 수문을 열어젖힌 것만 같았다.

"아!"

지민이 돌부리에 걸려 넘어졌다. 지석이 얼른 달려가 지민을 일으켜 세웠다. 무릎이 까져서 피가 흘러내렸다.

"어떡해. 흉터 생기면 안 되는데."

지민은 지금의 상황과는 전혀 어울리지 않는 말을 쏟아냈다.

미쳤다. 아니, 점점 미쳐가고 있다. 너무나 비현실적인 일이, 모든 이의 혼을 쏙 빼서는 바다 한가운데로 던져버린 것 같았다.

그때였다. 풀숲에서 부스럭거리는 소리가 들렸다.

"도망쳐요!"

놀란 지석이 지민을 뿌리치고 저만치 달려 내려갔다. 수용은 반사적으로 돌멩이 하나를 집어 들었다.

"전 이걸로 할게요."

힐끔 돌아보니 하나가 두꺼운 나뭇가지를 들고 있었다. 앞이 뾰족한 것이 창처럼 보였다. 도대체 어디서 찾아낸 건지 묻고 싶었다.

소리는 점점 커졌다. 풀숲이 양쪽으로 갈라지며 누군가가 튀어나왔다. 영생도 이장 일행이었다.

2

"마을회관으로 가시죠."

곽수가 말했다.

"여기서 조금만 더 내려가면 아까 타고 왔던 경운기가 있을 겁니다. 그걸 이용해 마을회관까지 가서 육지에 도움을 요청하면 됩니다."

"알겠습니다."

수용이 대답했다.

곽수는 교수와 학생들을 만난 게 성가시기도 했고 다행이다 싶기도 했다. 앞으로 힘을 쓸 일이 생길지도 모른다. 그렇다면 사람이 많을수록 좋다. 곽수는 마을회관에 있을 사람들을 떠올렸다. 봉석을 제외하고는 전부 늙다리들이었다. 도움이 될 리 만무했다.

"어디로 가든 빨리 움직입시다."

김 계장이 채근했다.

"맞아요. 다리 아파 죽겠단 말이에요."

지민이 칭얼댔다. 곽수는 두 사람에게 버럭 화를 내고 싶은 것을 가까스로 참았다. 상황이 상황인 만큼 에너지를 아껴야 한다. 사소한 것들은 무시하자.

사람들은 곽수의 뒤를 따라 산길을 내려갔다. 누구 하나 입을 열지 않았다. 그렇게 떠들던 하나도 조용했다. 모두 지치고, 겁에 질려 있었다.

"다 왔네요."

곽수가 경운기를 가리켰다.

"모두 탈 수 있을까요?"

수용이 물었다. 운전은 곽수가 한다고 해도 시에서 나온 두 사람까지 합치면 여섯 명이나 타야 했다.

"괜찮을 겁니다."

곽수는 자신 있게 말했다. 지금은 뭐든 괜찮다고 해야 할 판이었다. 그게 이 멍청한 육지 놈들이 듣고 싶어 하는 말이겠지. 사람들은 경운기에 올랐다.

"꽉 잡으세요!"

곽수는 뒤를 향해 외치며 시동을 걸었다. 8마력짜리 경운기는 늙은이 헛기침 같은 소리를 내면서 몸을 부르르 떨었다. 송장산 입구에서 마을회관까지는 경운기로 10분도 걸리지 않았다. 문제는 마을회관으로 들어갈 수 있느냐 없느냐였다. 만에 하나 마을회관에서 일을 하던 주민들마저 괴물로 변했다면 답이 없었다.

그때는 싸워야지, 시벌.

곽수는 자기도 모르게 어금니를 꽉 깨물었다. 어마어마한 통증이 머리 꼭대기부터 꼬리뼈까지 단번에 관통했다.

아마도 그 통증 때문이었을 것이다. 경운기 앞으로 불쑥 튀어나온 선미를 보지 못한 건. 브레이크를 밟을 새도 없었다.

쾅!

경운기는 곽선미를 정통으로 들이받고 멈춰 섰다. 선미의 몸이 붕 떴다 바닥에 떨어졌다.

"으악!"

뒤에서 이 서기가 소리를 질러댔다.

"조용히……."

김 계장의 목소리가 들리는가 싶더니 이내 헉, 하는 소리로 바뀌었다. 곽수 역시 숨을 들이쉰 채 뱉어내지 못했다.

선미는 다시 일어났다. 그것도 오른쪽 다리가 완전히 부러져 뼈가 튀어나온 채로.

"좀비다!"

하나가 소리쳤다.

수용은 선미가 어기적어기적 다가오는 것보다도 하나가 내지르는 소리에 더 놀랐다.

"그, 그냥 갑시다. 이장, 그냥 가자고!"

김 계장이 말했다. 곽수도 그럴 생각이었다. 하지만 경운기가 말을 듣지 않았다. 아무리 당겨봐도 시동이 안 걸렸다. 진땀이 났다. 겨드랑이는 이미 예전에 축축해졌다. 갑작스럽게 요의가 덮쳐왔다.

선미는 점점 가까워졌다.

"어, 어!"

이 서기의 눈이 휘둥그레졌다. 경운기 뒤쪽에 펼쳐진 논에서 또 다른 사람이 걸어 나왔다. 곽수는 힐끔 뒤를 돌아봤다.

양수였다. 그 역시 몰골이 말이 아니었다. 입가에는 피가 잔뜩 묻었고 배때기는 활짝 열린 채였다.

"빨리요! 빨리!"

지석이 소리쳤다.

"가까이 온다!"

맨 끝 자리에 앉아 있던 이 서기가 벌떡 일어나며 외쳤다. 양수는 빠르게 달려왔다. 거리가 순식간에 좁혀졌다.

부릉.

그 순간 경운기 시동이 걸렸다. 경운기는 꽁지 빠지게 도망치고 싶은 운전사의 마음을 대변한 듯 갑자기 치고 나갔다. 이 서기의 몸이 휘청했다.

"어?"

이번에는 말끝에 물음표가 달라붙었다. 수용이 손을 내밀었지만 한발 늦었다. 이 서기는 팔을 휘젓다가 날개 꺾인 새처럼 그대로 추락했다.

156

"멈춰요!"

수용이 외쳤다. 곽수는 못 들은 척했다. 멈출 수가 없었다. 멈
췄다가는, 경운기가 다시 움직이지 않을 것 같았다.

선미가 경운기를 향해 손을 뻗었다. 손이 아슬아슬하게 스쳐
지나갔다.

"으아악!"

이 서기가 내지르는 비명이 영생도 하늘에 울려 퍼졌다. 양수
에게 목덜미를 물어뜯기는 이 서기의 모습을 사이드미러로 확인
하며, 곽수는 속도를 높였다. 경운기는 투덜거리면서도 포장도
로를 신나게 달려갔다.

3

봉석은 정신없이 달리다가 멈춰 섰다. 아무도 따라오지 않았
다. 씩씩 숨을 몰아쉬었다. 이런 일은 처음이었다. 곽수의 말처럼
머리가 모자란 자신이 어떻게 해볼 수 있는 문제가 아니었다.

어디로 가면 좋을까?

아무리 머리를 굴려봐도 누구 하나 대답해주지 않았다. 옛날
에도 그랬다. 그러니까 아주 오래전, 단돈 2백만 원에 이 섬으로
팔려올 때도 봉석에게 말을 걸어주는 이가 없었다. 그저 곽수가
한마디를 했을 뿐이다.

"실하겠구나. 말 잘 들으면 장가도 보내주마."

그날 이후로 곽수 말이라면 무조건 들었다. 곽수는 봉석에게 가혹하게 대했지만 적어도 밥을 굶기지는 않았다. 육지에서는 수시로 굶었다.

밥…….

그러고 보니 주먹밥을 들고 있었다. 맹렬하게 허기가 찾아왔다. 봉석은 주위를 두리번거리다가 개울로 걸어 내려갔다. 개구리도 잡고 송사리도 잡는 개울이었다. 개울의 이쪽과 저쪽을 이어주는 다리 아래서 봉석은 겨우 한숨을 돌렸다. 이곳에 있으면 안전할 것 같았다. 괴물들도 여기라면 못 보고 지나치지 싶었다.

봉석은 주먹밥을 꺼내 입 안으로 밀어 넣었다. 맛있었다. 지금 당장은 두렵지도 않았다. 그저 무언가를 먹을 수 있다는 사실만으로 행복했다. 문득, 곽수는 무얼 하고 있을까 생각했다.

여전히 송장산에 있을까? 아니면 내려왔을까?

어느 쪽이든 자신을 찾고 있을 게 뻔했다. 왜냐하면 자신은 곽수의 오른팔이니까. 봉석은 그 말이 좋았다.

오른팔.

누군가에게 도움이 된다는 건 기분 좋은 일이었다. 특히 반편이라고 놀림이나 당하던 자신이 대학까지 나온 곽수의 오른팔이 되다니……. 골백번 감사해도 모자랄 일이었다.

봉석은 벌떡 일어났다. 가야 한다. 곽수를 도우러 가야 한다. 남은 주먹밥을 한 입에 욱여넣으며 다리를 빠져나왔다. 무기가 필요할 것 같았다. 봉석은 개울가에 떨어져 있던 철근 하나를 발견했다. 지난봄 보수 공사를 할 때 떨어진 게 틀림없었다.

봉석은 그걸 집어 들고 움직이기 시작했다. 뚜렷한 목적지가 있는 건 아니었다. 일단 곽수를 찾을 때까지 섬 전체를 다 돌아볼 생각이었다.

봉석이 개울에서 막 올라왔을 때 낯익은 얼굴 하나가 불쑥 모습을 드러냈다. 괴물로 변한 섬 주민이었다.

이름이 뭐였더라?

봉석이 고개를 갸웃거리는 사이 그 노인이 달려들었다. 재빨리 철근을 들어 발정난 개새끼처럼 시큰대며 달려드는 노인을 막았다. 무슨 할배라고 불렀던 것 같은데 이상할 정도로 기억이 나지 않았다. 노인이 으르렁거릴 때마다 고약한 입 냄새가 풍겨나왔다. 창자가 썩은 게 아닐까 걱정이 될 정도였다.

하기야, 지금은 그런 걸 걱정할 때가 아니지.

봉석은 자기가 생각하고도 웃겨서 픽, 하고 코웃음을 쳤다. 입 냄새를 팍팍 풍기는 노인은 목덜미에서 시뻘건 선지를 콸콸 쏟아내고 있었다. 내장이 썩었거나 말거나 이 노인은 이미 죽었다. 마을회관에서 지랄발광을 하던 그것들처럼 말이다.

봉석은 노인을 힘껏 밀어버렸다. 발을 헛디디며 돌부리에 걸린 노인은 볼썽사납게 벌렁 나동그라졌다. 피를 흘리며 사지를 버둥거리는 꼴이 꼭 가죽 벗긴 개구리 같기도 하고, 날개를 떼어낸 파리 같기도 했다.

"어르신, 괜찮아요?"

봉석은 엉겁결에 노인을 향해 물었다. 대답이 돌아올 리 만무했다.

"그, 그럼 갑니다."

인사를 꾸벅하고 돌아섰다.

"크으으."

가지 말라는 듯 노인이 소리쳤다. 봉석이 힐끔 뒤를 돌아보자 노인은 어느새 일어서서 어기적어기적 다가오는 중이었다.

어떻게 한다?

난감했다. 뭔가 해결을 해야 할 것 같은데 방법을 찾을 수 없었다. 이럴 때 곽수가 있다면 얼마나 좋을까?

죽여버려.

곽수가 한마디를 했다면 바로 네, 하고 노인의 대가리를 쑤셔 버릴 수도 있었다. 그런 일쯤은 아무것도 아니었다.

"계속 쫓아오면 큰일 당해요!"

제법 목소리를 가다듬어 으름장을 놓았지만 노인은 점점 더 가까이 다가왔다.

"오지 마세요."

철근으로 노인의 가슴을 밀었다. 한 번 휘청하던 노인은 봉석에게 와락 달려들었다.

"어어!"

예상 밖의 공격에 봉석은 깜짝 놀랐다. 느려터진 줄로만 알았

는데 이를 드러내며 다가올 때는 섬뜩할 정도로 재빨랐다. 철근
으로 막고 있지 않았다면 물어뜯겼을 것이다.

"어휴. 놀래라."

노인은 아쉽다는 듯 혀를 쭉 내밀고 학, 학 숨을 몰아쉬었다.
입 안 깊숙이 자리 잡은 싸구려 금니 두 개가 유독 반짝였다.

"안 되겠네요."

봉석은 한 손으로 철근을 잡고 나머지 손에 침을 퉤, 하고 뱉
었다.

결단을 내야겠구먼.

여기서 계속 지체할 수는 없었다. 필히 자신을 기다리고 있을
곽수에게 가야 했다. 봉석은 노인의 가슴팍을 냅다 걷어찼다. 노
인은 또 한 번 크게 넘어졌다. 봉석은 노인의 가슴을 밟고 철근으
로 머리를 조준했다.

"요 대갈빡을 팍 하고……."

아무리 아둔해도 어디를 노려야 하는지 정도는 알 수 있었다.
마을회관에서의 그 난리를 본 바, 이것들은 팔다리가 잘리고 내
장이 줄줄 흘러나와도 쌈닭처럼 날뛸 놈들이었다. 하지만 아예
대가리를 부순다면 이야기는 달라질 것이다.

지들이 머리 없이 뭔 수로 움직이겠어.

봉석은 호흡을 가다듬은 후 노인의 한쪽 눈을 향해 철근을 내
리꽂았다.

기분 나쁘고 비위 상하는 뿌직, 소리와 함께 눈알이 터졌다. 철

근은 아예 노인의 머리를 관통해서 바닥에 단단히 박혔다. 버르적거리던 노인은 금세 사지를 축 늘어뜨린 채 움직이지 않았다.

"역시 머리가 답이구먼."

봉석은 힘껏 철근을 빼냈다. 그 기다란 쇠막대기에 피며 뇌수며 아무튼 끈적끈적한 것들이 잔뜩 묻어 있었다.

"아이고, 영감님. 머리에 뭐 이리 든 게 많대요."

봉석은 철근을 탈탈 털다가 나중에는 쭈그려 앉아 노인의 옷에 닦았다. 그러다가 다시 그걸 발견했다. 저 혼자만 살아남았다는 듯 반짝이고 있는 두 개의 금니. 봉석은 휘휘 고개를 돌려서 아무도 없다는 사실을 확인한 후 노인의 입 안으로 손을 넣었다. 금니는 맨 안쪽에 두 개가 나란히 있었다.

"입을 좀만 더 크게 벌리고 죽었으면 좋았을 텐데."

봉석은 한 손으로 노인네의 입을 최대한 벌렸다. 뼈와 근육이 발버둥을 치며 뿌지직, 하는 소리가 들렸다.

됐다!

힘껏 잡아당기자 금니 두 개가 빠졌다. 봉석은 기쁜 마음에 그 두 개를 얼른 빼냈다.

"아!"

손등이 앞니에 스치고 말았다. 상처가 깊지는 않았지만 그래도 손등에 붉은 자국이 콕 찍혔다. 그야말로 작은 상처였다. 멀리서도 가까이서도 아마 알아보지 못할 것이다. 그래도 피가 맺히기는 했다.

봉석은 상처 부위를 쭉 빤 뒤 퉤, 하고 뱉었다. 딱히 아프지는 않았다. 봉석은 원래 아픔에 둔했다. 그는 철근을 꽉 쥐고 마을회관으로 향했다. 왠지 그곳에서 곽수 냄새가 나는 것 같았다.

4

동굴에서 나와 10여 미터를 더 올라가자 송장산 제일 꼭대기가 나왔다. 그때부터는 제법 험해서 모두 손에 손을 잡고 천천히 올라가야 했다. 특히 바위산이라 한 번만 삐끗하면 크게 다칠 판이었다.

"아니, 젊은 것들이 왜 이리 비실거려!"

석궁을 매고 앞서 달려가던 노인이 고래고래 소리를 질렀다.

한평수.

그의 이름이었다. 그는 웃통을 홀렁 벗어던진 채로 등에는 석궁을 매고, 양쪽 어깨에 엑스 자로 걸친 홀스터에는 여분의 화살을 잔뜩 끼워놓은 상태였다. 결국 맨 마지막에 처져 있던 승복까지 모두 정상에 도착했다.

"아오, 배고파."

승복이 중얼거렸다. 배가 고프기는 대현도 마찬가지였다. 어느 정도 공포가 사라지니 원초적인 욕구가 슬그머니 고개를 들었다.

"뭣들 하고 있어? 조금이라도 앉아서 쉬어."

평수의 말에 대현 일행은 주뼛거리며 돌멩이나 맨바닥에 앉았다. 그는 자신의 이름을 말한 이후 별다른 이야기 없이 이곳까지 끌고 왔다. 하기야, 그러지 않았다면 대현은 이미 죽은 목숨이었을 것이다.

"학생은 괜찮지?"

평수가 대현을 향해 물었다.

"다…… 당연하죠!"

대현이 애써 힘을 그러모아 대답했다.

"어르신, 여기가 어르신 댁인가요?"

혜진이 주변을 둘러보며 물었다.

"내 아지트지. 나는 이런 사태가 오리라 일찌감치 예상을 하고 이곳에 아지트를 마련한 거야."

아지트라 불린 건물은 나무판자와 플라스틱판을 얼기설기 이어붙인 낡고 조악한 모습의 창고였다.

"난 아직도 감시를 받고 있거든. 그러니 위장하는 게 좋아."

"감시요?"

그런 주제라면 성민이 빠질 수 없었다.

"정부에서 나를 감시하고 있어. 내가 기밀을 빼돌렸거든."

평수는 듣는 사람이 없는데도 계속 주위를 두리번거렸다. 아무래도 정상은 아니다……. 모두가, 아니 한 명만 빼고는 그리 생각했다.

"어떤 기밀인데요?"

성민이 애처로울 정도로 눈을 반짝이며 물었다.

"그건 말해줄 수 없지. 알면 자네도 위험해지거든."

"지금도 충분히 위험한데……."

노영이 중얼거렸다.

"혹시 무슨 일이 일어났는지 어르신은 아세요?"

혜진이 물었다.

"그럼. 나는 이 섬에 대해서 모르는 게 없다고. 잠시만 기다려 봐."

평수는 무언가를 가지러 아지트 안으로 들어갔다. 그 틈을 타 혜진이 모두에게 물었다.

"어쩌면 좋을까?"

"일단 여기보다 안전한 곳은 없지 않을까요?"

승복이 아직까지도 숨을 몰아쉬며 말했다.

"나도 승복이 의견에 동의하는데, 문제는 다른 애들과 마을사람들이야. 그리고 여기 숨어만 있으면 아무것도 해결이 안 돼."

철민이 말했다.

이상하게 설득이 되는 그의 말에 대현이 고개를 끄덕이고 있을 때쯤 평수가 나왔다. 손에는 쌍안경을 들고 있었다.

"이게 러시아제인데 말이야, 역시 이런 물건은 고놈들이 잘 만들어. 봐봐, 이걸로 보면 마을이 한 눈에 들어오거든."

평수는 가장 가까이 서 있던 혜진에게 쌍안경을 내밀었다.

"우와! 진짜네요."

혜진이 감탄사를 뱉었다.

"저도 좀……."

혜진은 곧바로 대현에게 쌍안경을 건넸다. 마을의 입구라 할 수 있는 부두까지 생생하게 보였다. 조금 더 방향을 돌려서 바라보니 자신들이 머물기로 했던 민박도 보였다. 그리고…….

"그것들이 꽤 많아요."

대현은 중얼거리며 쌍안경을 내려놓았다. 부두는 물론이고 구불구불 이어진 골목마다 팔다리를 이상하게 꺾으며 어기적거리는 좀비들이 한둘이 아니었다. 관절염을 지독하게 앓는 노인들이 단체로 온천 여행을 온 듯한 모습이었다.

"나도 처음에는 깜짝 놀랐지. 해경 전투복 입은 놈 하나가 문갑이를 냅다 물어뜯더라고. 처음엔 그 뭐냐, 광견병에라도 걸린 줄 알았지. 근데 이게 웬걸? 물어뜯긴 문갑이 새끼가 벌떡 일어나는 게 아니겠어? 아! 그제야 알겠더라고. 무슨 일이 터졌구나. 그러던 참에 자네들이 이 산으로 올라오더라고."

"감사합니다. 어르신 아니었으면 전 꼼짝없이 죽었을 겁니다."

대현이 고개를 숙이며 말했다.

"안 죽어."

평수가 픽, 웃으며 말했다.

"네?"

"영화 안 봤어? 저것들은 죽는 게 아니라 인간에서 다른 것으로 바뀔 뿐이야. 그게 아주 기분 좋을 일일지 누가 알겠어? 안 그래?"

딱히 할 말은 없었지만 충혈된 눈을 좌우 위아래로 열심히 굴리며 말하는 모습이 썩 미덥지는 않았다.

"으악!"

집 뒤로 들어가 있던 갑자기 노영이 비명을 질렀다.

"저, 저기!"

노영은 거의 기다시피 하며 달려나왔다.

"무슨 일이야?"

철민이 놀라서 달려갔고 나머지 사람들도 우르르 따라갔다. 노영이 가리킨 곳에는 가죽이 벗겨진 고양이 시체가 열 마리도 넘게 주렁주렁 매달려 있었다. 혜진이 고개를 돌렸다. 승복은 토할 것 같다며 자리를 떴다.

"들었는지 모르겠는데, 요 섬에 야생 고양이가 워낙 많아. 어느 정돈가 하면 무리를 지어서 내가 키우는 흑염소를 사냥한다니까. 그래서 잡을 수밖에 없었지."

정상이 아니다…….

아까도 느꼈지만 석궁을 든 이 노인네는 분명 정상이 아니었다. 혼자서 이 송장산 꼭대기에 집을 짓고 사는 것부터가 괴짜 그 이상의 면모를 가지고 있다는 걸 설명해주고 있었다.

"일단 내려가죠."

혜진이 말했다.

"어디로? 목적지는 있어?"

평수가 크게 웃으며 물었다. 그러고는 퉤, 하고 누런 가래를 뱉었다.

"여기 있어도 뾰족한 수가 있는 건 아니니까요."

철민이 말했다.

"여기선 단파 라디오를 들을 수 있어. 어떻게 상황이 돌아가는지 알 수가 있다고. 게다가 무기도 있고."

평수가 자신의 석궁을 가리켰다.

"하지만 마을 사람들이 죽어가잖아요. 도와야 해요."

혜진이 말했다.

"저희 다른 친구들이랑 교수님도 계세요. 이대로 가만히 있을 순 없어요."

대현도 거들고 나섰다. 평수는 생각에 잠긴 얼굴이었다. 검버섯이 난 그의 얼굴에 그림자가 드리워졌다. 대현은 그제야 그가 꽤 노인이라는 사실을 깨달았다. 석궁과 허세를 뺀다면 한가롭게 마을을 배회하는 평범한 노인과 다름없었으리라.

"좋아. 좋네. 영생도 놈들이라면 살려주고 싶은 생각이 별로 없는데 자네들 친구도 있다 하니 같이 한번 내려가봄세."

평수는 그렇게 말한 후 다시 집 안으로 들어갔다. 그런 그를 바라보던 승복이 입을 열었다.

"목적지는? 어디로 가면 될까요?"

"다른 사람들은 어디로 갔을까? 무작정 뛰어다니고 있진 않을 거 아냐."

혜진이 말했다.

"이럴 땐 말이죠, 심리학적으로 제일 넓고 안전한 문이 있는 익숙한 곳으로 도망치기 마련입니다."

성민이 특유의 웃음을 흘리며 말했다.

"그게 좀비 영화의 클리셰죠."

"그래서 어디라는 거야?"

노영이 투덜댔다.

"마을회관이죠. 아마 다들 거기로 모이지 않을까요?"

그럴싸했다. 이 좁은 섬에서 숨을 곳이라고는 마을회관뿐이었다. 뿔뿔이 흩어진 사람들 모두 마을회관으로 모인다면 제법 많은 수가 될 터였다.

"근데 좀비 영화의 또 다른 클리셰는 이런 장소가 꼭 뚫려서……."

"자, 가보자고."

마침 평수가 나오는 바람에 대현은 성민의 주둥이를 때리고 싶은 마음을 가까스로 눌렀다. 혜진이 움직이는 평수를 따라 고개를 돌리며 물었다.

"어르신, 어디로요?"

"일단은 마을회관으로 가야지."

"보세요. 제 말이 맞죠?"

성민이 말했다.

"거기 가면……."

평수는 거기까지 말하고 내장을 쏟아낼 듯 격렬한 기침을 했다. 곧 좀비로 변하는 게 아닐까 걱정될 정도였다. 어느 정도 기침을 한 후 피 섞인 침을 뱉은 평수는 손으로 입을 쓱 닦았다. 그러고는 아무 일도 아니라는 듯 덧붙였다.

"거기 가면 무전기가 있어. 육지까지 무전을 보낼 수 있는 아주 큼지막한 놈이지. 단파 라디오가 계속 먹통이라는 게 마음에 걸리지만 일단 육지와 연락만 닿으면 내일이라도 당장 해경이 들어올 거야."

나름 합리적인 판단이었다.

"거기 먹을 것도 있을까요?"

승복이 물었다.

"암. 있고말고. 돼지도 한 마리 잡지 않았을까?"

그 말에 승복은 주먹을 불끈 쥐었다.

"그런데 왜 이런 일이 일어났을까?"

혜진이 혼잣말처럼 중얼거렸다.

"이유를 묻기보다 지금은 살아남는 걸 우선시하자."

당연한 말인데도 철민이 하면 어딘가 더 철학적으로 들렸다. 그러고 보니 철민이 늘 책을 읽고 있었던 게 기억났다. 멍하니 앉아 있거나 책을 읽거나 아니면 달리거나.

"난 살아 돌아가면 독서광이 될 거야."

대현은 승복을 향해 속삭였다. 승복이 바로 반응했다.

"뭔 미친 개똥같은 소리야?"

170

"책을 많이 읽을 거라고."

"게임이나 끊지?"

"그거랑 독서는 상관없거든."

두 사람이 투덕거리고 있을 때였다.

"아!"

풀숲에서 고양이 수십 마리가 모습을 드러냈다. 철민과 함께 선두에서 걷고 있던 혜진이 움찔 놀라며 한발 물러섰다. 고양이는 모두 크고 뚱뚱했다. 방금 전까지 뷔페에서 포식을 한 모양이었다.

고양이들은 일제히 고개를 갸우뚱했는데 그 모습이 마치 너희들은 살 가망이 없다고 말하는 것 같아 기분이 나빴다.

"이것들이."

평수가 석궁을 들이대자 고양이들은 일사분란하게 숲으로 사라졌다.

"우리는 이대로 계속 걸어가야 하니까 주위를 잘 살펴. 언제 어디서 그놈들이 튀어나올지 몰라. 각자 무기가 될 만한 걸 들고."

평수의 말에 대현은 예비로 나뭇가지 하나를 주웠다.

"그런 거로는 좀비는커녕 개미 새끼 한 마리 못 죽이겠다."

승복이 투덜거렸다.

"시꺼. 넌 그거나 열심히 찍고 있어. 다 찍고 돌아가 유튜브에 올리면 넌 벼락부자가 될 거다. 지금은 내가 지켜줄 테니까 그때 가서 은혜를 저버리면 안 된다."

대현이 그렇게 말했을 때였다.

크으으.

소리가 들려왔다. 대현은 순간 움찔했다. 발이 저절로 움직여 뒷걸음질 쳤다.

"조용히!"

철민이 자기 입에다가 검지를 가져다 댔다.

수풀 건너편에서 들리는 것 같았다. 한둘이 아니었다. 평수가 석궁을 든 채 살며시 수풀 쪽으로 다가갔다. 철민과 대현이 그 뒤를 따랐다. 대현은 자신이 쥐고 있는 나뭇가지가 너무 볼품없게 느껴졌다. 누군가 대현의 어깨 위에 손을 얹었다. 화들짝 놀라 돌아보니 혜진이었다.

"서, 선배……."

말을 끝내기도 전에 혜진의 손이 대현의 입을 막았다. 그러면서 말없이 앞쪽을 가리켰다.

"더럽게 많네."

평수가 중얼거렸다. 그제야 정신을 차린 대현이 앞으로 고개를 돌렸다. 100미터쯤 떨어졌을까, 수풀 사이로 좀비들이 보였다. 모두 익숙한 놈들이었다. 해경 하나와 작업복을 입은 남자 하나 그리고 형태라고 불리던 남자. 이름을 모르는 노인 세 명까지, 모두 여섯 마리의 좀비가 수건돌리기라도 하듯 같은 자리를 빙글빙글 돌고 있었다.

해경 좀비는 왼쪽 귀가 없었고 작업복 좀비는 코 아래가 완전히 함몰된 상태였다.

"동굴에서 나왔나 봐요."

노영이 속삭였다.

대현은 고개를 끄덕였다. 노인 중 한 명은 여전히 무언가를 우물거렸고 작업복 남자들은 춤을 추는 것처럼 우스꽝스럽게 스텝을 밟았다.

"왜 저렇게 한 곳에 모여 있는 거지?"

혜진이 물었다.

당연한 말이지만 누구 하나 제대로 답해줄 사람이 없었다. 좀비들에게 다가가 직접 물어볼 수도 없는 노릇이었다.

"처치해버릴까?"

평수가 짓궂은 표정으로 말했다. 눈빛이 번들거리는 게 장난감을 앞에 두고 흥분한 어린애 같았다.

"위험합니다. 그냥 가시죠."

철민이 말했다.

"요걸로 한 방씩만 쏘면 될 것 같은데."

평수는 자기 석궁을 들어 보였다. 아무래도 위험한 노인네다. 성민의 말이 아니고라도 저런 캐릭터와 함께 가다보면 꼭 안 좋은 일이 생긴다는 걸 대현은 수많은 영화를 통해 알고 있었다.

잠깐.

순간 대현의 머릿속에 경고등이 켜졌다. 무언가 아주 중요한 사실을 놓치고 있다는 느낌이 들었다.

뭐지? 뭘까?

대현은 좀비들을 뚫어져라 바라봤다. 노인들…… 형태…… 해경…… 그리고 작업복…….

작업복?

이장과 형태가 나누던 대화가 문득 떠올랐다.

형태라는 아저씨는 전화국 직원이 분명 셋이라고 했다. 그 직원들이 바로 푸른색 작업복이었다. 그중 하나는 평수가 쏜 화살을 맞고 죽었다. 얼굴이 함몰된 작업복은 또 다른 놈이었다.

"나머지 하나는 어디 있지?"

대현이 중얼거렸다.

"뭐?"

철민이 뒤를 돌아보며 물었다.

바로 그때 예고도 없이 좀비가 튀어나왔다. 옆쪽, 웃자란 풀과 나무 들이 빽빽한 곳에서였다. 푸른색 작업복을 입은 통통한 체형의 좀비였다. 이마부터 턱까지 쭉 찢어진 상처가 펄떡펄떡 살아 움직였다.

"으악!"

성민이 비명을 질렀다. 좀비는 성민에게 달려들어 같이 쓰러졌다.

"으아악!"

성민의 길고 처절한 비명이 숲속 가득 울려 퍼지며 다른 좀비들에게도 신호를 보냈다.

좀비 여섯이 일제히 고개를 돌리더니 움직이기 시작했다.

"성민아!"

대현은 나뭇가지로 좀비의 얼굴을 쿡 찔렀다. 역시 아무런 소용이 없었다. 단지 좀비가 성민에게서 대현 쪽으로 고개를 돌렸을 뿐이었다. 새빨간 눈이 대현을 노려봤다. 철민이 외치는 소리가 들렸다.

"어서 피해!"

성민을 붙잡고 있던 좀비가 벌떡 일어났다. 아무래도 얼굴을 찔린 게 굉장히 기분 나빴던 모양이었다. 대현은 나뭇가지를 들고 이리저리 휘둘렀다. 좀비는 막무가내로 밀고 들어왔다. 설상가상으로 뒤쪽에서 좀비 여섯이 다가오고 있었다. 그중 얼굴이 함몰된 작업복 좀비와 머리가 벗겨진 형태는 노인 좀비에 비해 상당히 빨랐다.

"선배! 머리를 노려야 해요, 머리!"

성민이 꽥꽥 소리를 질렀다.

"알았으니까 조용히 좀 해!"

대현은 주위를 둘러봤다. 자신이 들고 있는 나뭇가지 말고는 무기가 될 만한 게 없었다. 죄다 나뭇잎 아니면 솔방울이었다.

"저, 저리가."

대현은 바보처럼 중얼거릴 뿐이었다. 힘이 풀려버렸는지 다리를 움직일 수가 없었다. 좀비가 성큼 다가왔다.

"대현아!"

승복의 목소리가 들렸다. 대현은 고개를 들었다. 승복이 길쭉한 무언가를 던졌다. 대현은 엉겁결에 손을 내밀어 받았다. 좀비는 이제 코앞까지 다가왔다.

캬아아.

좀비가 내지르는 소리와 고약한 냄새가 바로 앞에서 생생하게 전해졌다. 대현은 승복이 던져준 굵고 단단한 나무토막을 꽉 쥐었다.

"죽어라!"

홈런 타자를 꿈꾸는 풋내기 야구선수처럼 대현은 온 힘을 다해 풀스윙을 했다.

퍽.

나무토막이 좀비의 머리를 박살내며 쪼개졌다. 좀비는 몸을 부르르 떨고서는 앞으로 쓰러졌다.

"고개 숙여!"

평수가 외쳤다.

대현은 반사적으로 바닥에 납작 엎드렸다.

휘익, 날카로운 소리를 내며 공기를 가른 화살이 맨 앞에서 달려오던 또 다른 작업복 좀비의 이마 정중앙에 꽂혔다. 좀비는 뒤로 팅기듯 쓰러지며 형태를 덮쳤다.

"빨리 튀어!"

승복이 대현에게 손을 내밀었다.

"으, 응."

대현은 그 손을 잡고 일어나 달리기 시작했다. 성민이 눈물을 글썽이며 옆으로 다가왔다.

"선배, 정말 고마워요."

"일단 여기서 살아 나간 다음에 이야기하자."

대현은 숨을 헐떡이며 말했다.

평수가 또 다시 활을 쐈다. 개조를 한 석궁은 멧돼지도 쓰러뜨릴 만큼 위력적이었다. 다음 타깃이었던 노인 좀비는 아예 머리가 떨어져 나갔다. 최 뭐시기라는 이름의 영감이었다. 미안한 마음은 조금도 들지 않았다. 평수는 죽어 나자빠진 최 뭐시기의 옆쪽에 따라오던 할망구에게 석궁을 겨냥했다. 오른쪽 팔이 뜯겨나간 상태였다.

"어르신, 지금은 가야 합니다."

철민이 평수를 뜯어말렸다.

"젊은 놈이 겁은 많아서."

대답은 그렇게 했지만 타당한 말이었다. 가장 좋은 방법은 화살을 아끼면서 괴물들을 때려눕히는 것이었다.

대현 일행은 쉬지 않고 달려 숲을 빠져나왔다. 잘 정리된 아스팔트 길이 나왔다. 길 한쪽은 논이었다. 새파랗게 올라온 모가 섬에서의 일에는 관심도 없다는 듯 바람에 살랑살랑 춤을 추고 있었다.

"다들 괜찮아?"

혜진이 물었다.

모두 고개를 돌려 서로를 훑어봤다. 상처를 입은 사람은 없는 듯했다.

"이제 어디로 가면 되죠?"

철민이 물었다. 평수는 아지랑이가 피어오르는 앞쪽 길을 가리켰다.

"이 길을 쭉 따라가면 마을회관이 나와. 그런데……."

'그런데' 뒤는 제발 듣고 싶지 않았으나 평수는 말을 이었다.

"아까 쌍안경으로 본 사람들은 알 거야. 저쪽이 요 섬사람들이 제일 많이 모여 사는 덴데 좀빈지 뭔지로 득시글거렸잖아."

"그러면 어떻게 하죠?"

성민이 물었다. 아직도 충격이 안 가신 듯 벌벌 떨고 있었다.

"그래서 내가 숲길을 택한 거였어. 좀 둘러가지만 괴물 같은 녀석들을 안 만날 거라 생각했거든. 젠장. 오판이었어."

모두가 힘이 빠져 입을 다물고 있었다. 태양은 사정없이 내리쬤다. 모든 걸 바싹 말리겠다는 듯 온 힘을 다해 햇살의 지분을 늘리는 중이었다. 가만히 서 있기만 해도 땀이 줄줄 흘러내렸다. 뇌가 익어버린 것 같았다. 삶은 달걀 속 노른자처럼 포슬포슬.

대현은 아무 생각도 나지 않았다. 다들 침묵을 지키고 있을 때 노영이 어딘가를 가리키며 입을 열었다.

"경운기…… 타실래요?"

논두렁 가에 경운기 한 대가 세워져 있었다.

"좋아요, 선배!"

성민이 대번에 동의했다.

"운전은 누가 하고? 난 놈들 오면 이걸로 날려버려야 해서 운전 못 해."

평수가 석궁을 들며 말하자 노영이 눈을 빛냈다.

"제가 할 수 있어요, 운전."

"경운기를 운전한다고?"

승복이 놀라서 되물었다.

노영은 기계 다루는 솜씨가 일품이었다. 방송실에서도 척척 기계 조작을 했다. 처음 보는 기계도 설명서 없이 만지고는 별 것 아니라는 듯이 씩 웃는 게 노영이었다.

"예전에 시골 외할아버지 댁에 놀러 가면 운전하곤 했어요."

"그럼 망설일 것 없네. 빨리 가자고."

평수가 말했다.

"무기가 필요해."

혜진이 나섰다.

"우리가 뒤에 타고 가면 분명 저것들, 그러니까 좀비들이 공격할 거야. 그때 떼어 놓을 수 있는 무기가 필요하다고."

맞는 말이었다. 철민도 고개를 끄덕였다.

"그럼 잠시 찾아보죠."

대현이 말했다.

"그럼 전 어서 가서 저놈을 여기까지 끌고 오겠습니다."

노영이 경운기를 향해 달려갔다.

"돌멩이를 주워서 쌓아놓자."

승복이 말했다.

"그래. 큰 놈으로 골라서 던지면 되겠네."

대현은 승복과 함께 돌멩이를 고르기 시작했다. 최대한 크고, 무겁고, 날카롭고, 좀비의 대갈통을 부술 수 있는 걸로. 덜덜덜, 소리와 함께 노영이 모는 경운기가 다가왔다.

"여기요, 여기. 짐칸에 쇠스랑이랑 삽 같은 게 잔뜩 있어요."

"오!"

승복이 동영상을 찍으며 달려갔다.

"잘됐네. 이 정도면 충분하겠어."

철민이 말했다.

대현 일행은 모두 짐칸에 올랐다.

"출발해!"

평수가 소리쳤다. 그는 혼자서 흥분한 상태였다. 좀비를 해치우는 일에 쾌감을 느끼고 있었다. 대현은 그 점이 못내 불안했다. 제일 강력한 무기를 가진 인간이 제일 들떠 있다. 게다가 처음 봤을 때부터 어딘가 이상했다. 초점이 맞지 않는 안경이나, 살짝 쉰내가 나는 떡처럼······.

경운기는 바람을 가르며 달렸다. 속도는 형편없었지만 그냥 걷는 것보다는 백배 나았다.

경운기는 구불구불 이어진 길을 따라 오른쪽으로 돌았다. 그 순간, 눈앞에 펼쳐진 모습에 대현은 자기도 모르게 마른침을 삼켰다. 못해도 서른 명은 넘어 보이는 좀비들이 길을 완전히 막고 바글바글 모여 있었다. 좀비들은 경운기를 보자마자 반응했다. 몇몇은 기어서, 또 몇몇은 걸어서, 그리고 나머지는 뛰어서 경운기 쪽으로 다가왔다.

"모두 연장 꺼내!"

평수가 소리쳤다.

"젠장."

승복이 중얼거렸다.

대현은 돌멩이 두 개를 들었다.

바람을 가르며 석궁에서 화살이 날아갔다. 좀비 하나가 나가떨어졌다. 대현은 옆쪽의 한 놈을 향해 힘껏 돌멩이를 던졌다. 머리에 정확하게 맞았다. 장화를 신은 좀비는 비틀거리더니 바람이 빠지는 듯한 소리를 내며 논으로 굴러떨어졌다. 혜진과 철민은 각각 삽과 쇠스랑으로 좀비를 밀어내고 있었다. 성민은 대현과 함께 돌멩이를 던졌다.

"넌 잘 찍어, 인마!"

대현은 승복을 향해 소리쳤다. 승복은 고개를 끄덕이며 캠코더에 다시 집중했다. 좀비 하나가 짐칸에 매달렸다. 쉭쉭. 위협적인 소리가 놈의 성대를 뚫고 입으로 쏟아져 나왔다.

"덕팔이잖아?"

평수가 좀비에게 아는 척을 하며 곧바로 화살을 찔러 넣었다.

"다 아는 분들이죠?"

혜진이 안타깝다는 듯 얼굴을 찡그렸다.

"그래서 더 재미있어. 크크."

평수가 말했다. 대현은 머리를 절레절레 저었다.

덜컹. 경운기가 휘청했다.

"좀비 하나가 바퀴에……!"

노영이 소리치며 경운기 핸들을 꺾었다.

"어어어! 안 돼!"

경운기는 방향을 잃고 논두렁으로 향했다.

"꽉 잡아!"

철민이 소리쳤다.

대현은 짐칸 난간을 잡고 눈을 꼭 감았다. 몸이 붕 뜬다 싶더니 어마어마한 통증과 함께 바닥으로 떨어졌다. 충격을 참으며 눈을 뜨자 낡은 경운기가 논바닥에 바퀴를 헛굴리며 벌벌 떠는 모습이 보였다.

경운기 짐칸에서 튕겨 나왔구나!

그런 생각이 머릿속을 스쳐 지나는 것도 잠깐, 몰려드는 좀비를 보며 대현은 하얗게 질렸다.

5

"대현아, 괜찮아?"

철민의 목소리가 들렸다.

대현이 목소리가 들리는 쪽으로 고개를 돌리자, 등에서부터 목덜미까지 뜨거운 통증이 확 달려들었다. 철민 역시 경운기에서 튕겨나갔는지 논두렁에 쓰러져 있었다.

"조심하세요!"

마침 철민 쪽으로 좀비 몇 마리가 다가갔다. 밀짚모자에다가 장화까지 신은 모습이 그저 논을 둘러보기 위해 뒷짐 지고 걸어가는 평범한 노인처럼 보였다. 가래 끓는 듯한 이상한 소리를 내며 온몸에 피칠갑을 하고 있다는 사실만 빼면.

마침 철민은 용케 삽 하나를 들고 있었다. 앞이 뾰족한 삽이었다. 삽은 그 일을 위해 태어났다는 듯이, 철민이 휘두르는 대로 좀비 한 마리의 다리를 단번에 부숴버렸다. 다리가 부러진 좀비는 기우뚱 쓰러진 채 논에 빠져 버르적거렸다.

대현은 다른 사람들을 찾기 위해 주위를 둘러봤다. 대부분은 경운기 짐칸에 그대로 있었다. 승복과 성민은 서로 부딪쳤는지 둘 다 머리를 감싸 쥐고 있었다. 노영은 여전히 경운기 핸들을 잡고 소리쳤다.

"빨리 내려요! 내려서 논 안으로 들어가요! 무기 챙기고!"

"너도 빨리 도망쳐!"

노영을 향해 대현이 소리쳤다. 그 소리에 반응한 좀비 두 마리가 대현 쪽으로 다가왔다.

"제가 운전자니까 제일 마지막에 도망가야죠!"

노영은 소리 높여 대답한 후 경운기 시동을 계속해서 걸었다. 경운기는 가라지처럼 아예 논 깊숙이 뿌리를 박은 것 같았다. 아무리 시동을 걸어도 바퀴가 헛돌았다. 대현은 비틀대며 일어났다. 아무런 무기도 없었다. 좀비들과는 아직 거리가 있었지만 어쨌든 무기를 찾아야 했다.

파랗게 올라온 벼를 마구 헤집으며 경운기 쪽으로 달렸다. 발이 푹푹 빠져 도무지 속도를 낼 수 없었다. 다음 순간, 대현은 끔찍한 사실을 깨달았다. 혜진이 없었다. 그리고 평수도.

"혜진 선배!"

대현은 다급하게 혜진을 찾았다.

"야, 나 괜찮아."

간신히 정신을 차린 듯 승복이 말했다. 대현은 고개를 돌렸다. 좀비들이 부룽부룽, 요란한 소리를 내고 있는 경운기 쪽으로 우르르 몰려갔다.

"거기 간다!"

대현의 말에 성민이 제일 먼저 반응했다. 성민은 쇠스랑을 들고 맨 앞에 선 좀비의 머리를 찍었다. 목에다가 수건을 감고 있던 할머니 좀비는 켁, 하는 이상한 소리를 내며 주저앉았다.

"어어?"

그러나 성민은 쇠스랑을 빼지 못하고 좀비와 함께 넘어졌다.

"안 돼!"

승복이 논바닥을 뒹구는 성민을 향해 손을 내밀었다. 대현은 그쪽으로 시선을 옮기다 거의 3미터 정도 날아가 쓰러져 있는 혜진을 발견했다.

대현은 방향을 바꿔 혜진에게로 다가갔다. 혜진은 정신을 잃은 것 같았다.

"선배!"

아무리 불러도 대답이 없었다. 그런 혜진을 향해 등이 굽은 할머니 좀비가 거의 네 발로 기다시피 하며 다가가는 중이었다.

"혜진이 부탁해."

철민이 상황을 알아채고는 대현에게 말했다. 위치상으로는 철민이 더 가까웠지만 그는 넷이나 되는 좀비를 상대하는 것만으로도 힘들어 보였다. 대현은 어기적거리며 달렸다. 논 깊숙한 곳에 악의를 가진 무언가가 도사리고 있는 것 같았다. 진흙이라는 이름의 악마.

좀처럼 속력이 나지 않았다. 진흙이 자꾸만 다리를 옭아맸다. 한 가지 다행인 점은 좀비들의 사정도 마찬가지라는 것이었다. 다리보다 마음이 앞섰다. 혜진은 여전히 정신을 잃고 쓰러져 있었다. 혜진을 향해 다가가는 좀비는 예상외로 빨랐다. 심장이 뛰었다. 이대로라면 할머니 좀비가 혜진을 덮치는 건 시간문제였다. 그것만은 막아야 했다.

그것만은······.

대현은 아예 반쯤 엎드려 진흙을 헤치며 달렸다. 온몸에 진흙이 묻었지만 아랑곳하지 않았다. 묻어나는 것이 피가 아니라는 사실에 안도할 뿐이었다.

"혜진 선배! 일어나요!"

대현은 목이 터져라 외쳤다. 반응이 있었다. 혜진이 조금씩 움직였다. 움찔하더니 머리를 들고 주위를 둘러봤다. 하지만 자신에게 다가오는 추악한 죽음을 아직은 모르고 있었다. 대현은 거의 1미터 앞까지 다다랐다. 좀비도 마찬가지였다.

"대현아?"

할머니 좀비가 크게 입을 벌리며 달려들었다.

"안 돼!"

대현은 마지막 힘을 짜내 뛰어들어 혜진을 감싸 안으며 바닥을 뒹굴었다. 묵직한 통증이 어깨를 지나갔다.

"아!"

자신도 모르게 대현은 그런 소리를 냈다. 통증은 삽시간에 몸을 달궜다. 대현은 몸을 돌려 할머니 좀비의 얼굴을 밀어내고 엄지로 눈을 찔렀다.

크윽. 크윽.

좀비가 비명인지 포효인지 모를 소리를 내뱉었다.

자신은 이제 틀렸다고 생각한 순간, 어마어마한 분노와 함께 잠들어 있던 힘이 샘솟았다. 대현은 양손으로 좀비의 눈동자를 파낸 뒤 주먹으로 몇 번이나 머리를 때렸다. 결국 좀비의 머리가 쫙 깨졌다. 이제 한숨 돌리려는 찰나.

"너…… 어깨."

혜진이 대현의 어깨를 바라보며 숨을 삼켰다.

6

곽수 일행은 마을회관에 도착했다. 경운기 소리 때문에 혹시라도 좀비가 몰려올지 몰라 마을회관 몇 미터 전부터 걸어서 왔다. 여름 햇살은 무자비하게 쏟아져 내렸다. 그냥 서 있기만 해도 숨이 턱 막혔다. 하지만 곽수는 땀 한 방울 나지 않았다. 오히려 피부가 서늘할 정도였다. 정리되지 않은 생각들이 머릿속을 뒤죽박죽으로 만들며 날뛰었다.

"교수님, 이게 무슨 일일까요?"

지석이 물었다. 멋진 목소리는 온데간데없고 잔뜩 쉰 목소리만 나왔다.

"나도 모르겠네. 연락이 안 되니 섬 바깥 상황도 전혀 모르겠고."

"바이러스예요, 바이러스."

아까부터 유독 적극적으로 변한 하나가 말했다. 하나는 눈빛부터가 달라졌다. 속에서 기어 나오기를 호시탐탐 기다리고 있던 제2의 자아가 혼란을 틈타 하나의 몸을 점령한 것 같았다. 수용은 하나를 보면서 섬뜩함을 느꼈다.

"다들 영화 보셨죠? 미군이 무슨 실험을 했거나 아니면 북한에서 공격한 걸 수도 있어요. 우리가 모르는 사이에 전국적으로

바이러스가 퍼졌는지도 몰라요. 그게 아니라면 이 섬에 보균자
가 있어서……."

"그만. 하나야, 그만해."

수용은 최대한 부드러운 목소리로 말했다.

"지금은 왜 이렇게 됐느냐보다 앞으로 어떻게 할 건가가 더 중
요해."

"그 말이 맞지!"

김 계장이 맞장구를 치며 곽수를 바라보았다. 그는 쉴 새 없이
흘러내리는 땀을 손수건으로 연신 훔치고 있었다.

"이제 어떡할 거요?"

곽수는 상황 정리보다 당장 자신을 괴롭히는 치통과 맞서 싸
우느라 아무것도 들리지 않았다. 이렇게 치통의 괴롭힘을 당하
느니 좀비인가 뭔가 하는 저것들한테 물려 죽는 편이 더 낫지 않
을까 싶을 정도였다.

"아니, 사람이 물어보면 대답을 해야 할 거 아냐!"

김 계장이 버럭 화를 내고 나서야 곽수가 뒤를 돌아봤다. 마을
회관에 거의 다다랐을 때였다.

"네?"

곽수가 김 계장에게 되물었다. 그때였다.

"쉿!"

수용이 한 발 앞으로 나서며 말했다. 그러고는 마을회관 유리
창을 가리켰다. 커튼이 반쯤 열린 유리창으로 마을회관 안 풍경

이 보였다. 용순과 복녀가 멍한 표정으로 마을회관 안을 서성이는 중이었다. 둘 다 피범벅이었다.

"히익!"

지석이 둘을 보자마자 괴상한 소리를 내며 한 발 물러섰다.

"용순 할매하고 복녀 할맨데."

곽수가 말했다.

"둘 다 느리니까 바로 해치워버리죠."

하나의 말에 모두 고개를 돌렸다.

"이제야 깨달았는데 나이 드신 분들은 좀비가 돼도 걸음이 느리더라고요. 반대로 젊은 사람들은 빠르고요."

수용은 하나의 말에 고개를 끄덕였다. 푸른색 작업복을 입은 좀비는 훨씬 빨랐다. 그에 비해 노인 좀비는 확실히 느렸다.

"일단 들어가보죠. 이장님이 밖에서 주의를 끌어주시면 제가 문으로 들어가서 해치우겠습니다."

수용이 말했다.

"저도 갈게요."

하나가 아까부터 들고 있던 나뭇가지를 꼭 쥐며 말했다.

"그, 그래."

"그럼 그 작전대로 합시다. 이거 원, 더워서 살 수가 있나."

김 계장이 투덜거렸다.

"안에 에어컨도 있겠지? 일단 에어컨부터 틀고 뭍으로 무전을 쳐서……"

"알겠습니다."

곽수는 한없이 길어질지도 모를 김 계장의 말을 막은 후 창가 쪽으로 다가갔다. 수용과 하나도 마을회관 입구를 향해 걸어갔다.

"조심하세요."

"파이팅!"

지석과 지민이 두 사람을 향해 주먹을 불끈 쥐어 보였다.

"지랄하고 있네."

수용은 하나가 중얼거리는 소리를 들었다. 당장에라도 손에 든 나무말뚝으로 두 사람을 아작내고 싶어 하는 눈치였다. 수용은 마른침을 삼켰다. 입구에는 이미 피가 흥건했다. 보아하니 한바탕 살육전이 벌어진 듯했다. 제발 둘밖에 없기를 바라면서 수용은 문손잡이를 잡았다.

먼저 수용이 달려들어 좀비를 쓰러뜨린다. 하나가 좀비의 머리를 찌른다. 그것이 대략적인 작전이었다.

"연다."

수용의 말이 떨어지는 것과 동시에 창가에서 요란한 소리가 들렸다.

"일들 안 하고 뭐 하고 있어요!"

곽수의 목소리가 쩌렁쩌렁 울렸다.

일은 안 하고 어슬렁거리고 있던 좀비들이 일제히 포효했다. 수용과 하나는 문을 열고 안으로 들어갔다. 창가에 서서 밖을 향해 으르렁거리는 두 좀비가 보였다. 용순과 복녀는 먹잇감을 향해 손을 뻗다가 멈칫했다. 용순이 고개를 돌렸다.

아무래도 곽수보다는 이쪽이 더 마음에 드는 모양이라고, 수용은 생각했다.

"준비해!"

하나에게 외치며 수용이 달려갔다. 확실히 노인 좀비는 굼떴다. 허우적대며 팔을 뻗는 용순의 옆으로 돌아가 다리를 살짝 걸자 속절없이 넘어졌다. 수용은 넘어진 용순의 등을 꽉 밟았다. 좀비는 뭍으로 나온 활어처럼 미친 듯이 펄떡거렸다.

"빨리!"

눈에 불을 켜고 달려든 하나가 용순의 뒤통수에 나무말뚝을 박아 넣었다. 용순은 한 번 꿈틀거렸을 뿐 그대로 움직임을 멈췄다. 머리에서 피와 함께 뇌수가 흘러나왔다. 그사이 복녀가 켁켁거리며 다가왔다. 복녀 역시 하나의 나무말뚝을 견디지 못했다.

두 사람은 마을회관을 휘 둘러봤다. 더 이상 좀비는 보이지 않았다.

"들어오세요."

수용이 창밖에 선 사람들을 향해 외쳤다. 김 계장을 선두로 모두 달려 들어왔다.

"빨리 에어컨부터."

곽수는 김 계장을 향해 던지듯 리모컨을 내밀었다.

"이제 어떻게 하실 겁니까?"

수용이 곽수에게 물었다.

"방송부터 할 겁니다."

곽수는 얼굴을 잔뜩 찡그렸다. 치통이 곽수를 마구 비웃었다.

"방송이요?"

"네. 방송. 지금 현재 제일 중요한 일입니다."

곽수는 그렇게 말하며 단상 위의 방송 장비를 만지작거리기 시작했다. 그 옆으로는 마이크와 확성기 등도 같이 놓여 있었다.

곽수가 방송을 시작했다.

"아아. 이장입니다. 영생도 이장입니다. 지금부터 중요한 말씀을 드리겠습니다. 현재 섬에 이상한 병이 돌아서 다들 미쳐가고 있습니다. 이럴 때는 지금 계신 곳에 그대로 있는 게 제일 안전합니다. 그대로 계십시오. 움직이시면 안 됩니다. 곧 뭍에서 해경이 올 겁니다. 다른 지시가 있을 때까지 움직이지 마십시오. 이상입니다."

움직이지 말라고?

방송을 듣던 수용은 깜짝 놀랐다. 지금은 한데 모여서 대책을 논의해야 한다. 게다가 가장 안전한 곳은 마을회관이다. 이장도 그렇게 이야기하지 않았나.

"뭔가 잘못 생각하고 방송을 하신 거 아닙니까? 가만히 있으라니요. 그러면 피해가 더 커질 겁니다."

수용이 말했다. 하지만 곽수는 콧방귀도 뀌지 않았다. 그러고는 한심하다는 표정으로 수용을 바라봤다.

"교수님, 뭘 잘못 생각하시나 본데 지금 제일 중요한 게 뭔지 아십니까?"

"뭔데요?"

"여기 있는 사람들이라도 일단 살길을 찾는 겁니다. 그 다음에 마을 사람들 구할 방법을 생각하는 거고. 여기로 사람들이 우르르 몰려와봐요, 어떻게 되겠는가. 하나씩 차근차근 해결해나가죠."

수용은 곽수의 말에 대꾸할 수 없었다. 마을회관에 사람들이 바글바글 들어찬다. 생각해보니 끔찍한 일이 될 수도 있었다. 그중 누구 하나라도 감염된 존재라면……

"그건 이장 말이 맞소. 우선 중요한 사람들이 살아야 할 거 아니오."

김 계장이 끼어들었다. 그는 움푹 팬 눈을 뒤룩뒤룩 굴리고 있었다. 얼굴에서는 비 오듯 땀이 흘러내렸다.

"교수님, 여기 있는 거 드세요."

지석이 입에다가 주먹밥을 밀어 넣고 있었다. 마을회관에 모여 있던 사람들이 만들던 주먹밥이었다. 곧 지민도 달려들었다. 배가 많이 고팠는지 손으로 주먹밥을 쥐고 허겁지겁 먹었다. 수용은 주먹밥 두 개를 들고 하나를 하나에게 건넸다. 하나는 죽어 나자빠진 좀비를 바라보며 우물우물 주먹밥을 씹어 삼키기 시작했다.

욱신.

욱신.

욱신.

곽수가 걸음을 옮길 때마다 치통이 탭댄스를 쳤다. 기막힌 박자 감각이었다.

저 교수 놈의 새끼. 괜히 말을 시켜가지고.

곽수는 중얼거리며 다시 방송 장비 앞으로 갔다. 방송 장비 뒤편으로 최신 단파 무전기가 놓여 있었다. 곽수는 무전기 채널을 돌려 맞췄다. 일단 해경을 호출할 생각이었다. 해경들이 총이라도 들고 달려온다면 쉽게 해결될 문제였다. 적어도 아직까지는 그랬다. 무전기를 들었다.

"응답하라. 여기는 영생도, 여기는 영생도. 응답하라."

아무리 떠들어 봐야 답은 없었다. 지직, 지직 귀를 긁어대는 잡음으로 이미 그 사실을 알고 있었지만 그래도 곽수는 우직하게 몇 번을 더 불렀다.

"여기는 영생도. 응답하라."

역시, 묵묵부답이었다.

"어떻게 됐소?"

어느새 다가온 김 계장이 물었다. 앞니 사이에 김이 끼어 있었다. 그 김을 보자 곽수도 배가 고파졌다.

"해경에 무전을 보냈는데 받질 않네요."

"하여튼 공무원들은!"

같은 공무원인 주제에…….

그 말이 혀끝까지 나왔지만 곽수는 치통과 함께 씹어 삼켰다.

"곧 연락이 닿을 겁니다."

곽수가 말했다. 그다지 자신 있는 목소리는 아니었다.

♪

"으아악!"

대현은 바닥에 데굴데굴 굴렀다. 어깨의 통증보다도 좀비에게 물렸다는 사실 자체에 절망했다. 이제 끝이었다.

"대현아!"

승복의 목소리가 들렸다. 내가 당하는 걸 보고 달려와 줬구나! 대현은 눈물을 흘렸다. 이제 승복과도 안녕이었다. 저 새끼가 찍은 영화를 꼭 보고 싶었는데…….

좀비들의 울음이 사방에서 들렸다.

"대현아, 정신 차려!"

혜진 선배가 어깨를 흔들었다.

"선배, 빨리 도망가요. 전 끝났어요."

이윽고 입술 사이로 말이 비집고 나오자 더욱 뜨거운 눈물이 왈칵 쏟아졌다.

"정신 차리라고, 이 새끼야!"

승복이 대현의 멱살을 잡고 흔들었다.

"봐! 그래, 지금 날 죽여. 차라리 죽이라고!"

대현은 아예 발버둥을 치며 소리 질렀다.

"이게 미쳤나. 봐!"

승복이 머리를 내리쳤다. 묵직한 통증이 지나가고 나서야 대현은 정신을 차렸다. 승복이 눈앞에 뭔가를 들이밀었다.

"이거야. 널 문 건 이거라고."

틀니였다. 아랫니 윗니가 꼭 맞물린, 고약한 냄새를 내뿜는 틀니. 대현은 어깨 쪽으로 고개를 돌렸다. 아프긴 했지만 피는 나지 않았다.

"그럼 괜찮은 거야?"

멍한 얼굴로 대현이 물었다.

"괜찮아, 대현아. 괜찮아."

승복 대신 혜진이 대답했다.

괜찮구나. 난 살았어.

기쁨에 떨 시간 같은 건 없었다. 어느새 달려온 철민이 삽 두 개를 바닥에 던지며 소리쳤다.

"괜찮으면 빨리 움직여."

그제야 대현의 눈에도 현재 상황이 들어왔다. 노영은 경운기 옆에서 낫을 들고 좀비 두 놈과 사투를 벌이고 있었다. 성민의 모습은 보이지 않았다. 다섯 마리의 좀비가 대현 쪽으로 다가오는 중이었다.

"일단 저것들만 처리하면 돼."

철민이 말했다.

"네."

대현은 삽을 집어 들었다. 나머지 하나는 혜진 몫이었다. 승복은 이미 곡괭이를 들고 있었다. 곡괭이 끝에는 피가 묻어 있었다.

그사이 화살 하나가 날아와 노영에게 달려들던 좀비의 목을 꿰뚫었다.

"젠장. 죽을 뻔했네."

평수는 머리끝까지 진흙에 뒤덮여 있었다. 일부러 위장이라도 한 것 같았다. 석궁에서 다시 화살이 발사됐다. 이번에는 빗나갔다.

"젠장!"

평수가 중얼거렸다. 눈에 진흙이 들어가서 따가웠다. 화살은 점점 떨어지고 있었다.

"저희가 할게요!"

철민이 평수를 향해 외치고는 삽을 들고 앞으로 나갔다. 대현은 그 모습이 정말로 든든하다고 생각했다. 자신도 모르게 힐끗 혜진을 돌아봤다. 혜진은 입을 앙다문 채 삽을 앞으로 내밀고 있었다.

"뭐해? 너도 빨리 와."

승복 역시 곡괭이를 들고 달려갔다.

"어, 어."

대현은 정신을 차리고 승복의 뒤를 따라 달렸다. 러닝셔츠를 입고 삐삐 마른 팔을 드러낸 할아버지가 대현이 처리해야 할 좀비였다. 심호흡을 하며 좀비의 머리를 겨누다가 삽을 휘둘렀다.

그런데 너무 긴장한 탓에 발이 미끄러지면서 머리가 아니라 턱을 치고 말았다. 삽은 턱에 박혀 빠질 생각을 하지 않았다.

좀비가 팔을 뻗으며 버둥거렸다. 당황한 대현은 삽을 꽉 쥔 채로 힘만 빼고 있었다.

그때였다.

탕!

귀청을 찢는 소리와 함께 눈앞의 좀비 머리가 박살났다. 대현의 얼굴에 피가 튀었다. 총성은 바람을 타고 하늘 높이 올라갔다가 점차 사라졌다. 좀비들이 일제히 방향을 틀어 총소리가 난 곳을 향해 어기적어기적 다가갔다.

"지금이야!"

철민은 맨 뒤에 처진 좀비 한 마리의 머리통을 삽으로 찍었다. 승복도 한 마리를 처치했다.

탕!

또다시 총성이 울렸다. 총소리를 듣고 맨 앞서 달리던 까맣게 탄 얼굴의 할머니 좀비가 풀쩍 튀어 오르며 박살이 나버렸다. 대현은 마지막 남은 좀비의 머리를 삽으로 찍었다. 이로써 모두 처치했다. 한여름의 짙푸른 논에는 씩씩거리는 거친 숨소리만 맴돌 뿐이었다. 곧 매미들이 귀가 따갑도록 울어댔다. 머리가 깨진 채 죽은 좀비들만 아니라면 농촌 체험 뒤 보람찬 땀을 흘리며 하루를 마감한 것만 같았다.

"어서들 올라와."

엽총을 든 늙은 사내가 말했다. 대현의 눈에는 그렇게 보였다. 늙은 사내. 팔 근육은 자신보다 더 우락부락했고 검게 그을린 얼굴은 특수부대의 꼬장꼬장한 중사처럼 보였다.

"김종신이 자네구먼."

평수가 알은체를 했다.

"이게 다 무슨 일이야?"

종신이 걸걸한 목소리로 물었다.

대현은 겨우 논을 빠져나왔다. 철민과 혜진, 승복과 노영도 흙길로 올라가 한숨을 돌리고 있었다. 종신은 평수의 손을 잡고 끌어올렸다.

"보면 몰라? 다 괴물이 돼버렸어. 저 젊은 사람들 말로는 좀비래."

"좀비?"

"네. 그게 뭐냐 하면, 원래 부두교 주술에서 유래된 건데……."

성민이 경운기 밑에서 기어 나오며 끼어들었다.

"성민아!"

노영이 반갑게 소리쳤다. 모두 달려가 성민 주위로 몰려들었다.

"큰일 난 줄 알았잖아."

승복이 말했다.

"저는 괜찮아요."

성민은 머리를 긁적였다. 모두들 안도의 한숨을 내쉬었다.

"자네들은 이게 어떻게 된 일인지 알고 있나?"

종신이 물었다.

"모르겠습니다. 다만 바이러스가 아닐까 추측하고 있습니다. 물리면 전염이 되는 거죠. 전염이 돼서 사람이 아닌 존재가 되면 다른 사람을 공격합니다."

철민이 말했다.

"그게 좀비라는 건가?"

"보통 영화에서는 그렇게 불러요."

성민이 말했다.

"혹시 우리 집사람 못 봤나?"

종신이 평수를 향해 물었다.

"못 봤어. 우린 마을회관으로 가던 중이었어."

"마을회관에 곽수 그놈이 있는 것 같네."

"이장이?"

"아까 방송 못 들었나? 집에 꼭 붙어 있으라고 말을 하더군."

"곽수 놈이 그러라면 더더욱 마을회관으로 가야겠구먼."

평수가 흐흐 웃으며 말했다.

"그래. 그놈이 뭘 알고 있을지 몰라. 집사람도 거기서 음식을 한다 했으니 마을회관에 있겠군."

종신은 고개를 끄덕였다. 그는 가방에 각종 무기를 담고 있었다. 야구방망이며 도끼, 낫 그리고 망치도 있었다. 민소매 차림의 종신은 떡 벌어진 어깨를 씰룩거리며 앞서 걸었다.

"걸어간다고요?"

승복이 평수를 향해 물었다.

"바로 근처야. 여기서 모퉁이만 돌면 됐었다고."

평수가 말했다.

대현 일행은 두 노인을 따라 걷기 시작했다. 햇살이 내리쬈다. 땅에서는 아지랑이가 피어올랐다.

"너 괜찮아?"

노영이 성민을 향해 물었다. 성민은 유독 땀을 흘리고 있었다. 얼굴도 하얗게 질렸다.

"좀비들 처치한다고 힘들었나 봐요."

성민이 희미하게 웃으며 말했다.

"빨리 가서 쉬자."

철민이 뒤를 돌아보며 말했다.

"저기야."

평수가 논 건너편 시멘트 도로가에 세워진 건물을 가리켰다. 제법 번듯했다.

"서두르지."

종신이 말했다. 성큼성큼 걷는 그의 걸음을 따라잡기가 쉽지 않았다. 혜진 역시 부쩍 힘들어하는 것 같았다. 대현은 뭔가 말을 걸고 싶었지만 엄두가 나지 않았다. 입을 열면 자신도 쓰러질 것만 같았다. 대현 일행은 마지막 힘을 짜내 마을회관에 도착했다.

"조심해."

평수가 석궁을 겨누며 말했다. 마을회관은 쥐 죽은 듯 조용했다. 문이 닫혀 있는 건 물론이고 커튼도 모두 내려가 있었다.

"다들 무기 들게."

종신 역시 엽총을 앞으로 겨눴다. 일사분란하게 움직이는 병사들처럼 대현 일행도 각자의 농기구를 치켜들었다. 평수가 먼저 문으로 다가갔다. 그는 손잡이를 돌렸다. 손잡이는 고개를 반쯤 젖히다가 중간에 딱 멈췄다.

"잠겼는데?"

평수가 그렇게 말하는 순간 마을회관 안에서 소리가 들렸다.

"안 돼. 절대 열면 안 돼."

곽수였다. 뒤이어 수용의 목소리가 들렸다.

"사람입니다! 좀비가 문손잡이를 어떻게 돌립니까?"

"교수님이다!"

승복이 말했다. 혜진은 곧바로 달려가 문을 두드렸다.

"교수님, 저희예요."

"혜진아!"

수용이 외쳤다.

"너희 괜찮니? 다친 사람 없어?"

"괜찮아요. 빨리 문 열어주세요."

"어허. 바깥 상황이 어떤지 모르는데 함부로 문 열면 안 된다니까요."

곽수의 목소리가 쩌렁쩌렁 울렸다. 그때, 종신이 문 앞으로 다가가 똑똑 노크를 했다.

"어이, 곽수. 문 열지."

종신의 목소리가 들리자마자 곽수가 입을 다물었다.

"여기는 다들 괜찮고 주위에도 아무 이상 없어. 그러니 빨리 들여보내달라고."

종신이 말했다. 잠시 후 조심스레 문이 열렸다. 수용이 제일 먼저 고개를 내밀었다.

"얘들아!"

대현은 수용의 얼굴을 보는 것만으로도 눈물이 날 것 같았다.

"어서 들어와."

수용이 말했다. 대현 일행은 우르르 마을회관 안으로 들어갔다. 종신은 끝까지 주위를 살피다가 마지막으로 들어가며 문을 닫았다. 곽수가 종신을 올려다봤다. 불만이 가득한 표정이었다.

"세현이는?"

"형수는 원래 없었어요. 저희들도 온 지 얼마 안 됐고."

종신이 곽수를 노려봤다.

"너 이 새끼, 아까 그 방송은 뭐야?"

"아니, 그건."

두 사람이 신경전을 펼치는 동안 학생들은 서로의 상태를 살피고 있었다. 대현은 조용히 남아 있는 사람들의 얼굴을 훑어보았다. 이 자리에 없는 사람이 상당했다. 사라진 이들의 얼굴을 떠올리니 가슴이 먹먹해졌다. 어쩌다가 이렇게 된 걸까. 그저 엠티를 온 것뿐이었는데.

학생들을 물끄러미 바라보던 지석은 주변을 둘러보더니 무언가를 발견하고 단상 쪽으로 걸어갔다. 방송 장비였다.

"뭐 하는 거야?"

곽수가 소리쳤다.

"이런 건 저희가 전문가예요. 일단 라디오로 상황 파악을 한 다음에……."

지석이 장비를 만지는 순간, 온 마을에 사이렌 소리가 울려 퍼졌다. 비명처럼 날카롭고 뱃고동처럼 우렁찬 소리였다. 대현은 귀를 막았다. 사람들은 그 소리에 포박이라도 당한 듯 꼼짝도 못하고 서 있었다.

"꺼!"

먼저 정신을 차린 건 곽수였다. 곽수는 방송 장비를 향해 달려가다가 핏물을 밟고 쭉 미끄러졌다.

"지석아!"

수용의 외침에 지석 역시 정신을 차렸다. 다만 정신을 차린 것과 정신머리를 차리는 것은 차이가 있었다. 지석은 곱게 자란 것 같은 분위기와 달리 어린 시절 실수를 자주 해 종종 아버지에게 큰 소리로 야단을 들었다. 수용의 다그치는 듯한 목소리를 듣자 그때 그 시절로 돌아가기라도 한 듯, 지석은 방송 장비 바로 앞에서 정신머리 없이 우물쭈물하기만 했다.

"빨리 끄라고!"

벌떡 일어나다가 다시 미끄러진 곽수가 피를 토하는 심정으로 외쳤다.

"알았어요! 내가 해결한다니까!"

지석은 방송 장비에 달린 여러 개의 버튼 중 하나를 꾹 눌렀다. 사이렌 소리가 두 배 더 커졌다.

"악!"

혜진이 귀를 막으며 비명을 질렀다. 대현은 아예 주저앉았다. 띵한 걸 넘어 이제는 머리가 터질 것 같은 수준이었다. 정신이 하나도 없었다.

"왜 안 돼? 왜 안 되냐고!"

거의 이성을 잃은, 아니 정신머리를 잃은 지석은 흡사 우주선 조종석처럼 보이는 그 거대한 방송 장비를 손바닥으로 마구 때리기 시작했다. 방송 장비는 끄덕도 하지 않은 채 사이렌을 쏟아냈다.

"노영아, 네가 해봐!"

수용이 노영에게 고갯짓을 했다. 노영이 방송 장비를 향해 다가간 순간 뚝, 그야말로 간식을 만난 아이가 울음을 그치듯 단번에 사이렌 소리가 멈췄다.

"어떻게 된 거야?"

노영이 방송 장비를 건드리기도 전에 일어난 일이었다. 모두들 두리번거리자 철민이 뽑힌 방송 장비의 전원 코드를 들어 올렸다.

"잘했네. 잘했어. 우리들 여기 있으니까 와서 잔치 좀 벌이라고 아주 제대로 알렸네. 저기 육지까지 들렸겠다."

평수는 잔뜩 비꼰 뒤 자기 무기를 들고 벽에 기대앉았다. 다른 사람들도 하나둘 서 있던 자리에 그대로 주저앉았다. 이번에야 말로 일어나는 데 성공한 곽수만이 방송 장비 쪽으로 움직였다. 그러고는 지석의 먹살을 바로 틀어쥐었다.

"이 멍청한 새끼!"

지석은 곽수를 뿌리치려 했지만 곽수는 생각보다 힘이 셌다.

"나, 놔요."

그저 곽수의 손을 잡고 버티는 게 다였다. 곽수는 온몸으로 분노를 쏟아내는 중이었다. 평수 저 미친놈 말이 맞았다. 방금 그 사이렌 소리에 정신이 멀쩡한 인간이고 아니고 다 떠나서 마을회관으로 죄다 몰려올 게 뻔했다. 사이렌은 지진이나 해일, 태풍 같은 만일의 사태 때 마을회관으로 대피하라는 신호였다. 섬에서 제일 튼튼하게 지은 마을회관은 대피소 역할도 겸하고 있었다. 그런 곳으로 괴물들을 불러들였다. 당장에 대가리를 깨부숴도 시원찮을 놈! 곽수는 이글이글 타오르는 눈빛으로 지석을 노려봤다.

"이장님, 그만하세요!"

곽수를 말린 건 수용이었다. 그의 억센 팔이 곽수의 손을 잡아내렸다. 곽수의 분노도 수용의 힘 앞에서는 별반 위력을 발휘하지 못했다. 힘에 밀려 지석의 먹살을 놓은 곽수가 소리쳤다.

"이놈 때문에 지금 뭔 일이 생겼는지 아시오?"

"압니다. 제가 따끔하게 타이르겠습니다."

수용이 말하자 김 계장이 끼어들었다.

"타이를 시간이 있으면 다행이겠네."

"이러고 있을 때가 아닌데……."

대현은 혜진 쪽을 보며 중얼거렸다. 혜진은 아직 귀를 막은 채 고개를 푹 숙이고 있었다. 곁으로 다가가 괜찮냐고 물으려던 찰나, 귓가를 울리는 큰 소리가 대현을 막아섰다. 이번에는 사이렌처럼 괴로운 소리가 아니었다. 이건…….

"배다!"

평수가 소리쳤다. 뱃소리였다. 진짜 뱃고동. 사이렌이 울릴 때 그랬던 것처럼 모두 꼼짝도 않고 굳어 있었다.

"우릴 구하러 왔나 봐요!"

지민이 벌떡 일어나 문으로 달려갔다.

"안 돼!"

수용이 외쳤지만 소용없었다. 지민은 마을회관 문을 벌컥 열었다. 바로 앞에 앞섶이 피로 물든 노인이 서 있었다. 정수였다. 눈앞의 먹잇감을 향해 정수가 손을 뻗으려는 찰나, 철민이 몸을 부딪혀 문을 닫았다.

텅, 텅.

정수가 문을 세게 때렸다. 지민은 겁에 질린 표정 그대로 주춤주춤 물러났다. 철민은 창문으로 바깥을 살핀 후 모두를 향해 말했다.

"잔뜩 몰려오고 있습니다."

뱃고동이 재촉하듯이 다시 울렸다.

"저, 저걸 놓치면 안 돼!"

김 계장이 소리쳤다.

"그럼 어떻게 합니까?"

수용이 물었다.

"옥상."

곽수가 짧게 한마디를 한 뒤 마을회관 안쪽의 계단을 가리켰다. 그러고는 덧붙였다.

"옥상에 올라가 구조해달라고 외치는 거요. 선착장과 가까워 우리가 충분히 보일 겁니다."

"모두 같이 올라가세."

종신이 말했다.

붕!

뱃고동이 한 번 더 울렸고 그에 화답이라도 하듯 포효가 잇따랐다.

"좀비 새끼들."

하나가 중얼거렸다.

대탈출

1

덕순은 느긋하게 굿이나 보고 떡이나 먹을 셈이었다. 체면이 있지 굳이 나서서 돕기는 싫었다. 알아서 하라고 돈만 좀 던져주면 곽수가 상을 다 차려놓을 것이다. 그러면 자신은 사뿐사뿐 걸어가서 맛있게 먹으면 될 일이었다. 선착장에서 마이크를 들고 한 말씀 못 한 건 아쉬웠지만 덕순은 지나간 일에 연연하는 사람이 아니었다. 그래서는 큰돈을 만질 수 없다고 아버지에게 누누이 듣지 않았던가.

곽수는 자기 혼자 아는 듯 주저리주저리 설명을 했지만 덕순도 알아볼 만큼은 다 알아봤다. 농어촌 체험 마을로 선정이 된다 해도 당장 돈이 굴러들어오는 건 아니었다. 홍보도 해야 하고 프로

그램도 만드는 등 할 게 많았고, 그건 그만큼 또 투자를 해야 한다는 소리였다. 대신에 기대할 만한 건 개발 지원금이었다. 꽤 액수가 컸다. 곽수가 노리는 것도 그건 것 같았다. 영생도를 위해서 쓰겠다고 둘러대겠지만 그거야 뭐, 속이려면 얼마든지 속일 수 있었다. 덕순은 그 돈이 들어오는 걸 보고 곽수에게 말할 생각이었다. 자기 몫을 떼어달라고. 못해도 몇 천은 떨어질 거고 그럼 손 안 대고 코 푸는 게 가능했다. 아무렴, 돈은 남의 손을 빌어 버는 게 제일이었다.

일이 뭔가 이상하게 돌아가고 있다는 사실을 깨달은 건 덕순이 남편 소칠에게 슈퍼를 맡기고 마을회관으로 향하려던 때였다.

"눈 좀 크게 뜨고 있어요."

전날 그 마음에 안 드는 두갑, 문갑 형제와 술을 마시고 온 소칠은 영 정신을 못 차렸다. 선비처럼 늘 책만 끼고 사는 인간이 두갑, 문갑 형제와 어울리기만 하면 술을 진탕 마셨다. 그것도 마음에 안 드는데 내기 화투를 쳐 꼭 돈을 잃어 왔다. 큰돈은 아니었지만, 그리고 소칠이 그런 쪽으로는 워낙 재주가 없다고는 하지만 매번 잃는다는 게 찜찜했다. 그 속 시커먼 두 형제가 속임수를 쓰는 게 틀림없다고 덕순은 의심하고 있었다.

"어. 조심히 다녀."

소칠은 속이 쓰려 얼굴을 찡그리면서도 그런 말은 또 잊지 않았다. 뱃놈들과 달리 조용하고, 점잖고, 무엇보다 자기 말을 잘 들어 덕순은 소칠이 마음에 들었다. 사내랍시고 쓸데없이 욕심

부리지 않는다는 점도 이 우유부단한 인간과 40년 넘게 살아온 이유였다. 영생도에서 야심은 최 씨만 품으면 될 일이었다. 영생도는 곽수의 것도 아니었고, 섬 주민들의 것도 아니었다. 바로 최덕순 것이었다.

"콩나물국이나 잡수고 있어."

덕순은 그렇게 말한 후 밖으로 나갔다. 덕순 슈퍼에는 이미 이틀 전부터 젊은 놈들이 좋아할 만한 과자며 아이스크림 같은 것들을 가득 채워놓았다. 걱정할 건 없었다. 그야말로, 손 안 대고 코만 풀면 될 일이었다.

작열하는 뙤약볕 아래 끝순이 서 있었다. 덕순은 순간 눈을 의심했다. 아니 저 할매가 무슨 일이래? 끝순은 영생도 최고령이라는 나이가 믿기지 않을 정도로 꼿꼿한 허리를 가지고 있었다. 지금도 허리를 바짝 세워 선착장 주위를 날고 있는 갈매기를 바라보는 중이었다. 헐렁한 월남치마가 다 찢어진 채로. 덕분에 야윈 허벅지가 훤히 드러났다. 아흔이 넘었다고는 하지만, 치매를 앓는다고는 하지만 덕순이 보기에는 민망한 모습이었다.

"할매, 어째 여기까지 혼자 나왔어?"

덕순은 끝순을 향해 다가가려다 멈칫했다. 끝순의 흰색 싸구려 티셔츠가 온통 피범벅이었다. 숫제 페인트를 쏟아부어놓은 것 같았다.

"그거 할매 피야?"

끝순이 제대로 된 대답을 못 한다는 걸 알면서도 덕순은 반사

적으로 물었다. 과연 끝순은 고개를 갸우뚱하면서 비틀거리기만
했다. 덕순은 그걸 보며 슈퍼를 향해 소리쳤다.

"영감! 좀 나와봐요!"

저런 흉측한 꼴로 돌아다니다가 학생들 눈에 띄기라도 하면
곤란했다. 끝순은 안 그래도 민폐를 끼치는 노인네였다. 날이 갈
수록 치매 증상은 심해지는데 도무지 힘은 떨어지지 않았다. 주
민들이 돌아가며 돌보는 데도 한계가 있었다.

"뭔 일인데?"

소칠은 모습은 보이지 않고 되묻기만 했다.

"나와보라니까!"

성질 급한 덕순이 꽥 소리를 질렀다. 끝순이 아무리 딱하고 또
큰일을 당했다 해도 자기 손에 뭘 묻히기는 싫었다.

"어허. 뭔 큰일이라도 났나?"

소칠이 중얼거리며 밖으로 나왔을 때였다. 덕순은 끝순이 하
는 짓을 보고 오싹 소름이 돋았다. 아까부터 입을 우물거리던 끝
순이 바닥에 퉤, 하고 뭔가를 뱉었다. 그 동작이 평소의 끝순과
달리 너무 재빠르고 위협적이라 덕순은 멍하니 지켜볼 수밖에
없었다. 그러고는 바닥으로 시선을 던졌다.

잘린 손가락이 침과 피와 함께 뒤섞여 떨어져 있었다.

저게 검지야, 중지야?

엉뚱한 궁금증이 먼저 일었고, 섬뜩한 느낌은 그 후에 찾아왔
다. 덕순은 뒤로 물러섰다. 툭. 다가오던 소칠과 부딪쳤다. 덕순

212

은 뒤를 돌아봤다.

"뭐야? 낯빛이 왜 그래?"

소칠이 그렇게 물어본 순간, 마을 전체에 사이렌 소리가 울려 퍼졌다. 놀란 덕순은 귀를 막았고 그러느라 끝순이 달려드는 걸 보지 못했다.

2

마을회관 옥상에서 본 광경은 섬뜩하고 기묘했다.

"사이렌 소리에 다 몰려오고 있는 거야."

승복이 말했고, 대현은 고개를 끄덕였다. 송장산을 제외하고는 영생도에서 제일 고지대에 위치한 건물이 바로 마을회관이었다. 마을회관 옥상에서는 꽤 먼 곳까지 다 내려다보였다. 섬 구석구석에서 나와 비틀거리며 다가오는 좀비들의 모습 역시 똑똑히 보였다. 이미 마을회관을 둘러싼 좀비들도 있었다. 그것들이 내지르는 소리가 더 커졌다. 옥상 위의 먹잇감을 발견한 것이다.

"저, 저거 괜찮은 거 확실해?"

평수가 영생도를 향해 다가오는 커다란 배 한 척을 가리키며 물었다. 배는 선착장과의 거리가 좁혀지는 데도 멈출 생각을 하지 않는 것 같았다.

"로즈마리 호인데."

종신이 중얼거렸다. 그는 짙은 눈썹을 잔뜩 찡그린 채 자신에게 무전을 날렸던 그 배를 주시했다. 종신이 보기에 로즈마리 호는 정상적으로 움직이는 게 아니었다. 마치…… 술에 잔뜩 취한 채 물살을 가르고 있는 것 같았다.

"로즈마리는 오늘 우리 섬에 오는 일정이 아니잖아요?"

곽수가 종신을 향해 물었다.

"로즈마리 선장이 이상한 무전을 했어."

종신이 대답한 순간 평수가 소리를 질렀다.

"어어!"

로즈마리 호는 속도를 줄이지 않은 채 선착장으로 진입했다. 붕! 뱃고동을 울리며. 그건 구해주겠다는 신호가 아니었다. 구해달라는 신호였다.

"아!"

누가 먼저랄 것도 없이 비명을 질렀다. 승복이 대현의 어깨를 꽉 잡았다. 거대한 배가 기우뚱하나 싶더니 그대로 선착장을 향해 돌진했다. 쿵! 하는 굉음에 이어 긁히고 찢어지는 기분 나쁜 소리가 들렸다. 로즈마리 호는 시멘트로 만든 선착장을 깨부수는 것과 동시에 방파제까지 머리를 들이밀었다. 앞쪽은 영생도 선착장에, 뒤쪽은 바다에 걸친 상태로 로즈마리 호는 멈췄다. 언뜻 하늘을 향해 날아가려는 배를 표현한 기괴한 조형물처럼도 보였다.

모두 아무 말도 하지 못했다. 그저 멍하니 참사의 현장을 지켜볼 뿐이었다.

"끔찍하구먼."

평수가 중얼거렸는데 더 끔찍한 일이 바로 다음 순간에 펼쳐지리라고는 아무도 예상하지 못했다.

"배에 탄 사람들은 다 어떻게……."

김 계장이 말을 끝내기도 전에 로즈마리 호의 선수 쪽에서 무언가가 움직였다. 대현은 눈을 가늘게 뜨고 선착장에 걸쳐진 배의 앞쪽을 유심히 살폈다. 사람들인 것 같았다. 꽤 여러 명이 비틀거리며 앞쪽 갑판으로 나오고 있었다. 배가 기울기는 했지만 사람들은 용케 쓰러지지 않고 걸었다. 그런 뒤 하나둘씩 방파제를 통해 배 밖으로 빠져나왔다.

"어?"

대현은 이상한 걸 발견했다. 멀긴 했지만 똑똑히 봤다. 배에서 빠져나오는 사람들의 몰골이 정상이 아니라는 것을. 팔이 완전히 뒤로 꺾인 사람도 있고 아예 한쪽 팔만 덜렁거리는 사람도 있었다. 바닥에 질질 끌고 있는 건 밧줄이 아니라 내장이었다.

"좀비다! 저것들도 다 좀비예요!"

하나가 소리쳤다.

"젠장. 배 안에서 난리가 난 모양이군."

종신이 얼굴을 찡그리며 말했다.

"저, 저것들까지 몰려오면 우린 뭔 수로 탈출해? 응? 방법이 없어?"

김 계장이 목소리를 높이며 곽수를 찾았다. 곽수는 보이지 않았다. 로즈마리 호에서 나온 좀비들은 선착장을 장악한 채 어슬 렁거리고 있었다.

그때였다. 철민이 마을 쪽 어딘가를 가리키며 외쳤다.

"저분들은 좀비가 아닙니다!"

선착장에 머물러 있던 모두의 시선이 철민이 가리키는 쪽으로 옮겨갔다. 대현도 고개를 돌렸다. 드문드문 선 나무들 사이로 몸을 숨기며 마을회관을 향해 다가오는 노인들 넷이 보였다. 한 명은 할아버지고 세 명은 할머니였다. 움직임으로 봤을 때 분명 멀쩡한 인간이었다. 종신은 그 네 명을 단번에 알아봤다.

"욱남이 부부하고 순천댁, 또 한 명은 양 씨잖아."

네 사람 역시 옥상에 선 사람들을 발견했는지 손을 흔들었다. 그 모습은 천진해 보였지만 상황은 정반대였다. 저 네 명의 노인은 마을회관까지 무사히 도착한다 해도 바로 문 앞에서 좀비들에게 공격당할 운명이었다.

"어, 어떻게 합니까?"

김 계장이 물었다.

"어떻게 하긴. 구해야지."

종신이 당연하다는 듯 대답했다.

"무슨 수로? 여기 앞에 있는 놈들 다 쏴버릴까?"

평수가 피식피식 웃으며 말했을 때였다. 대현의 머릿속에 문득 어떤 생각이 떠올랐다. 그 이미지를 따라 뒤를 돌아봤다.

216

"저기 사다리가 있잖아요. 저거 꽤 긴 거라서 아래까지 충분히 닿을 것 같아요. 사다리 타고 내려간 다음에 저분들 모시고 올라오면 어떨까요?"

대현의 말을 듣던 지석이 대번에 인상을 썼다.

"굳이 왜? 그리고 누가 그런 위험을 감수할 건데? 갑자기 무슨 히어로 흉내를 내고 지랄……."

"내가 다녀올게."

지석의 말을 자른 사람은 철민이었다.

"저도 갈게요!"

대현은 지석을 노려보며 말했다.

"그럼 종신이랑 내가 엄호를 해줄 테니 둘이 다녀와."

평수는 그렇게 말하며 석궁을 들어 보였다. 노영이 눈치 빠르게 옥상 구석으로 달려가 사다리를 옮겨왔다. 녹이 슬긴 했지만 기능에는 문제가 없을 것 같았다. 게다가 대현의 예상대로 끝까지 뻗어 내리자 딱 바닥에 닿았다. 그사이 노인 네 명은 조금 가까워졌다. 아주 조금.

"나 혼자 다녀와도 괜찮아."

철민이 대현을 향해 조용히 말했다.

"아니에요. 저도 할 수 있어요. 선배 혼자서는 너무 위험해요."

호기롭게 말은 했지만 막상 옥상을 내려가 좀비들 한가운데를 지나야 한다고 생각하니 덜컥 겁이 났다. 그렇다고 지금 와서 물릴 수는 없었다. 저 노인들을 구하고 싶은 것도 사실이었다. 이제는 더 이상 누군가가 죽는 걸 보고 싶지 않았다. 그것이 동료든 아니면 낯선 노인이든.

"대현아. 몸조심해."

사다리로 향하는 대현을 향해 혜진이 말했다. 대현은 그 말을 듣는 것만으로도 가슴이 뛰었다.

"네! 제, 제가 무사히 다녀와서……."

"선배도."

혜진은 대현의 말은 듣지도 못하고 철민을 향해 이야기했다. 그 목소리에 더 큰 걱정과 애틋함이 서려 있는 것 같아 대현은 살짝 서운했다. 하지만 그런 서운함은 사치였다. 대현은 사다리 난간을 잡자마자 그 사실을 깨달았다. 말로는 설명하기 힘든 두려움과 긴장감이 온몸을 엄습했다. 대현은 떨지 않으려고 필사적으로 난간을 붙잡았다.

"대현아. 이거 하나만 기억해. 위험하다 싶으면 혼자서라도 무조건 도망쳐. 알겠지?"

한발 먼저 내려가던 철민이 대현을 향해 말했다. 대현은 대답 대신 고개만 끄덕였다.

대현은 철민과 함께 땅으로 내려섰다. 이제 막 마을회관 앞으로 몰려들기 시작한 좀비들 중 일부가 두 사람을 발견하고 다가왔다. 다행히 노인 좀비들이라 행동이 굼떴다. 충분히 따돌릴 수 있었다. 문제는 좀비의 수가 계속 불어난다는 점이었다. 빽빽하게 진을 치고 거리를 좁혀온다면 마냥 피하기만 할 수는 없어 보였다.

"뭐라도 챙길까요?"

대현이 철민을 향해 물었다.

"싸워서는 승산이 없어. 저분들 모시고 오는 거에 집중하자."

철민은 그 말과 함께 앞으로 움직였다. 대현도 서둘러 뒤를 따랐다. 옆쪽에서 옷은 물론이고 배까지 다 찢긴 좀비가 팔을 쑥 내밀었지만 아슬아슬하게 피했다. 아드레날린이 분비돼서 그런지 사다리를 내려올 때처럼 떨리지는 않았다. 두 사람은 멈추지 않고 비탈길을 달려 내려갔다.

"저기 계세요!"

저만치 서서 숨을 헐떡이는 노인들을 보며 대현이 말했다. 네 사람 다 무릎을 짚고 있었다. 그리 좋지 않은 신호였다. 먼저 도착한 철민이 제일 힘겨워하는 할머니를 부축했다. 대현은 그 옆의 할아버지에게 다가갔다.

"난 괜찮아. 저기 저, 순천댁 좀 도와줘."

할아버지의 말에 대현은 뒤를 돌아봤다. 양쪽 무릎에 파스를 덕지덕지 붙인 할머니가 눈에 들어왔다. 손목에도 파스를 붙이고 있었다.

"제가 도와드릴게요."

대현은 얼른 달려가 순천댁을 부축했다. 작고 말라서 가벼울 거라 생각했는데 꼭 그렇지는 않았다.

"아이고, 고맙습니다. 고맙습니다."

순천댁은 몇 번이나 고개를 숙였다. 그걸 보고 있자니 괜히 울컥했다.

"따라오세요."

대현이 그렇게 말하며 걸음을 떼자마자 순천댁이 앓는 소리를 내며 멈춰 섰다.

"미안합니다. 내가 무릎이 많이 안 좋아서 빨리 걷질 못해요."

"아······."

난감했다. 아무리 그래도 마냥 느리게 움직일 수는 없었다. 다른 할머니를 부축하며 앞서 걷던 철민이 뒤를 돌아보며 말했다.

"대현아. 보조를 맞추는 게 중요해. 천천히, 천천히. 이인삼각하듯이."

"네. 알겠어요."

대현은 조바심을 간신히 누르며 순천댁의 속도에 맞춰 천천히 걸음을 옮겼다. 순천댁에게서는 시큼한 땀 냄새와 알싸한 파스 냄새가 동시에 났다.

하나, 둘. 하나, 둘. 하나, 둘.

속으로 박자를 세어가며 순천댁과 보조를 맞췄다. 그 순간 바로 뒤에서 좀비의 울부짖음이 들렸다.

"히익!"

순천댁은 목을 쑥 집어넣으며 대현에게 몸을 붙여왔다. 대현은 그런 순천댁을 끌어안다시피 하며 목소리를 낮추었다.

"어르신. 돌아보지 마시고 앞만 보고 걸어야 해요. 제가 꼭 마을회관까지 모시고 갈게요."

대현은 철민이 말한 이인삼각의 의미를 깨달았다. 이인삼각에서 제일 중요한 건 속도가 아니라 박자였다. 서두르기만 하면 스텝이 꼬이고 결국 상대방에게 따라잡히고 만다. 자신의 왼쪽 다리와 순천댁의 오른쪽 다리가 보이지 않는 끈으로 묶여 있다고 대현은 상상했다. 그러자 훨씬 더 수월하게 움직일 수 있었다.

이제 목적지까지 얼마 남지 않았다. 철민과 다른 세 노인은 마을회관 앞에 거의 도착했다. 옥상 위 사람들도 나름 애를 쓰고 있었다. 평수와 종신은 대현과 철민 그리고 노인들에게 다가가는 좀비를 처리했고 노영과 승복 등은 사다리 반대편에서 계속 소리를 질러 좀비들의 주의를 돌렸다.

그때였다.

"대현아, 서둘러!"

혜진이 외치는 소리가 들렸다. 대현은 옥상을 바라봤다. 혜진을 비롯해 수용까지 대현의 뒤쪽을 가리키고 있었다. 고개를 돌렸다. 좀비 여럿이 팔만 뻗으면 닿을 거리까지 쫓아온 상황이었다. 심장이 철렁했다. 마을회관까지는 10여 미터 정도 떨어져 있었다. 다른 세 노인은 이미 사다리를 오르고 있었다. 혜진의 말그대로였다. 서둘러야 했다. 적어도 지금은 '빠르게'가 필요했다.

"어르신, 업히세요!"

대현은 순천댁을 업고는 온 힘을 다해 달렸다.

크아아!

좀비들이 내지르는 소리가 바로 뒤에서 들렸다. 설상가상 앞에서도 좀비들이 몰려왔다. 대현은 그중 한 놈을 뿌리치고 내달렸다. 헉헉. 숨이 차올랐다. 다리가 후들거렸지만 멈출 수는 없었다. 사다리가 코앞이었다.

"빨리!"

어느새 사다리를 오르기 시삭한 철민이 대현을 향해 외쳤다.

"꽉 잡으세요."

순천댁을 향해 말한 후 대현은 그대로 사다리를 올랐다. 그 순간 좀비 하나가 대현의 다리를 잡고 획 당겼다.

"대현아!"

승복의 목소리가 들렸다.

"으악!"

대현은 미친 듯이 다리를 휘둘러 좀비를 걷어찼다. 좀비는 멀찌감치 나가떨어지며 다른 놈과 부딪쳤다. 이제는 팔까지 덜덜 떨렸지만 대현은 이를 악물고 사다리를 올랐다. 온몸이 땀으로 젖었다. 딱 세 계단 정도만 남겨두었을 때 그야말로 힘이 다했다. 더는 움직일 수가 없었다. 매달려 있는 것도 힘들었다. 그때 수용과 종신이 위에서 손을 내밀었다. 대현은 마지막 힘을 쥐어 짜내 그 손을 잡았다. 그러고는 옥상으로 올라갔다. 등에 업힌 순천댁이 계속 중얼거렸다.

"미안합니다. 고맙습니다."

대현은 순천댁을 내려놓고 옥상에 대자로 뻗었다. 힘이 하나
도 없었다. 기뻐할 정신도 없었다. 그저 살아서 그리고 누군가를
살릴 수 있어 다행이다 싶을 뿐이었다.

"아니, 이장 이 양반은 도대체 어디 간 거야?"

김 계장의 목소리가 대현의 귓가에 울렸다.

3

곽수는 마을회관 화장실에 들어가 문을 닫았다. 손에는 방송
장비 옆에 뒹굴고 있던 커터 칼과 펜치를 챙겨들고. 빌어먹을 사
랑니를 뽑아버릴 생각이었다. 치통이 잠잠해지지 않는 한 미래
는 없어 보였다. 제대로 된 생각을 할 수 없을 정도로 이가 아팠
다. 치통은 로즈마리 호가 선착장을 들이받는 걸 보는 순간 극도
로 심해졌다. 곽수는 오래전에 읽었던 기사를 떠올렸다. 미국인
가 영국의 한 농부가 치통에 시달리다가 사냥총을 입에 꽂고 방
아쇠를 당겼다는 내용이었다. 눈알과 머리 반쪽을 잃고도 살아
난 농부는 앓던 어금니를 쏘아 없앨 작정이었다고 말했다. 그 심
정을 조금은 알 것 같았고, 그랬기에 곽수는 망설이지 않았다. 아
무렴, 총으로 입 안을 쏘는 것보다는 직접 뽑는 게 나을 테니까.

사랑니는 잇몸 제일 구석에 숨어 있었다. 비겁한 놈. 곽수는 거
울을 들여다보며 입을 최대한 크게 벌렸다. 각오는 했지만 막상

커터 칼을 입 안으로 밀어 넣으려니 손이 떨렸다. 망설이면 끝장이었다. 단번에 힘껏 째고 그 틈으로 펜치를 넣어…….

"우욱."

예상치 못한 소리에 흠칫 놀랐다. 곽수는 커터 칼을 든 자세 그대로 고개를 돌렸다. 그러고 보니 변기 칸 문이 조금 열려 있었다. 그 안에 누가 있는 듯했다. 슬그머니 움직여 들여다봤다. 학생 중 한 명이 변기에 토하고 있었다.

"우욱."

그 소리와 함께 학생의 입에서는 걸쭉한 액체가 잔뜩 쏟아졌다. 곽수는 이맛살을 찌푸렸다.

"이봐. 괜찮아?"

문을 조금 밀며 물었다. 학생이 고개를 돌려 곽수를 바라봤다. 창백한 낯빛에 눈은 충혈된 상태였다. 얼굴은 땀에 젖어 번들거렸다. 곽수는 이 학생의 이름을 떠올리려 애썼다. 분명 익숙한 이름이었는데…….

"괜찮습니다. 아무것도 아니에요."

맞다! 성민. 자신이 죽였던 그 선배, 차성만과 이름이 비슷하다고 생각하며 속으로 웃었던 기억이 떠올랐다. 성민은 몸을 덜덜 떨고 있었다. 그 모습이 심상치 않아 보였다.

"몸이 안 좋으면…….

곽수는 거기까지 말하고 아차 싶었다. 지금 이 상황에서 몸이 안 좋다는 건 두 가지 경우밖에 없었다. 학생들이 자꾸 좀비라고

224

부르는 그 괴물이 되었거나 아니면 되어 가는 중이거나. 과연, 변기를 짚고 비틀거리며 일어나는 성민의 꼴은 송장굴 앞에서 봤던 형태와 상당히 닮아 보였다. 곽수는 본능적으로 한 발짝 물러났다.

"아니에요. 이장님이 생각하시는 그런 거 아니에요."

성민이 그렇게 말하며 다가왔다.

"저, 저리 가!"

곽수는 커터 칼을 들이댔다. 성민은 움찔하다가 곧 웃어 보였다. 숫제 시체처럼 보이는 그 얼굴과 전혀 어울리지 않는 웃음이었다.

"오해를 하신 것 같은데요, 제가 더위를 먹었어요. 아까 좀비들과 격렬한 싸움을 벌였거든요."

"멈춰. 아니야. 그대로 변기에 앉아. 다른 사람들 부를 테니까!"

곽수가 소리쳤다. 이 핏덩이가 뭐라고 떠드는지 알 바 아니었다. 지금까지의 경험으로 보자면 괴물들은 싱싱한 먹이를 위해서라면 더위 핑계 따위 충분히 댈 법했다. 물론 제대로 말을 하는 놈은 없었지만.

"아니라니까요! 전 좀비한테 물리지도 않았고 제 상처에 좀비 피가 들어가지도 않았어요. 그렇게 해야 감염이 되는 거고……."

순간 성민이 휘청거리다가 곽수 쪽으로 넘어지려 했다.

"으악!"

곽수는 비명을 지르며 성민을 힘껏 밀었다. 아니, 밀려고 했다.

적어도 칼로 그을 의도는 없었다.

"아!"

커터 칼은 성민의 손바닥을 베고 지나갔다. 공업용 커터 칼은 꽤 날카로웠다. 성민의 손에서는 금세 피가 뚝뚝 떨어졌다.

"미, 미안하네. 일부러 그러려고 했던 게 아니야."

"살려……."

성민이 소리를 지르려던 그 순간 곽수가 달려들었다. 나이와 무릎 상태를 고려했을 때 참으로 재빠른 몸짓이었다. 곽수는 성민의 입을 막는 것과 동시에 칼로 배를 찔렀다. 성민이 발버둥 쳤다. 커터 칼은 찌르는 데 맞지 않았다. 깊은 상처를 내지 못했다.

"그냥 입 다물고 죽어."

곽수는 온힘을 다해 성민을 밀어 붙였다. 성민은 변기 칸 안으로 넘어졌다. 곽수도 균형을 잃었지만 변기 덕분에 버텼다. 성민이 갓 잡아 올린 물고기처럼 퍼덕거렸다. 목을 그으려고 몇 번이나 칼을 휘둘렀지만 성민이 몸부림을 치는 탓에 실패하고 말았다.

"이장님!"

밖에서 자신을 찾는 소리가 들렸다.

"화장실에 계시죠? 무슨 일입니까?"

그 교수인가 뭔가 하는 사람 목소리 같았다. 조금 있으면 사람들이 우르르 몰려들어 올 것이다. 그 전에 끝장을 내지 못하면 난감해진다.

"으윽. 으윽."

성민이 신음인지 기합인지 모를 소리를 쏟아냈다. 그 꼴은 괴물과 다를 바가 없었다. 거기에 생각이 미친 순간, 곽수는 뭘 해야 할지 바로 깨달았다. 칼을 버리고 변기 위쪽의 뚜껑을 집어 들었다. 뚜껑은 충분히 묵직했고 또 단단했다.

"좀비다!"

곽수는 일부러 크게 소리친 뒤 성민의 머리를 향해 뚜껑을 내리쳤다.

퍽.

이번 공격은 유효했다. 성민은 전기에라도 감전된 것처럼 부들부들 떨 뿐 더 이상 아무런 소리도 내지 못했다. 안경이 달아나 버린 성민의 얼굴은 어쩐지 좀 허전해 보였다. 찢어진 머리에서 피가 새어나왔다. 곽수는 멈추지 않았다. 퍽, 퍽, 퍽. 뚜껑이 다 깨져 더는 휘두를 수 없을 때까지 성민의 머리를 때리고 또 때렸다.

"헉헉."

곽수가 동작을 멈추고 물러선 순간 화장실 문이 벌컥 열렸다.

"이장님!"

제일 먼저 뛰어들어온 수용은 피가 잔뜩 튄 곽수의 얼굴을 보고서는 딱 멈춰 섰다. 그런 뒤 시뻘건 핏물이 고인 바닥과 변기 칸 안에 죽어 있는 제자를 향해 차례로 시선을 옮겼다.

"이게 무슨……."

수용이 말을 끝내기도 전에 종신을 비롯한 다른 사람들이 들어왔다. 그들 역시 비슷한 반응을 보였다.

"성민아!"

"대현아, 잠깐."

대현이 변기 칸으로 달려가려는 걸 수용이 막았다. 대현은 그대로 멈춰서 울 것 같은 표정을 지었다.

"좀비였습니다."

곽수가 숨을 헐떡이며 말했다.

"괜찮은가?"

종신이 물었다. 날카로운 그 눈빛이 자신을 훑는 걸 느끼며 곽수는 재빨리 덧붙였다.

"화장실에 왔는데 갑자기 공격을 당했어요. 아마 물린 걸 숨기고 있었나 봅니다. 전 괜찮습니다."

"성민이가……."

곽수는 대현이라는 학생이 울먹이는 걸 보고는 한숨을 내쉬었다. 유감스럽다는 표정을 지어 보이며.

"어쩔 수 없었습니다. 만약 제가 처치하지 못했다면 큰일이 났을 테니까."

사람들의 표정이 변하는 걸 곽수는 놓치지 않았다. 모두 수긍하는 눈치였다. 학생들도 안타까워하는 것 같았지만 다른 말을 더 하지는 않았다. 곽수는 비척거리며 돌아서서 세면대를 짚었다.

"어디 물린 데는 없어요?"

김 계장이 물었다.

"네. 손을 좀 씻겠습니다."

곽수는 그렇게 말하며 깨달았다. 치통이 씻은 듯 사라졌다는 사실을. 사랑니는 만족한 것 같았다. 역시, 피를 봐야 해결되는 것들이 있기 마련이다.

4

성민이 죽었다. 그것도 비참하게 머리가 깨져서. 노인들 넷은 살렸는데 그사이 성민이 죽고 말았다.

다시 울음이 나오려고 했다. 대현은 입술을 꽉 깨물며 참았다. 승복을 힐끔거렸다. 녀석도 눈가가 새빨개졌다. 다른 사람들도 말없이 고개만 숙이고 있었다. 밖에서는 계속해서 좀비들의 포효가 들려왔다. 창문을 두드려대는 소리도 점점 커졌다. 마치 축제 때 분위기를 띄우려 북을 치는 것 같았다. 둥! 둥! 둥!

"이대로 여기 가만히 있을 거요?"

대현은 그 소리에 고개를 돌렸다. 신경질적으로 외친 사람은 김 계장이었다. 아까부터 마을회관 안을 왔다 갔다 하며 혼자 씩 씩거리고 있더니 결국 버럭 소리를 지른 것이었다.

"뭔가 해결책이 있어야 하잖아!"

김 계장은 넥타이를 풀어헤치며 악을 썼다. 사람들이 멍하니 자신을 바라보자 더 화가 난 듯 아예 핏대까지 세우며 목소리를 높였다.

"이장! 뭐라 말 좀 해봐! 내가 여기서 나가기만 하면…….."

"입 좀 닥치지."

낮은 목소리로 무게 있게 한마디를 한 이는 종신이었다. 이번에는 사람들의 시선이 모두 종신에게로 향했다. 곽수도 놀란 얼굴로 눈엣가시 같은 늙은이를 바라봤다.

"뭐? 닥치라고? 이 영감이 내가 누군 줄 알고."

종신은 의자에서 벌떡 일어나 김 계장에게로 다가갔다. 김 계장은 움찔하다가 상대가 노인이라는 것을 상기하고는 고개를 빳빳하게 들고 다시 외쳤다.

"뭐? 다가오면 어쩔 건데?"

짝!

시원한 소리와 함께 김 계장의 얼굴이 획 돌아갔다. 뺨을 올려붙인 종신은 바로 김 계장의 멱살을 틀어쥐었다. 팔뚝에 힘줄이 불끈불끈 솟았다. 김 계장의 얼굴이 벌겋게 물들었다. 뺨을 맞아서인지, 멱살을 잡혀서인지는 알 수 없었다.

"한번만 더 쫑알거리면 저 밖에다가 던져버릴 테니까 알아서 해."

종신은 버둥거리는 김 계장을 향해 으르렁댔다. 김 계장은 컥컥 소리를 내면서도 빠르게 고개를 끄덕였다. 그제야 종신이 손을 풀었다. 실 끊어진 인형처럼 풀썩 주저앉는 김 계장을 보며 승복이 혼잣말을 했다. 나이스.

"자, 이제 됐습니다. 서로 신경을 조금만 누그러뜨리죠."

수용이 나섰다. 아무도 대답하지 않았지만 그렇다고 반발하는 사람이 있는 것도 아니었다. 종신은 자기 자리로 돌아가 다리를 쩍 벌리고 앉아 있을 뿐 가타부타 더는 입을 열지 않았다. 김계장도 마찬가지였다. 찌그러진 양푼처럼 구석에 처박혀 조용히 넥타이를 풀었다. 수용은 마을회관 안을 한 번 둘러본 뒤 말을 이었다.

"불미스러운 일이 있었지만 지금 제일 불미스러운 일은 바로 이 상황 자체라는 데 다들 동의하실 겁니다. 그러니 우리 모두 힘을 합쳐야 합니다. 안 그러면 탈출할 수 없을 겁니다."

"구조대가 오지 않을까요?"

지석이 슬그머니 손을 들고는 물었다.

"언제 올지 알 수가 없잖아. 우리 상황을 아예 모를 수도 있어."

혜진이 모처럼 입을 열었다. 대현은 혜진을 향해 고개를 돌렸다. 눈가가 촉촉하긴 했지만 대현이 잘 아는 씩씩한 표정으로 돌아와 있었다.

"저 큰 배가 사고 났는데 모른다고? 그럴 리가 없잖아. 정부가 바보도 아니고. 이미 해경이고 뭐고 다 출동했을걸?"

"육지랑 연락도 안 되는 상태잖아."

혜진이 따지듯 묻자 지석의 표정이 구겨졌다.

"그렇다고 무턱대고 밖으로 나갈 순 없지. 봐, 여긴 에어컨도 빵빵하게 나와. 괜히 나가서 더위에 죽을 고비 넘기느니 여기서 구조대 기다리는 게 낫다니까!"

"구조만 기다리고 있다간 결국 다 죽을 거예요. 좀비가 된다고요. 돌대가리가 아니라면 그 정도는 알아야지!"

하나가 소리쳤다.

"뭐?"

지석은 황당하다는 표정으로 하나를 바라봤다. 하나가 거친 말투로 외치는 걸 도저히 믿을 수 없다는 듯 입을 벌린 채로.

"조용히. 하나야, 일단은 조용히 하자."

수용이 재빨리 말렸다. 하나는 더 말을 잇지는 않았다. 이번에는 대현이 중얼거렸다. 나이스.

"누가 뭐라 해도 난 여기서 나갈 거야."

그렇게 말하는 종신을 평수가 물끄러미 바라보았다.

"나가서 뭘 하려고?"

"집사람을 구해야지! 그리고 섬 안에 아직 멀쩡한 사람들이 있을 거야. 그 사람들 두고 우리만 살 순 없잖아."

"멀쩡한 사람들이 어디 있는지 어떻게 알고?"

"여기저기 숨어 있을 거야. 우리 넷은 같이 있다가 사이렌 소리 듣고 여기로 와야겠다 싶었거든."

극적으로 합류한 노인, 욱남이 말했다.

"저 괴물들이 어떤 멍청한 놈 덕분에 죄다 여기로 몰려왔잖아. 그러니까 그사이에 몰래 빠져나가서 집집마다 둘러봐야지. 산 사람 모두 마을회관으로 먼저 불렀으면 됐을 텐데……."

종신은 못마땅한 표정으로 곽수를 노려봤다. 곽수는 그 시선을 아는지 모르는지 멍하니 정면만 보고 있었다. 아까부터 그랬다. 김 계장이 꼬리 만 개가 되었을 때부터. 그러나 곽수의 머릿속은 빠르게 돌아가고 있었다. 어떤 생각이 떠올랐는데 그게 실현 가능한지 확신이 서지 않았다.

"문제는 여기서 나갈 방법이 없다는 거네요. 좀비들이 너무 많아서 이제 사다리로 내려가는 것도 불가능하고."

수용은 꽉 닫힌 문을 보며 말했다. 좀비들은 문을 계속 두드리고 있었다.

"방법을 찾아야지."

종신이 손가락을 꺾으며 중얼거렸다. 우두둑. 뼈 맞물리는 소리가 경쾌하게 울려 퍼졌고, 곽수는 천천히 일어났다.

세현은 칠국과 마을 표지석 뒤에 숨어 있었다. '永生島'라고 한자로 파 넣은 글씨 밑에는 섬의 연혁이 간단하게 들어가 있었다. 화강암으로 만든 표지석은 손바닥만 한 섬에 비해 지나치게 컸다. 세현은 표지석을 설치하면서 곽수가 돈을 떼먹었다는 데 전 재산을 걸 수도 있었다. 종신이 워낙 싫은 티를 많이 내 어쩔 수 없이 자주 두둔했지만 세현 역시 곽수를 못마땅하게 생각했다.

종신을 따라 섬으로 들어온 후 갖은 고생을 했다. 서울의 유명 대학교에서 무용까지 전공한 육지 사람 세현에게 섬 생활은 고되고 힘들었다. 그럼에도 세현이 버틸 수 있었던 건 영생도 사람들이 착했기 때문이었다. 주민들은 뱃사람답게 거친 면도 있었

지만 기본적으로는 순했다. 겉으로는 퉁명스럽게 말을 해도 속
마음은 그렇지 않았다. 그걸 알게 되자 세현도 영생도에 마음을
붙일 수 있었다.

곽수는 처음부터 마음에 들지 않았다. 그는 섬 사람 같지 않았
다. 겉으로는 훨씬 점잖고 똑똑해 보였지만 그 속에는 능구렁이가
들어가 있었다. 아니, 독사였다. 육지에서 태어나 뼛속까지 육지
사람인 세현의 눈에는 그것이 보였다. 곽수가 어설프게 육지 사람
행세를 하는 것이, 그러면서 다른 주민들을 무시하는 것이……

"이, 이제 조용한 것 같지?"

칠국이 목소리를 낮춰 세현에게 물었다.

"네. 마을회관으로 다 몰려간 것 같아요."

방금 사이렌이 울렸다. 그 소리에 이끌리듯 괴물이 된 사람들
이 쏟아져 나왔다. 무작정 도망치던 세현과 칠국이 표지석 뒤에
숨은 것은 바로 그때였다. 쓸데없다 생각했던 이 돌덩이가 자신
을 살려줬다는 생각에 세현은 속으로 피식 웃었다. 세현은 곽수
가 얼마를 떼먹건 무슨 꿍꿍이를 품건 영생도만 잘 건사해준다
면 넘어갈 생각을 일찌감치 품었다. 부녀회장 자리를 수락한 것
도 그 때문이었고, 남편 종신에게 이장님 흉 좀 그만 보라고 말
하는 것도 그 때문이었다. 그랬는데 이 사단이 난 것이다. 책임이
누구에게 있는지는 모르겠지만 세현은 곽수에 대한 의심을 지울
수가 없었다.

"이제 어쩐다?"

칠국은 난감한 표정으로 세현을 바라봤다. 돼지 멱을 따려던 칼은 여전히 꼭 쥐고 있었다.

"여기 계속 있을 순 없죠. 어디에 숨어야 해요."

그 '어디'는 바로 마을회관이 되어야 했다. 그러나 지금 거기로 갈 수는 없었다. 아까 곽수의 목소리가 방송을 탄 것으로 봐서 몇 사람이 거기 있는 것 같았다. 그러고 보면 곽수가 마을 사람들한 테 집에 머물라고 방송한 것도 이상했다. 그 소리만 안 했어도 칠 국과 마을회관으로 향했을 것이다.

"하이고. 이게 도대체 뭔 일인지 알다가도 모르겠네. 부녀회장 은 알겠는가?"

칠국은 기운이 빠진 얼굴이었다. 이 더위에 숨이 턱 끝까지 차 도록 뛰었으니 노인네가 쓰러지지 않은 것만 해도 대단한 일이 었다.

"모르겠어요. 아마 무슨 병이라도 퍼진 것 같은데······."

"병? 그럼 오늘 들어온 그 학생들이 퍼뜨린 건가?"

칠국은 눈이 동그래져서 물었다.

"설마 그렇지는 않겠죠."

"어허. 영생도 사람들이야 다들 깨끗한데 갑자기 이런 병이 돌 리가 있나? 요즘 젊은 것들이 얼마나 더러운지 알잖아. 분명해. 육지 잡것들이 병을 몰고 온 거야. 고 앙칼진 애 면상을 부녀회장 도 봤어야 하는데. 걔가 제일 심하게 병에 걸린 것 같았어."

"일단은 몸부터 피해요."

세현은 주변을 살피며 말했다.

"그러니까 어디로?"

칠국이 물었다.

"영생 수산에 숨어 있으면 어떨까요?"

"영생 수산? 거기 잠갔잖아."

"저한테 열쇠 있어요. 영생 수산이랑 마을회관 열쇠는 세 개씩 있는데 이장님, 저 그리고 덕순 어르신이 각각 하나씩 가지고 있어요."

"흥. 덕순이는 자기 돈으로 세웠다고 유세 떠는 거야, 뭐야? 열쇠는 왜 가지고 있어?"

"나중에 따지고 우선 움직이죠. 거기서 문만 닫고 있으면 괴물들이 공격 못 할 거예요. 그리고 거긴 전화기가 있잖아요. 지금 휴대폰이 다 안 되는 것 같으니까 영생 수산 가서 유선 전화를 걸어봐요."

"알겠네. 내가 앞장서지."

칠국은 구부정한 허리를 하고서도 세현을 보호하듯 앞질러 걸었다. 곽수였다면 절대 하지 않을 행동이라 생각하며 세현은 칠국의 뒤를 따랐다.

표지석에서 선착장 바로 앞의 영생 수산까지는 그리 멀지 않았다. 영생 수산은 멀리서도 똑똑히 보일 만큼 새파란 지붕을 선명하게 뽐내고 있었다. 영생도에는 큰 건물이 없는 터라 지붕이 더 돋보였다.

세현은 그 지붕을 올려다보며 생각했다. 남편 종신이 자신을 구해줄 거라고. 그러니 그 전까지는 무슨 일이 있어도 살아남아야 한다.

두 사람이 선착장 쪽으로 막 접어들었을 때였다. 뱃고동이 울려 퍼졌다. 세현과 칠국은 동시에 바다를 향해 고개를 돌렸다. 커다란 배가 속도를 줄이지 않고 돌진해오고 있었다.

"어딘가 좀 이상하지 않아요?"

세현이 물었다. 그사이 배는 다시 뱃고동을 울렸다. 배 자체가 고통에 찬 비명을 내지르는 것 같았다.

붕!

"저건 로즈마리 호잖아?"

칠국이 멍한 표정으로 중얼거렸을 때였다. 로즈마리 호가 거대한 파도를 일으키며 선착장을 덮쳤다.

"어어!"

세현이 비명을 지르며 뒷걸음질 쳤다. 칠국도 주춤주춤 물러났다. 배는 광포한 포효와 함께 선착장을 넘어 방파제까지 그 아가리를 들이밀었다. 쇳덩이와 돌덩이가 충돌하며 귀를 찢는 소리가 울려 퍼졌다. 두 사람은 꼼짝도 못 한 채 그 광경을 지켜봤다. 로즈마리 호는 뭍으로 올라온 고래처럼 비스듬히 누워 신음을 토해내고 있었다.

"도, 도대체 뭐가 어떻게 돌아가는 거여?"

칠국은 다시 중얼거렸다. 이제는 완전히 얼이 빠진 표정이었다. 세현은 다리가 후들거리는 걸 느꼈다. 큰일이 나도 단단히 난 게 틀림없었다. 칠국이 로즈마리 호 쪽으로 천천히 다가갔다.

"뭐 하시는 거예요?"

세현이 묻자 칠국은 답답하다는 표정으로 대답했다.

"성한 사람이 있는지 살펴봐야 할 거 아녀!"

"하지만……."

거기까지 말하다가 세현은 입을 다물었다. 뭔가가, 아니 누군 가가 눈에 들어왔다. 그 누군가는 기울어진 갑판을 가로질러 선 수를 향해 걷고 있었다. 팔 하나가 없었다. 아예 어깨에서부터 뜯 겨나간 모양이었다. 그 꼴 그대로 비척비척 걷는 모습을 보며 세 현은 알아챘다. 로즈마리 호에 성한 사람이라고는 한 명도 없다 는 사실을.

"뭘 보는 거야?"

눈이 어두운 칠국은 미간을 찌푸린 채 로즈마리 호를 노려봤 다. 세현은 그런 칠국의 팔을 잡아당겼다.

"빨리 영생 수산으로 가요. 배에 탄 사람들도 똑같아요!"

"뭐?"

세현은 칠국의 등을 밀며 영생 수산을 향해 달렸다. 칠국은 당 황해하면서도 세현을 따라 걸음을 옮겼다. 뒤에서 으르렁거리는 소리가 들렸다. 칠국은 고개를 돌렸다. 머리가 터졌거나 허리가 반으로 접혔거나 팔다리가 뜯겨나갔거나 혹은 셋 다 해당되는 사람들이 배에서 걸어 나오고 있었다. 그러면서 사나운 짐승처럼 위협적인 소리를 냈다. 오싹 소름이 돋는 소리였다.

"말세다, 말세."

칠국은 고개를 저으며 내달렸다. 빌어먹을 무릎이 버텨주기를
바라면서.

두 사람은 금세 영생 수산에 도착했다. 주위에는 아무도 없었
다. 세현은 주머니에서 열쇠를 꺼내들고 지붕 색깔과 같은 파란
색 정문으로 다가갔다.

"어?"

세현은 정문 앞에서 멈춰 섰다.

"왜 그래?"

주위를 살피던 칠국이 물었다.

"문이 열려 있어요."

자물쇠는 열린 채였다. 세현은 조심스레 문을 밀었다. 그때였
다. 영생 수산 안에서 찢어질 듯한 비명이 들렸다.

"으악! 살려줘!"

세현과 칠국은 문을 열자마자 거의 동시에 안으로 뛰어들었
다. 어둑한 실내에 덕순이 바들바들 떨며 주저앉아 있었다. 그리
고 그 앞에는 비쩍 마른 남자가 엉거주춤한 자세로 서 있었다. 남
자가 홱 고개를 돌렸다. 소칠이었다. 살점이 뜯겨나간 목덜미에
서 피가 울컥울컥 쏟아져 나왔다. 덕순이 꽥 소리를 질렀다.

"이것 좀 없애줘!"

덕순에게 소칠은 더 이상 말 잘 듣는 남편이 아니었다. 죽여야

하는 괴물일 뿐이었다.

문과 창문, 그리고 벽을 두드려대며 으르렁거리는 소리가 다른 좀비들까지 불러 모으는 것 같았다. 마을회관을 둘러싼 좀비의 수는 갈수록 늘어났다. 좌초한 배에서 기어 나온 좀비들 역시 꾸역꾸역 마을회관 쪽으로 다가오고 있었다. 대현과 승복은 옥상에 서서 그 모습을 내려다봤다. 승복이 중얼거렸다.

"뭔가 방법이 없을까?"

"모르겠어. 아무 생각도 안 나."

대현이 말했다. 사실이었다. 애타는 마음과는 다르게 머릿속은 텅 비어버렸다. 노인들을 구할 때는 용케 아이디어가 떠올랐지만 이제는 막막함만 밀려왔다. 영화 속 주인공이라면 이럴 때일수록 기막힌 해결책을 떠올릴 텐데 주인공은커녕 조연도 안 되는 자신들은 뾰족한 수가 없었다.

"한두 사람 정도는 살아나갈 수 있겠지만 우리 모두는 무리야."

"맞아. 그리고 그 한두 사람 안에 우린 없을 거야."

대현은 승복의 말에 동의했다. 그때 뒤에서 목소리가 들렸다.

"상황은 어때?"

대현과 승복은 뒤를 돌아봤다. 철민이 서 있었다.

"아! 선배……."

철민은 조용히 다가와 두 사람 옆에 서서 아래를 내려다봤다. 좀비들은 새로 나타난 먹잇감을 보고 더 크게 으르렁거렸다.

240

"많네. 선착장까지 가기가 쉽지 않겠어."

"그러게요."

대현은 철민에게 그렇게 대답하며 종신이 했던 말을 떠올렸다. 종신은 자기 배인 영생호까지만 무사히 갈 수 있다면 탈출이 가능하다고 했다. 그러면서 덧붙였다.

"나랑 집사람까지 해서 스무 명 정도까진 어떻게 탈 수 있을 거야. 문제는 선착장까지 무슨 수로 가느냐 하는 거지."

대현은 거기까지 듣고 상황을 살펴보겠다며 승복과 함께 옥상으로 올라왔다. 옥상에서 마주한 현실은 예상보다 더 비관적이었다. 어찌어찌 마을회관에서 빠져나간다 해도 선착장까지 이어진 길 곳곳에 좀비들이 즐비했다.

"한 가지 아이디어가 있긴 한데……."

"뭔데요?"

대현은 눈을 동그랗게 뜨고 물었다. 철민이야말로 주인공에 어울리는 인물이었다. 그렇다는 건 기막힌 아이디어를 내고 그걸 실행해 옮길 수도 있다는 뜻이었다.

"사이렌 소리에 좀비들이 다 여기로 몰려온 거잖아. 좀비들은 그만큼 소리에 민감하다는 거겠지. 그러니까 다른 쪽 어딘가에서 그런 큰 소리가 들리면 다들 거기로 움직이지 않을까?"

"아! 그, 그런데 그렇게 할 방법이 있을까요?"

승복이 묻자 철민은 어깨를 으쓱했다.

"거기까진 생각 못 했어."

"아⋯⋯."

대현은 한숨이 나오는 걸 애써 참았다. 철민은 무표정으로 다시 아래를 내려다봤다. 대현도 철민을 따라 고개를 돌렸다. 좀비들 수는 그새 더 늘어난 것 같았다. 영생도 노인들이 절반이었고 나머지는 배에서 빠져나온 것들이었다.

"대현아, 승복아."

철민이 조용히 두 사람을 불렀다. 그러고는 말을 이었다.

"우린 분명히 살아나갈 거야. 그러니 너무 걱정하지 마."

대현은 물끄러미 철민을 바라봤다. 표정의 변화가 없어 속을 읽기는 힘들었지만 목소리에서만은 결의가 느껴졌다.

"너희 둘도, 혜진이도, 그리고 다른 애들도 모두 그냥 죽게 내버려두지 않을 거야. 다시는⋯⋯ 같은 실수 안 할 거야."

대현은 그렇게 말하는 철민을 보며 승복에게 들었던 이야기를 떠올렸다. 화재로 가족 모두를 잃었다는 게 사실이라면 그 심정이 어떨지 짐작조차 할 수 없었다.

"선배 말이 맞아요. 우리, 살 수 있을 거예요."

대현은 일부러 더 힘차게 말했다.

"일단은 내려가자."

철민이 단호하게 말한 뒤 앞장섰다. 대현과 승복은 허둥지둥 그 뒤를 따랐다. 세 사람이 1층으로 내려가자 수용이 성큼 다가왔다.

"상황은 어때?"

"좀비가 몇 겹이나 둘러싸고 있어요."

대현이 말했다.

"역시 그렇구나."

수용은 피곤한 표정으로 마른세수를 했다. 그 역시 정신이 없고 힘들기는 마찬가지였다. 마음 같아서는 좀비고 뭐고 싹 다 무시한 채 늘어지게 낮잠이나 자고 싶었지만 그럴 수가 없었다. 이 상황에서 벗어나려면 냉철하고 똑똑한 사람이 진두지휘를 해야 했다. 수용은 자신이 그런 사람이라 믿어 의심치 않았다.

"우선은 시간이 좀 걸리더라도 상황을 지켜보는 게 어떨까요? 너무 조급하게 생각하면 일을 그르칠 확률도 높아집니다."

수용이 말하자 지민이 대번에 동의하고 나섰다.

"교수님 말씀이 맞아요! 적어도 여기 있으면 우린 안전하잖아요."

"자네는 어떻게 생각하나?"

평수가 종신을 향해 물었을 때였다. 어딘가에서 전화벨이 울렸다. 갑자기 들린 소리에 모두 어리둥절한 표정으로 두리번거렸다. 단상 구석에 놓인 유선 전화기를 발견한 건 노영이었다. 노영은 날카로운 소리를 내며 울리는 전화기를 노려보다가 천천히 수화기를 들었다. 사람들이 숨을 죽인 채 노영을 바라봤다.

"여보세요?"

노영은 그렇게 말한 후 몇 마디를 듣더니 이내 사람들을 돌아보고는 물었다.

"부녀회장님이라고 하시는데 누굴 바꿀까요?"

순간 종신이 벌떡 일어나 단상으로 달려 올라갔다.

"내가 받겠네."

노영은 종신에게 수화기를 건넸다.

"어! 나야."

종신의 목소리가 조금 커졌다. 노영은 슬쩍 눈치를 살피다가 전화기의 '스피커' 버튼에 손가락을 가져나냈다. 그 모습을 본 종신은 서둘러 고개를 끄덕였다. 노영이 스피커 모드를 누르자 종신이 수화기를 내려놓았다. 곧 세현의 목소리가 마을회관에 울려 퍼졌다.

"여보, 듣고 있죠? 여기 지금 영생 수산이에요. 이게 도대체 무슨 일인지 모르겠는데 아무튼 우린 무사해요."

"우리라면 누구누구야? 거기 몇 사람이나 있어?"

종신이 목소리를 높여 물었다.

"나랑 칠국 아재, 그리고 덕순 어르신이요. 소칠 어르신도 있었는데 이상하게 변해서…….."

세현은 말끝을 흐렸다. 옆에서 덕순이 외치는 소리가 들렸다.

"빨리 와서 나 좀 구해줘!"

"거기 꼼짝 말고 있어. 내가 지금 갈 테니까!"

종신이 외쳤다. 그는 당장이라도 달려 나갈 기세였다.

"아이고. 무턱대고 그러지 말고 상황을 잘 살펴요. 여긴 괜찮으니까 너무 걱정하지 말고."

오히려 세현이 종신을 말렸다.

"알겠어, 알았으니까 좀 이따가 보자고. 내가 선착장까지만 가면 우리 배 타고 섬을 탈출할 수 있어."

"좋아요. 대신에 절대 무리하면 안 돼요. 알겠죠?"

"알았다니까."

"그럼 슬로우, 슬로우, 퀵, 퀵 해봐요."

"뭐?"

종신은 당황한 표정으로 사람들을 둘러봤다. 낮술이라도 한 것처럼 얼굴이 벌겋게 달아올랐다. 눈빛도 흔들렸다. 자신만만하고 당당하던 방금까지의 모습은 찾아볼 수 없었다.

"천천히 따라해보라니까요. 슬로우, 슬로우, 퀵, 퀵."

세현이 재차 말하자 종신은 진땀을 흘리면서도 한마디, 한마디 그대로 따라했다.

"스…… 슬로우, 슬로우…… 퀵, 퀵."

다른 사람들은 영문을 몰라 어리둥절한 표정으로 종신을 바라봤다. 안절부절못하는 종신과 달리 세현의 목소리는 차분했다.

"잘했어요. 그럼 이제 너무 서두르지 말고 침착하게 움직여요. 그 전에 방송부터 하고."

"방송? 뭐라고?"

종신이 다시 괄괄한 목소리로 물었다.

"멀쩡한 사람들은 영생 수산으로 오라고. 지금은 여기가 제일 안전하잖아요. 뿔뿔이 흩어져 있으면 다들 큰일 나요."

세현의 말에 종신은 가만히 생각에 잠겼다. 일리가 있었다. 곽수 탓에 일이 꼬였다. 물론 안 그래도 이 사단은 났겠지만 애초에 다들 마을회관으로 오라고만 했다면 상황은 훨씬 간단했을 것이다. 지금은 누가 괴물이 됐고 누가 살아남았는지 알 수도 없는 답답한 상태였다.

"알았어. 그렇게 방송할 테니까 몰려가는 사람들 조심해서 들여."

종신이 말하자 세현의 대답이 바로 돌아왔다.

"네. 그럼 기다릴게요."

"끊어."

그 말을 끝으로 종신은 전화를 끊었다. 그는 좀비를 상대할 때보다도 더 힘든 표정으로 작게 한숨을 내쉬었다. 그런 종신을 보며 평수가 물었다.

"슬로우, 슬로우, 퀵, 퀵이 뭐야? 뭐, 암호 같은 거야?"

암호는 아니었다. 다만 종신과 세현, 둘 사이에만 통하는 말이기는 했다. 그것도 아주 오래 전부터.

"근데 곽수는 또 어디 갔어?"

종신은 평수의 질문에 대답하는 대신 두리번거리며 곽수를 찾았다. 세현 말대로 방송을 하려면 곽수가 필요했다.

"그러고 보니 또 안 보이네?"

김 계장도 주위를 둘러보며 한마디를 했다. 그제야 다른 사람들도 곽수를 찾기 시작했다. 없었다. 그리 넓지 않은 마을회관 어디에도 곽수는 보이지 않았다.

"아까처럼 화장실에 처박혀 있는 거 아냐?"

종신이 그렇게 말하며 화장실 쪽으로 걸음을 옮겼을 때였다.

펑!

귀를 찢는 폭발음과 함께 창고에서 불길이 치솟았다.

5

보이지 않는 손에 떠밀리듯 곽수는 뒤로 나자빠졌다. 시뻘건 불길이 방금 곽수가 서 있던 자리까지 뻗어왔다. 후끈한 열기도 함께였다.

"윽!"

곽수는 쥐며느리처럼 웅크렸다. 그 위로 유리 파편이 쏟아져 내렸다. 폭발의 위력은 짐작했던 것 이상으로 강했다. 각오는 했다. 가스가 터지면 쑥대밭이 될 거라고. 그래도 몸이 붕 뜰 줄은 몰랐다. 정신이 하나도 없었다. 툭 튀어나온 돌멩이에 꼬리뼈를 부딪쳤지만 아픔도 느끼지 못했다. 마을회관에서 멀어져야 한다! 머릿속에 떠오른 생각은 그것 하나뿐이었다. 곽수는 그야말로 한 마리 벌레처럼 엉금엉금 기어서 언덕을 올랐다. 뒤쪽에서는 불이 모든 걸 집어삼키는 타닥타닥하는 소리가 계속 들렸다.

"됐어, 됐다고."

언덕을 다 오른 뒤 곽수는 숨을 헐떡이며 중얼거렸다. 그러고는 비로소 뒤를 돌아봤다. 마을회관이 불타고 있었다. 자신이 빠져나온 창고 쪽은 검은 연기에 뒤덮였고 불길은 삽시간에 지붕까지 옮겨붙은 상태였다. 마을회관을 둘러싸고 있던 사람들, 아니 괴물들은 아우성을 치며 더 시끄럽게 으르렁거렸다. 얼핏 보면 캠프파이어 같기도 했다. 곽수는 그 생각을 하며 속으로 웃었다. 모든 게 계획대로 딱 맞아떨어졌다. 지포 라이터를 잃긴 했지만 목숨을 부지할 수 있다면 그런 것쯤이야 문제 될 게 없었다.

마을회관 탈출 계획은 순간적으로 떠올랐다. 길길이 날뛰던 김 계장을 종신이 제압하던 그 찰나, 곽수의 머릿속에는 경고등이 켜졌다. 종신은 언제나 막무가내였다. 고집도 어찌나 센지 소 힘줄이 형님 하고 납작 엎드릴 정도였다. 한마디로 말릴 수가 없다는 뜻이었다. 곽수가 보기에 종신은 무턱대고 밖으로 달려나갈 게 뻔했다. 평수라는 미친 영감도 거들 것이고. 그렇게 되면 모두가 죽을 수밖에 없다. 곽수는 남들과 같이 사이좋게 죽을 생각이 전혀 없었다. 물론, 괴물도 되고 싶지 않았다. 그래서 필사적으로 머리를 굴렸고, 그 결과 마을회관의 비좁은 창고와 그 안에 보관해둔 프로판 가스 한 통 그리고 창문이 생각났다. 그 정도면 충분했다.

곽수는 슬그머니 창고로 향했다. 그러고는 프로판 가스통의 밸브를 연 뒤 창문을 통해 조심스레 마을회관을 빠져나갔다. 창문은 곽수처럼 체구가 작은 사람만이 통과할 수 있는 크기였다.

창고, 그러니까 마을회관 뒤편은 야트막한 언덕과 접하고 있어 그곳에는 괴물이 없을 거라는 게 곽수의 예상이었고 그것 역시 보기 좋게 들어맞았다. 곽수는 지포 라이터의 뚜껑을 열었다. 파랗고 작은 불길이 일렁거렸다. 순간 마을회관 안의 사람들이 생각났지만 그걸로 망설일 곽수가 아니었다. 눈엣가시 같은 두 영감이야 죽어도 좋고, 김 계장은 두말할 필요도 없고, 뭍에서 온 그 어린 것들 역시 마찬가지였다. 괴물들까지 덤으로 같이 불타면 더 좋을 것 같았다.

곽수는 창문 안으로 지포 라이터를 던져 넣었다.

대현은 눈을 떴다. 귀에서 웅, 하는 소리가 들렸다. 머리가 깨질 듯 아팠는데 그게 넘어질 때 부딪쳐서 그런 건지 아니면 코를 찌르는 매캐한 냄새 때문인지 알 수가 없었다. 도대체 무슨 일이 벌어진 건지도 역시 알 수가 없었다. 하나는 확실했다. 마을회관이 불타고 있다는 사실.

"너 괜찮아?"

승복의 얼굴이 보였다. 통통한 뺨에 검댕이 묻어 있었다. 대현은 친구가 내민 손을 잡고 일어났다. 마을회관 안은 아수라장이었다. 바닥에는 온갖 파편이 즐비했고 의자 같은 것들도 죄다 쓰러져 있었다. 창고에서 뻗어나온 불길이 벽을 타고 천장을 할퀴는 중이었다. 시커먼 연기가 사방을 뒤덮었다.

"혜, 혜진 선배는?"

대현이 물었다.

"저기 있어. 걱정하지 마. 크게 다친 사람은 없어. 문제는 여기가 불타고 있다는 것뿐이야."

승복은 농담인지 진담인지 모를 말을 했다.

"빨리 이쪽으로 와!"

수용의 외침이 들렸다. 대현은 고개를 돌렸다. 연기 사이로 마을회관 입구 쪽에 서 있는 사람들이 보였다. 그중에는 혜진도 있었다.

"가스가 폭발한 것 같아."

승복의 말에 대현은 고개를 끄덕였다. 두 사람은 사람들이 모여 있는 곳으로 향했다. 열기가 등 뒤까지 따라붙었다. 목이 따가웠다. 대현은 기침이 터져 나오려는 걸 간신히 참았다. 지금 기침을 해버린다면 고약한 연기가 폐 속으로 파고들어 숨통을 조일 것만 같았다.

"이대로 있다간 꼼짝없이 타죽거나 질식해 죽을 거야."

평수의 말을 수용이 거들었다.

"맞습니다. 어떻게든 밖으로 나가야 합니다."

김 계장은 벌써 기침을 하기 시작했다. 지민도 마찬가지였다.

"밖에는 좀비가 득실거리잖아요!"

지석이 소리쳤다.

"그럼 여기서 죽든지."

하나가 중얼거렸다. 지석은 한마디를 하려다가 기침을 토해냈다. 천장에서 불덩어리가 떨어지기 시작했다. 연기는 점점 더 짙어졌다.

"모두 아무거나 무기 될 만한 거 들어! 밖으로 나간다."

그렇게 외친 종신은 어느새 엽총과 작살을 쥐고 있었다. 대현은 주위를 두리번거렸다. 바닥에 뒹구는 삽이 보였다. 얼른 챙겨 들었다. 승복도 삽을 주워들고는 대현을 향해 웃어 보였다.

"예비역이면 역시 삽이지."

망설이던 김 계장이 마지막으로 톱을 들었다. 순천댁은 어디서 찾았는지 뾰족한 막대기를 들고 있었다. 대현은 그걸 보고 조금 마음을 놓았다. 평수가 마을회관 문을 열려고 했다. 그때였다. 종신이 평수를 말리며 말했다.

"아직 방송 장비 멀쩡하지? 그러면 방송부터 하자고."

"그럴 시간이 어디 있어? 하여간 쓸데없는 짓은. 쯧쯧."

평수가 투덜거렸지만 종신은 노영을 향해 물었다.

"저거로 방송 내보낼 수 있겠나?"

"네!"

종신은 노영과 함께 방송 장비까지 달려갔다. 단상 근처는 이미 불바다였다. 노영은 겁에 질린 표정을 지으면서도 침착하게 장비를 만졌다. 곧 웅, 하는 소리가 들렸다. 노영은 마이크를 가리켰다.

"여기에 대고 말씀하세요."

그 순간 창고 바로 위 천장이 무너져 내렸다.

"으악!"

지석이 비명을 질렀다. 종신은 마이크에 대고 소리쳤다.

"잘들 들으시오. 나 영생도 김종신 선장이오. 지금 이 방송 듣는 사람은 조심해서 영생 수산으로 가시오. 살아남은 사람들은 지금 바로 무기를 챙겨서 밖으로 나오시오. 뭉쳐야 살 수 있으니까. 다시 한번 말합니다. 방송 듣는 영생도 주민들은 영생 수산으로 가서 숨어 있으시오. 다들 나중에 봅시다!"

종신은 그 말을 끝으로 돌아섰다. 그러고는 노영의 어깨를 툭 쳤다.

"준비됐어?"

평수가 목소리를 높여 물었다. 그는 이미 석궁을 겨눈 채 한 손으로는 문손잡이를 잡고 있었다. 대현은 삽자루를 꼭 쥐었다. 옆에 선 승복이 떨리는 목소리로 말했다.

"죽지 말자."

"좀비도 되지 말자."

대현도 말했다. 두 사람은 동시에 고개를 끄덕였다.

"돌격!"

평수가 문을 열며 소리쳤다.

좀비들이 어기적거리며 들어왔다. 그 순간 하나가 맨 앞의 좀비 머리를 낫으로 뎅겅 날려버렸다. 매끈하게 잘린 목의 단면에서 검붉은 피가 공중으로 치솟았다. 한때 정수라는 이름으로 불렸던 좀비는 비틀거리다가 푹 쓰러졌다. 잘린 머리는 바닥에 떨어져 구석 어딘가로 굴러가버렸다.

"으아! 끔찍해!"

지민이 외쳤지만 대현은 그쪽을 돌아볼 생각도, 겨를도 없었다. 수건을 머리에 감은 노인 좀비가 곧장 덮쳐왔기 때문이었다. 힘껏 삽을 휘둘렀다. 빗맞았다. 머리를 날리기는커녕 수건만 벗겨낸 꼴이 되고 말았다. 그리고 보니 군 생활 내내 삽으로 한 일이라고는 땅을 파거나 눈을 치우는 것뿐이었다. 으르렁거리며 다가오는 좀비를 물리치는 훈련 같은 건, 더군다나 삽을 든 채로 맞서는 건 해본 적이 없었다. 삽의 창의적인 사용이라 한다면 기껏해야 삽날을 밟고 누가 많이 뛰는가 내기하는 게 전부였다.

"크아아."

수건이 벗겨졌다는 사실에 분노한 듯 노인 좀비는 더 크게 포효하며 다가왔다. 대현은 삽을 다시 치켜들었다.

"모서리! 모서리로 내려쳐!"

승복이 외치는 소리가 들렸다. 대현은 삽자루를 고쳐 잡았다. 그러고는 삽날이 거의 수직이 되게 세운 후 바로 휘둘렀다.

퍽.

이번에는 성공이었다. 머리부터 턱까지 얼굴 절반이 잘려나간 좀비는 휘적휘적 걸어 불구덩이 속으로 사라졌다.

"괜찮아?"

승복이 대현을 돌아보며 물었다. 마침 승복도 좀비 하나를 처리한 듯 얼굴에 피가 튀어 있었다.

"이것들을 밀어내면서 밖으로 가야 해!"

종신이 소리쳤다.

"모두 일자로 늘어섭시다. 자기 앞의 좀비를 처치하면서 한 발씩 보조를 맞춰 움직이는 겁니다!"

사람들은 수용의 말에 일사분란하게 움직였다. 종신과 수용을 중심에 놓고 좌우로 늘어섰다. 대현은 혜진 옆이었다. 혜진은 양손으로 곡괭이를 꽉 쥐고 있었다.

좀비들은 좁은 문틈으로 밀고 들어오느라 자기들끼리 끼여 버둥거리고 있었다. 새빨간 눈을 번득이며 으르렁거리는 모습은 섬뜩했지만 움직이지도 못한 채 손만 휘젓는 모습은 멍청하게도 보였다. 대현은 그런 생각을 하며 바로 앞 좀비의 머리에 삽을 박아 넣었다. 종신은 작살로 좀비의 눈을 찌른 후 발로 차 넘어뜨렸다. 수용 역시 야구방망이로 풀스윙을 한 후 머리가 깨진 좀비를 방망이 끝으로 힘껏 밀었다. 그러자 조금씩 틈이 생겼다.

"저렇게 해야 해!"

혜진이 말했다. 그는 야무졌다. 아래에서 위로 곡괭이를 휘둘러 좀비의 턱에 박아 넣는 것도, 그 곡괭이를 빼자마자 묵직한 쇠 부분으로 밀어버리는 것도 망설임이 없었다. 위험한 쪽은 계속 비명을 질러대는 지민과 김 계장 그리고 순천댁이었다.

지민은 망치를 들고 있었는데 그 약한 힘으로 좀비의 이마를 때려봐야 어린이집에서 '참 잘했어요!' 도장을 찍어 주는 것이나 다를 게 없어 보였다. 김 계장도 지민 못지않았다. 좀비의 목에

톱을 대고 써는데 그게 한참이나 걸렸다. 그저 가려운 곳을 긁어주는 수준이었다. 순천댁은 그냥 서 있는 것도 힘들어 보였다.

"비켜봐!"

보다 못한 지석이 자기 몫을 처리하고 지민을 도와줬다. 지석은 도끼를 들고 있었다. 그걸로 좀비 머리를 날려버리는 그의 모습은 대현이 지금껏 본 것 중 가장 인간적이었다.

대현이 잠시 한눈을 판 순간, 화려한 꽃무늬 셔츠를 입은 덩치 큰 남자가 덮쳐왔다. 아무래도 로즈마리 호에서 내린 불청객인 모양이었다. 대현은 삽을 휘두를 새도 없이 남자에게 어깨를 잡혔다.

"윽!"

당황한 대현이 비틀거리며 뒷걸음질을 쳤다. 그때 옆에서 혜진의 목소리가 날아들었다.

"비켜!"

대현이 남자를 필사적으로 떼어낸 것과 동시에 혜진이 남자의 머리에 곡괭이를 박아 넣었다. 남자는 정수리에 커다란 구멍이 뚫린 채 무릎을 꿇었다. 꽃무늬 셔츠 위로 새빨간 피가 뚝뚝 떨어졌다.

"고, 고마워요."

대현이 혜진을 향해 말했다.

"뭘. 아깐 네가 날 구해줬잖아."

혜진은 그 꼴사나웠던 모습을 기억하고 있었다. 기쁘기도 하

고, 부끄럽기도 했다. 그때 비틀거리는 순천댁 모습이 대현의 눈
에 들어왔다. 말린 대추처럼 쪼글쪼글한 얼굴의 좀비가 순천댁
을 덮쳤다.

"조심하세요!"

대현은 그렇게 외치며 삽을 던졌다. 머리에 삽을 맞은 좀비가
대현에게로 고개를 돌린 순간 혜진이 달려가 곡괭이로 머리를
꿰뚫었다.

"제 옆에 붙으세요."

삽을 챙겨들며 대현이 말했다. 순천댁은 희미하게 웃으며 고
개를 저었다. 그러고는 말했다.

"나 때문에 학생이 위험해지면 안 돼요. 그러니까 신경 쓰지
말고 학생은 꼭 살아야 해요."

"하지만……."

"뚫었어! 내가 먼저 나간다."

평수가 제일 먼저 밖으로 달려 나갔다. 그는 좌우의 좀비들을
향해 재빨리 석궁을 쏘았다. 빠르게 날아간 화살은 좀비들의 이
마에 정확히 꽂혔다.

"어서들 나와!"

그 다음은 종신이었다. 종신은 작살로 한 번, 엽총 개머리판으
로 한 번씩 좀비들의 머리통을 깨부수며 전진했다.

"너희들 빨리 나가."

수용이 학생들에게 말했다. 수용의 말이 떨어지기 무섭게 하

나가 귀신처럼 튀어 나갔다. 하나가 낫을 한 번 휘두를 때마다 좀비의 머리는 물론이고 사지가 뎅겅뎅겅 잘려 나갔다. 철민은 소리 한번 지르지 않고 원래 성격 그대로 조용히 그리고 깔끔하게 좀비의 머리를 꿰뚫고는 미련 없이 돌아섰다.

이제 모두 마을회관 밖으로 나왔다. 마을회관은 더 이상 마을회관이라 부를 수 없을 만큼 타올라 앙상한 철골을 드러내고 있었다. 그나마 좀비들이 하늘 높이 치솟는 불길에 한눈을 파는 건 다행이었다.

"지금부터는 선착장을 향해 뛰어!"

종신이 외쳤다.

대현은 순천댁을 계속 살피며 걸음을 옮겼다. 그 순간 좀비와 정면으로 맞닥뜨렸다. 대현의 허리춤까지 올까 싶을 정도로 작은 할머니였다. 허리가 거의 기역 자로 꺾여서 보행 보조기가 아니라면 금방이라도 앞으로 고꾸라질 상태였다. 그럼에도 좀비의 본성은 어디 가지 않았다.

"크아아!"

할머니는 대현을 향해 입맛을 다시며 포효했다. 대현은 삽을 치켜들었다가 그 자세 그대로 잠시 망설였다. 할머니는 보행 보조기를 밀며 천천히 다가오고 있었다. 대현은 삽을 거둔 후 여전히 으르렁거리는 할머니를 빙 돌아 움직였다. 하지만 곧 멈춰 설 수밖에 없었다. 또 다른 좀비가 앞을 가로막았다. 좀비들은 행동이 굼떴지만 수가 압도적으로 많았다. 한 놈을 처리해도 바로 다른 좀비가 나타났다. 이번에는 선글라스를 쓴 남자였다. 한쪽 알이 깨져 있었고 그 사이로 빨간 눈알이 보였다. 대현은 남자의 정수리를 향해 삽을 휘둘렀다. 그사이 목에 수건을 감은 할아버지가 앞섶이 찢어진 티셔츠 바람으로 대현의 팔을 잡아챘다.

"으악!"

대현은 할아버지를 간신히 뿌리친 다음 한 발 물러섰다. 등에 뭔가가 닿았다. 화들짝 놀란 대현이 뒤를 돌아보자 지친 표정의 승복이 서 있었다. 승복만이 아니었다. 사람들 모두 마을회관 근처를 벗어나지 못한 상태로 좀비에 가로막혀 있었다. 종신마저 좀비에 둘러싸여 사투를 벌이는 중이었다.

"이대로면 답이 없어!"

승복이 절규하듯 외쳤다.

"모두 둥글게 모여 서!"

수용의 말에 대현은 승복과 등을 맞대고 섰다. 옆에는 노영이 있었다. 노영이 숨을 헐떡이는 소리가 똑똑히 들렸다. 대현도 힘들기는 마찬가지였다. 팔이 아파 삽을 들기도 어려웠다. 무엇보다 심장이 터질 것 같았다. 다리도 후들거렸다. 반면 눈앞에 버티고 선 좀비는 비록 몰골은 처참했지만 지친 기색 하나 없었다. 하긴, 이미 죽었으니 지치지 않는 게 당연했다. 선글라스 남자를 밀쳐내고 거침없이 다가오는 새로운 좀비는 배에다가 내장을 튜브처럼 두르고 있었다. 대현은 온힘을 다해 삽을 치켜든 후 좀비 머리를 내리찍었다. 잘 익은 수박 깨지는 소리가 나며 좀비가 픽 쓰러졌다. 그때였다.

"도, 도와줘요!"

노영의 절박한 외침이 들렸다.

대현은 옆을 돌아봤다. 노영은 좀비 어깨에 박힌 쇠스랑을 빼내려고 낑낑대고 있었다. 그 앞으로 덩치 큰 남자 좀비가 다가가는 중이었다. 꽃무늬 셔츠를 입은 좀비는 노영의 어깨를 잡았다.

"안 돼!"

대현이 그렇게 외친 순간 노영이 쇠스랑을 빼냈다. 하지만 좀비가 한 박자 빨랐다. 좀비는 노영의 목을 물어뜯었다.

"악!"

노영의 비명보다 살점 찢어지는 소리가 더 크게 들렸다.

"노영아!"

수용이 불렀지만 노영은 대답하지 못했다. 벌린 입으로 고통에 찬 비명만 쏟아낼 뿐이었다. 좀비는 노영의 목을 게걸스레 씹어댔다. 사방으로 피가 튀었다. 삽을 들고 달려가려는 대현을 승복이 가로막았다.

"늦었어. 이미 늦었다고."

"하지만……."

"너나 조심해!"

승복의 외침에 정면을 향해 돌아서자마자 할머니가 확 덮쳐왔다. 대현은 반사적으로 삽을 들었다. 할머니는 삽날을 깨물었다. 말려 올라간 윗입술 사이로 번쩍이는 금니가 보였다. 옆쪽에서 또 다른 비명이 들렸지만 대현은 고개를 돌릴 여유도 없었다. 할머니 뒤로도 먹잇감을 노리는 좀비가 줄줄이 늘어서 있었다. 발로 배를 걷어차자 할머니는 벌렁 나자빠졌다. 그러면서도 꽉 문 삽은 놓지 않았다. 대현은 삽을 잡아당겨 뺀 뒤 할머니의 얼굴을 그대로 찍었다.

빠직.

기분 나쁜 소리와 함께 할머니는 움직임을 멈췄다. 대현은 재빨리 고개를 들었다. 숨을 고를 새도 없었다. 새로운 좀비가 으르렁거리며 팔을 뻗어왔다. 좀비는 수가 줄기는커녕 점점 더 늘어나는 것 같았다. 대현은 삽을 휘둘렀다. 힘이 들어가지 않았다. 삽이 허공을 가른 순간 대현의 몸도 같이 돌아가며 무방비 상태가 되었다. 얼굴 반쪽이 찢어진 좀비가 그런 대현을 향해 달려들었다. 바로 그때 좀비와 대현의 사이로 누군가가 끼어들었다. 순천댁이었다.

"할머니!"

대현이 외쳤지만 한 발 늦었다. 좀비가 순천댁을 덮쳐 쓰러뜨리더니 바로 목을 물어뜯었다. 파스가 잔뜩 붙은 순천댁의 팔다리가 애처롭게 버둥거렸다. 대현은 아무 말도 못 하고 주먹만 꽉 쥐었다. 그때 또 다른 섬뜩한 광경이 눈에 들어왔다. 좀비 여럿이 모여 쓰러진 누군가의 배를 찢어발기고 있었다. 지민이었다. 지민은 내장이 쏟아져 나오는 상태에서도 여전히 살아 있었다. 살아서, 버둥거리고 있었다.

"정신 차려."

멍하니 지민을 보고 있던 대현을 돌려세운 건 철민이었다.

"네, 네!"

대현은 간신히 균형을 잡으며 철민 옆에 섰다. 막 대현을 덮치려던 좀비는 철민이 휘두른 도끼에 머리가 반으로 쪼개졌다. 차가운 피가 대현의 얼굴까지 튀었다. 철민은 대현을 끌고 뒷걸음질 쳤다. 좀비들과의 사이가 조금 벌어졌지만 놈들이 덮쳐오는 건 그야말로 시간문제였다.

"우라질. 뭐 이리 많아?"

평수 역시 당황한 목소리로 외쳤다.

모두 조금씩 밀려나고 있었다. 뒤쪽은 불타는 마을회관이라 더 물러설 곳도 없었다. 승복도, 하나도, 지석도 그리고 김 계장과 평수도 지친 표정이었다. 강인하게만 보였던 종신과 수용도 팔을 늘어뜨린 채 숨만 헐떡였다. 대현과 철민이 목숨을 걸고 구했던 네 노인 중 살아남은 사람은 욱남뿐이었다. 좀비들은 시체를 타고 넘으며 계속 다가왔다. 여기저기 부러지고 찢어진 몸과 달리 빨갛게 물든 두 눈만은 멀쩡하게 번득이고 있었다.

"끝이야. 이젠 틀렸어."

승복이 중얼거렸다.

아니라고 말하고 싶었지만 대현은 입을 열 힘마저 없었다. 쓰러지지 않으려고 버티고 서 있는 게 전부였다. 손가락에 힘이 들어가지 않아 삽을 쥐기도 어려웠다. 땀이 줄줄 흘러내렸다. 눈이 따가웠다.

"젠장."

누군가가 낮게 중얼거렸다.

대현도 같은 말을 내뱉고 싶었다. 젠장. 이대로 죽는다. 이대로…… 죽고 만다.

"으아아!"

분노에 찬 외침이 들렸다. 이번에는 누구인지 알 것 같았다. 수용이었다. 수용은 좀비들을 노려보며 소리쳤다.

"씨발!"

그것으로 끝이었다. 이제는 누구 하나 입을 열지 않았다. 다가오는 죽음을 조용히 맞이하려는 것 같았다. 좀비들은 이제 팔만 뻗으면 닿을 거리까지 좁혀왔다.

그때였다.

에에엥!

갑자기 사이렌이 울려 퍼졌다.

예상하지 못했던 소리에 놀란 사람들은 일제히 뒤를 돌아봤다. 철민이 무너지기 일보직전의 마을회관에서 달려 나왔다. 손에는 빨간색 확성기를 들고서.

에에엥!

귀를 찢는 사이렌은 확성기에서 터져 나오고 있었다.

"뭐, 뭐야?"

김 계장이 당황한 표정으로 중얼거렸다. 당황한 건 김 계장만이 아니었다. 무슨 일이 벌어지고 있는지 모두가 감을 잡지 못했다. 그 사이에도 사이렌은 계속 울렸고 좀비들은 홀린 듯 철민을, 아니 확성기 쪽을 바라봤다. 그 순간 대현은 철민이 무슨 일을 하려는지 알아챘다.

"선배, 안 돼요!"

대현이 외쳤지만 철민은 아무런 대꾸 없이 좀비 무리 앞으로 달려갔다.

에에엥!

정신을 쏙 빼놓을 정도로 큰 소리가 울리자 좀비들은 대번에 관심을 보였다. 철민은 좀비들이 다가오길 기다리며 확성기에 대고 말했다.

"제가 유인할 테니 다들 도망치세요."

"선배!"

혜진이 철민을 불렀지만 그 소리는 곧 사이렌에 묻혔다. 철민은 뒤를 돌아봤다. 웃고 있었다. 그 잘생긴 얼굴에 환한 미소가 떠올랐다. 그것이 마지막이었다. 철민은 곧 돌아서서 달리기 시작했다. 선착장과는 반대 방향인 마을 안쪽을 향해서. 좀비들은 홀린 듯 철민의 뒤를 따라갔다.

에에엥!

크아아!

사이렌과 좀비의 울부짖음은 마치 구령을 맞추기라도 하듯 자연스레 어우러졌다. 대현은 철민이 시야에서 사라질 때까지 눈을 떼지 못했다. 뜨거운 무언가가 속에서부터 치밀어 올랐지만 꾹 참았다. 이윽고 철민은 보이지 않게 되었고 좀비들 역시 피리 부는 사나이를 따라가는 아이들처럼 천천히, 그러나 확실하게 멀어져갔다.

"가자."

혜진이 울음을 삼키며 말했고, 대현은 고개를 끄덕였다.

라스트 댄스

1

퉁! 퉁! 퉁!

누군가가 영생 수산 문을 두드렸다. 세현과 칠국 그리고 덕순은 놀라서 벌떡 일어났다.

"사람들이 왔나 봐요!"

세현이 말했다.

"안 돼! 아무나 여기 들이면 안 돼."

덕순이 문으로 향하려는 세현을 말렸다.

"확인해보고 들여야죠! 걱정하지 마세요."

그렇게 말했지만 덕순은 세현의 팔을 붙잡고 놓지 않았다. 손아귀 힘이 생각 이상으로 강했다. 검버섯 핀 손등 위로 툭툭 힘줄이 불거졌다.

"안 된다고. 여기가 뭐 대피소야? 엄연히 말해서 영생 수산은 내 거란 말이야! 곽수 그놈이 주인이 아니고 내가 주인이라고!"

덕순은 눈까지 부라리며 소리를 질렀다.

"그 말씀이 맞기는 맞는데……."

"맞으니까 내 말 들어! 열지 마! 부녀회장 남편 올 때까지 조용히 기다렸다가 배 타고 나가자. 누가 괴물이고 누가 멀쩡한지 모르는 일이잖아! 안 그래?"

"그게 무슨 말이에요? 사람 한 명이라도 더 구해야죠!"

"구하긴 뭘 구해? 우리 목숨 부지하기도 힘든데!"

"어르신!"

"너, 너 내 말 안 들을 거면 그때 빌려간 돈 당장 갚아! 갚으라고!"

"네?"

세현은 황당해서 말이 나오지 않았다. 그 순간 칠국이 두 사람을 지나쳐 문 쪽으로 걸어갔다. 소칠의 목을 딴 칼을 손에 꼭 쥐고서. 칠국의 구부정한 뒷모습을 향해 덕순이 소리쳤다.

"뭐 하는 거요?"

"뭐 하긴, 뭘 뭐 해? 내가 보고 괴물이다 싶으면 처리하고 아니면 들여보내는 거지."

칠국이 무심히 대꾸했다.

"이 양반이 진짜!"

덕순이 달려들었지만 칠국이 한발 빨랐다. 그는 칼을 고쳐 쥐고는 문을 슬쩍 열었다. 빼빼 마른 손이 불쑥 들어왔다.

"히익!"

덕순은 물론이고 칠국도 놀라며 물러섰다.

"접니다! 저요!"

밖에서 귀에 익은 목소리가 들려왔다. 세현은 문을 향해 달려가며 물었다.

"이장님?"

"네. 들어가도 됩니까?"

세현은 문을 활짝 열었다. 곽수가 퀭한 얼굴을 한 채 거의 쓰러질 듯 들어왔다. 세현이 비틀거리는 곽수를 부축했다. 덕순과 칠국도 다가왔다.

"어떻게 된 거예요? 다른 사람들은요?"

세현이 물었다. 곽수는 숨을 몰아쉬는 척하며 머릿속을 정리했다. 역시 이럴 때는 머리가 팽팽 돌아갔다. 마을회관을 빠져나온 뒤 언덕 반대편으로 내려올 때쯤 종신의 목소리를 들었다. 스피커를 통해 울려 퍼지는 그 목소리에는 다급함이 묻어났다. 종신이 가스 폭발에서도 살아남은 건 아쉬웠지만 어차피 곧 죽거나 괴물이 될 운명이라는 데에는 변함이 없었다. 절대 멀쩡한 모습으로는 영생 수산에 갈 수 없을 것이다. 그 생각을 하자 기분이 조금 나아졌다. 그래도 혹시 모르는 일이었다. 한 명이라도 살아서 영생 수산에 간다면 자신이 저지른 잘못이 들통난다. 그 전에 영생 수산으로 달려가야 했다. 곽수가 찾는 게 바로 영생 수산에 있었으니까.

"모두 죽고 나만 살아남았어요."

곽수는 애써 슬픈 표정을 지어 보이며 말했다. 순간 정적이 흘렀다. 세현은 물론이고 덕순과 칠국도 놀란 얼굴로 곽수를 바라볼 뿐이었다.

"아, 아니…… 김 선장이 방송하는 걸 들었는데……."

잠시 후 덕순이 중얼거렸다. 축 늘어진 턱밑 살이 꿈틀거렸다. 곽수는 바늘로 찔러도 피 한 방울 안 흘릴 것 같은 이 노인네가 떨고 있다는 걸 눈치챘다. 그것 역시 재미있고 즐거운 사실이었다. 곽수는 웃음이 터지려는 걸 간신히 참으며 괴로운 듯 얼굴을 찡그렸다.

"그게 말입니다, 그 직후 마을회관에 불이 나는 바람에……."

"불이라고? 마을회관에 불?"

칠국이 희뜩 뒤집힌 목소리로 물었다.

"네. 가스가 폭발한 건지 뭔지 모르겠지만 아무튼 불길이 치솟았습니다. 어쩔 수 없이 문을 열고 탈출하려는데 괴물로 변한 사람들이 달려들어서 싸움이 붙었습니다. 그런데 괴물들 수가 너무 많았어요. 종신 어르신도, 같이 있던 학생들도 모두 쓰러지고……."

"그런데 이장님은 어떻게 도망쳐 온 거죠?"

이번에는 세현이 물었다. 분노와 슬픔이 뒤섞인 서늘한 표정이었다. 곽수는 세현의 시선을 피하며 대답했다.

"영생도를 위해서는 저라도 살아야 한다고 다들 희생해준 덕분에……."

"그렇군요."

세현은 떨리는 목소리로 대답했다. 곽수는 세현이 믿지 않는다는 걸 눈치챘다. 자신을 노려보는 눈빛만 봐도 알 수 있었다.

"다들 그렇게 된 건 안됐지만 살 사람은 살아야지. 자, 이제 어떻게 하면 돼? 빨리 말해봐! 무슨 수가 있지?"

덕순이 다그치듯 물었다. 무슨 수야 있었다. 그랬으니 이곳으로 달려 온 것이고. 허나 그 무슨 수 안에 덕순과의 동행은 포함되지 않았다. 그 어떤 괴물보다도 지독한 이 할망구는 이쯤에서 죽는 게 맞았다.

"그럼요. 저한테 좋은 수가 있습니다."

곽수의 말에 덕순 표정이 확 밝아졌다.

"그 좋은 수라는 게 뭐여?"

칠국이 물었다.

"아주 어렵게 해경과 연락이 닿았습니다. 지금 해경이 영생도로 오고 있습니다. 넉넉잡아도 몇 시간만 버티면 우릴 구출해줄 겁니다. 그러니 여기서 문을 딱 걸어 잠그고……."

곽수는 입에서 나오는 대로 거짓말을 하며 공장 구석에 놓인 책상과 캐비닛 쪽을 재빨리 훑어봤다. 책상과 캐비닛 사이 벽에 바로 그것, 자신이 찾던 게 걸려 있었다. 곽수는 자연스레 그쪽으로 이동하며 말을 이었다.

"어디 보자…… 무기가 될 만한 걸 다 모은 뒤에 괴물이 안 된 사람들만 들여보내는 겁니다. 혹시 괴물로 변할 것 같은 조짐이 보이면 망설이지 않고……."

망설이지 않고 손을 뻗은 곽수는 아무도 모르게 그것을 챙기는 데 성공했다. 재빨리 돌아선 순간 세현과 눈이 마주쳤지만 슬그머니 고개를 돌렸다. 그러고는 말을 마무리했나.

"……죽여야 합니다. 그러면 우린 반드시 구조될 겁니다!"

희미하게 사이렌 소리가 들린 건 바로 그때였다. 세현과 칠국 그리고 덕순은 동시에 바깥쪽으로 고개를 돌렸다.

"이건 무슨 소리야?"

칠국이 말했다.

"또 무슨 일이 벌어진 거야?"

덕순이 눈알을 굴리며 중얼거렸다.

곽수는 그 사이에 자신이 챙긴 것, 창고 열쇠를 주머니에 넣었다. 무슨 일인지는 몰라도 예상 못 했던 상황이 또 벌어진 건 확실해 보였다. 그러고 보니 아침부터 지금까지 예상 못 한 일의 연속이었다. 사랑니가 쑤셔대기는 했지만 상황이 이렇게 될 거라곤 꿈에도 생각하지 못했다. 이제는 제발 계획한 대로 흘러가길 바랄 뿐이었다. 그러자면 우선 영생 수산에서 빠져나가야 했다.

"무슨 일인지 제가 살펴보겠습니다."

곽수는 그렇게 말하며 문 쪽으로 다가갔다. 창고에는 모터보트가 잠들어 있다. 모터보트는 제대로 된 배가 아니라 4.9마력짜리 선외기를 달아놓은 고무보트였다. 면허가 없어도 누구나 운전할 수 있었고 그건 곽수도 마찬가지였다. 창고는 선착장 옆에 있었다. 이제 열쇠를 챙겼으니 거기까지 무사히 가서 보트만 꺼내면 될 일이었다. 그러면 영생도를 탈출할 수 있었다. 물론 마음에 걸리는 게 없는 건 아니었다. 어머니 미자 여사는 거동이 불편했다. 괴물들이 들이닥친다면 도망치는 건 불가능했다. 어쩌면 이미 늦었을지도 모르는데, 굳이 그걸 확인하려고 위험을 감수하며 집까지 가고 싶지는 않았다. 영생도 주민들이 대부분 그렇듯 어머니 역시 살 만큼 살았다.

곽수는 그런 생각을 하며 문을 열었다. 앞에 사람들이 서 있었다. 순간 괴물인가 싶어 흠칫 놀랐다.

"아이고! 이장님."

아니었다. 영생도 주민들이었다. 늙고 시어빠진 인간들. 열 명 정도 되는 노인들이 땀을 뻘뻘 흘리며 숨까지 헐떡였다. 이제 막 영생 수산에 도착한 모양이었다.

"이, 이게 대체 무슨 일이에요?"

"곽수 이장, 여기는 안전한가? 응?"

"대책이 있어?"

"김 선장은 어디 있는 거여?"

사람들은 질문을 쏟아냈다. 그중에서 한 사람, 울산댁만은 말없이 서 있기만 했다. 이 더운 날에도 몸을 덜덜 떨면서. 평소에

는 입에 모터를 단 게 아닐까 싶을 정도로 떠들어대던 사람이 그
러고 있으니 바로 눈에 띄었다. 게다가 울산댁은 왼손으로 오른
쪽 팔뚝을 가리고 있었다. 곽수는 심상치 않다는 걸 눈치챘다. 그
랬기에 망설이지 않고 말했다.

"일단 다들 안으로 들어오세요. 여기는 안전하니까."

곽수가 밖으로 나가며 비켜서자 사람들이 영생 수산으로 우르
르 들어갔다.

"자네는 어디 가?"

안에서 칠국 목소리가 들렸다.

"사람들 찾아서 올게요. 안에서 꼼짝 말고 기다리세요!"

곽수는 쾅 소리가 나게 문을 닫았다. 그러고는 선착장 쪽으로
내달렸다. 주머니 안에서 창고 열쇠가 덜그럭거렸다.

2

대현 일행은 잠시 멈춰 서 숨을 골랐다. 결국 선착장에 도착했
다. 짙푸른 하늘이 바다와 맞닿아 있었다. 주위에 좀비는 없는 것
같았다. 여기까지 오는 동안 몇 놈을 처리하긴 했지만 그게 다였
다. 나머지는 모조리 철민을 따라간 모양이었다. 철민 생각을 하
자 눈가가 뜨거워졌다. 대현은 아랫입술을 꽉 깨물었다. 여기까
지 온 이상 질질 짜고 있을 수는 없었다. 이제는 끝까지 살아남은

엑스트라가 되어야 했다.

"모두 괜찮나?"

종신이 사람들을 향해 물었다. 입가를 가로지르는 짙은 주름이 한층 더 깊어 보였다.

"괜찮습니다. 이제 어떻게 하실 계획입니까?"

수용의 말에 종신은 작살로 선착장 쪽을 가리키며 대답했다.

"저기 보이지? 파란색 고깃배. 저걸 타면 되는데 그 전에 영생 수산에 가서 대피해 있는 사람들을 데리고 와야지."

"어쨌든 살긴 한 것 같다."

승복이 대현에게만 들리게 속삭였다.

"그만 쉬고 움직이자고."

평수가 허리를 쭉 펴며 말했다.

대현은 슬쩍 혜진을 쳐다봤다. 지쳐 보이기는 했지만 딱딱하게 굳은 그 얼굴에서 감정을 읽어낼 수는 없었다. 다만 얼마나 괴롭고 슬플지는 짐작하고도 남았다. 혜진이 고개를 돌렸다. 순간 눈이 마주쳤다. 대현이 멋쩍은 표정을 짓자 혜진은 희미하게 웃었다.

"영생 수산은 어딥니까?"

수용의 물음에 이번에는 평수가 대답했다.

"저거야. 파란색 지붕. 가까워."

평수 말대로 영생 수산은 선착장에서 그리 멀지 않았다. 종신이 앞장섰고 평수가 그 뒤를 따랐다. 대현은 일부러 혜진과 보조를 맞춰 걸었다. 뭐든 한마디라도 건네고 싶었지만 입이 떨어지지 않았다.

"선배, 괜찮아요?"

결국 흔해 빠진 질문을 하고 말았다.

"응. 너는?"

혜진은 담담히 되물었다.

"괜찮아요. 그런데 철민 선배 일은……."

"잊지 마. 잊으면 안 돼."

"네?"

"그 사람이 왜 우리를 위해 희생했는지 그걸 잊으면 안 된다고. 그러니 반드시 살아남아야 해."

"아……."

대현은 말을 잇지 못했다. 혜진은 성큼성큼 걸어 앞서 나갔다. 뒤따라오던 승복이 대현의 어깨를 툭 쳤다.

"이럴 때는 그냥 알겠다고 하는 거야."

"응."

대현은 고개를 끄덕였다.

선착장 풍경은 끔찍했다. 방파제 위로 올라온 로즈마리 호의 기괴한 모습이 단연 눈길을 끌었지만 바닥에 널브러진 살점과 내장 역시 외면하기 힘들었다. 갈매기들이 내려앉아 그것들을 쪼아 먹고 있었다. 빨간 눈을 뒤룩거리는 갈매기들은 사람을 봐도 도망치지 않았다.

옆구리에 '영생호'라고 적어 넣은 파란색 고깃배 근처에 도착했을 때 종신이 뒤를 돌아보며 말했다.

"학생들은 여기서 기다려. 영생 수산에는 나와 평수만 다녀올 테니까."

"알겠습니다."

지석은 냉큼 대답하더니 바닥에 주저앉았다.

"괜찮겠습니까?"

수용이 종신을 향해 물었다.

"걱정하지 마. 우르르 몰려다니면 눈에 띄기만 할 테니까 우리 둘이서 갔다 오면 돼."

"그럼 기다리겠습니다."

수용은 그렇게 대답한 후 학생들을 향해 말했다.

"모두 모여서 앉아 있자. 한눈 팔지 말고."

대현은 승복과 어깨를 나란히 하고 바닥에 앉았다. 엉덩이를 바닥에 대자마자 저절로 끙, 하는 신음이 새어 나왔다. 승복도 마찬가지였다. 씩씩한 두 노인은 각자의 무기를 들고 영생 수산으로 향했다. 그 뒷모습을 보던 승복이 중얼거렸다.

"저 어르신들 아니었으면 우린 다 죽었어."

"맞아."

대현도 같은 생각이었다.

"그런데 이장은 어디로 갔을까? 설마 마을회관에서 못 빠져나온 건 아니겠지?"

승복이 물었다.

"아닐 거야. 그 사람이야말로 쥐새끼처럼 도망쳤을걸."

대현은 곽수의 얼굴을 떠올리며 말했다. 그러면서 주위를 두리번거렸다. 곽수와 비슷한 분위기를 풍기는 사람, 아니 다른 쥐새끼가 보이지 않았다.

"뭘 찾아?"

"그 큰소리치던 공무원 아저씨는 어디 있지?"

김 계장이 보이지 않았다. 분명 선착장까지 함께 움직였는데 그새 사라지고 없었다. 그때였다. 뒤에서 목소리가 들렸다.

"모두 일단 타!"

대현은 물론이고 앉아 있던 사람들이 모두 고개를 돌려 영생호 쪽을 바라봤다. 김 계장이 뱃전에 서 있었다.

"그거 몰 수 있어요?"

지석이 반색을 하며 물었다.

"몰진 못하는데 그래도 거기보다는 여기가 안전하잖아. 혹시 알아? 영생도 사람들 끌고 와서는 우리한테 자리 없다고 할지? 그 전에 미리 타고 있어야지."

"맞는 말씀이네요!"

지석이 곧장 일어나 잔교로 달려가려 할 때였다.

탕! 탕!

영생 수산 쪽에서 연달아 두 발의 총성이 들렸다. 포식하던 갈매기들이 그제야 푸드덕 날아올랐다.

"무슨 일일까요?"

대현이 수용을 향해 물었다.

"모르겠어. 아무래도 좀비 때문인 것 같은데……."

수용이 말을 끝내기도 전에 하나가 외쳤다.

"저길 보세요!"

하나가 가리키는 곳에 로즈마리 호가 있었다. 좌초한 그 배에는 미처 내리지 못한 승객이 많았다. 역시 모두 좀비였고, 총소리에 반응한 듯 갑판을 통해 방파제로 내려서고 있었다. 몇몇 좀비는 이미 영생 수산으로 향하고 있었다.

그 순간 총성이 다시 하늘을 찢었다.

탕!

새로 모습을 드러낸 좀비들 역시 소리를 따라 이동했다.

"어, 어떡해요? 네?"

승복이 물었다.

"어떡하긴 뭘 어떡해? 이 배에 숨어야지!"

지석이 소리를 죽여 윽박질렀다. 김 계장도 거들었다.

"뭣들 해? 빨리 타. 저 늙은이들하고 같이 죽을 셈이야?"

"하지만……."

승복이 말끝을 흐리며 수용을 돌아봤다.

대현은 수용의 말을 기다리지 않았다. 삽을 들고 그대로 달렸다. 영생 수산을 향해, 도움이 필요한 사람들을 향해.

3

"자, 따라해봐요. 슬로우, 슬로우, 퀵, 퀵."

"스, 슬로우……."

"입으로만 하지 말고 스텝을 밟아야죠. 슬로우, 슬로우, 퀵, 퀵."

"이렇게?"

종신은 세현을 따라 엉거주춤 발을 움직였다. 평상에 올려놓은 세현의 휴대폰에서는 서정적인 왈츠 곡이 흘러나오고 있었다. 해 질 녘이었다. 서쪽 하늘이 붉게 물들어 갔다. 맞닿은 바다도 같은 빛으로 물결치고 있었다. 바닷바람이 풍성하게 불었다. 그 바람에 세현의 드레스 자락이 너풀너풀 날렸다. 한 마리 나비 같았다. 종신은 실없는 생각을 했다 싶어 피식 웃었다.

"웃긴 왜 웃어요?"

세현 역시 웃으며 물었다.

두 사람은 상체를 밀착한 채 마당에 서 있었다. 각자의 왼손은 마주 잡았고 종신의 오른손은 세현의 등에 살며시 가져다 댄 상태였다. 그리고 세현은 종신의 어깨에 오른손을 살며시 올려놓았다. 세현은 이 자세를 홀딩이라고 불렀다.

"아니…… 분명 현대무용 전공이었는데 사교댄스까지 좋아하는 줄은 몰랐지."

종신은 언제나 아내 세현 앞에서는 말투가 부드러워졌다.

"왈츠가 얼마나 우아한 춤인데 그래요? 이왕 넥타이까지 했으니 조금 더 춰요, 우리."

"차라리 당신 업고 달리는 게 낫지 이건 스텝부터 영 어색해서……."

"약속했잖아요. 나랑 결혼하면 한 달에 한 번은 꼭 같이 춤추겠다고."

세현이 종신을 올려다보며 말했다. 그랬다. 그 옛날 그런 약속을 했지만 돈 벌고 자식들 키울 때는 감히 엄두도 내지 못했다. 종신 역시 까먹고 있었다. 그러다가 몇 년 전, 막내마저 육지로 공부하러 떠난 뒤에 세현이 말했다. 그때 그 약속 지켜달라고. 그날 이후 종신과 세현만의 비밀 댄스 수업이 이어졌다. 계속 헤매고는 있지만 종신도 이제 스텝 정도는 밟을 수 있었다. 물론 여전히 어설퍼서 세현의 발을 밟기 일쑤였지만.

슬로우, 슬로우…… 퀵, 퀵.

종신은 발을 옮기며 마음속으로 그 말을 되뇌었다. 그래도 오늘은 발이 제법 움직였다. 두 사람은 파티에 초대받은 귀족처럼 우아하게 마당을 돌았다.

"왈츠가 왜 멋진지 알아요? 이 스텝 덕분이에요. 슬로우, 슬로우, 퀵, 퀵. 너무 느리기만 하면 우아함이 덜하고, 너무 빠르기만 하면 엉성하고 불안정해 보이죠. 서로 다른 두 스텝을 적절히 구사해야 비로소 완벽한 춤이 돼요. 우리도 마찬가지예요. 닮은 게 하나도 없는 우리지만 이렇게 스텝을 맞춰 살아온 덕분에 여기까지 아름답게 왔잖아요."

그렇게 말하며 춤을 추는 세현은 그 옛날 종신이 첫눈에 반했을 때와 다를 바가 없었다. 여전히 아름다웠다. 세현은 종종 이런 말도 했다.

"불같은 그 성격 좀 죽여요. 급하게 서두르는 것도. 화가 치밀어 오르거나 속에서 막 열불이 날 땐 조용히 중얼거리는 거예요. 슬로우, 슬로우, 퀵, 퀵. 나랑 왈츠를 춘다고 생각하고."

세현에게 말은 안 했지만, 종신은 종종 그렇게 했다. 고기가 안 잡혀 화가 날 때도, 곽수가 속을 뒤집어놓을 때도, 해경이 단속을 한답시고 트집을 잡을 때도 혼자서 중얼거렸다.

슬로우, 슬로우, 퀵, 퀵이라고.

"슬로우……."

"뭐 하는 거야?"

평수의 외침에 종신은 퍼뜩 정신을 차렸다. 어두컴컴한 영생수산 안이었다. 피비린내가 진동했다. 사람들은 계속 비명을 내질렀다. 울산댁이 팔다리를 괴상하게 꺾으며 다가오고 있었다. 입을 쩍 벌린 채로. 그 옆에는 칠국이 비슷한 자세로 비척거리고 있었다. 그리고…….

"빨리 쏴!"

평수가 다시 외쳤고, 종신은 엽총 방아쇠를 당겼다.

탕!

280

울산댁이 푹 쓰러졌다. 멀쩡한 사람들은 또 비명을 질렀고 멀쩡하지 않은 칠국은 으르렁거리며 다가왔다.

탕!

이번에는 칠국이 벌렁 나자빠졌다.

"모두 밖으로 나가! 빨리!"

평수가 사람들을 향해 소리쳤다. 영생도 주민들은 비명을 지르며 문 쪽으로 달렸다. 그리고…… 세현이 돌아섰다. 언제나 사뿐사뿐 걷던 세현이 삭고 녹슨 문처럼 천천히, 그리고 힘겹게 몸을 돌렸다. 종신은 세현이 등을 돌리고 서 있을 때부터 알았다. 알았지만, 받아들일 수 없었다. 등을 돌린 채 누군가의 목덜미를 뜯고 있는 세현을 향해 총을 쏠 수는 없었다. 머릿속에는 그 단어만 맴돌 뿐이었다.

슬로우, 슬로우, 퀵, 퀵.

"크아아!"

세현이 포효했다. 그러고는 두 팔을 앞으로 뻗은 채 다가왔다. 마치 함께 왈츠라도 추자는 듯.

"으악!"

뒤에서는 또 비명이 들렸다. 종신은 돌아보지 않았다. 엽총을 세현에게 겨냥한 채 가만히 서 있었다. 몸이 덜덜 떨렸지만 꾹 참았다. 심장 근처가 뻐근하게 아파왔다. 이대로 심장이 멈추면 얼마나 좋을까? 종신은 그런 생각을 하며 방아쇠에 손가락을 걸었다. 세현의 입가는 피범벅이었다. 나이가 들어도 곱기만 하던 그 얼굴은 이제 완전히 달라진 상태였다. 누군가에게 물렸는지 뺨이 너덜너덜했고 눈은 새빨간 색으로 번들거렸다. 종신은 숨을 참고 세 번째로 방아쇠를 당겼다.

탕!

빗나간 총알이 벽을 때렸다. 세현은 꿈쩍도 하지 않고 계속 다가왔다. 종신은 소리쳤다.

"여보, 마누라. 오지 마, 제발!"

그때였다. 평수가 종신의 어깨를 잡아당겼다.

"빨리 와! 여기 난장판이야!"

종신은 뒤쪽으로 고개를 돌렸다. 문 앞에서는 사람들과 괴물들이 대치 중이었다. 늙은이들은 밀고 들어오려는 괴물들을 필사적으로 막고 있었다. 뚫리는 건 시간문제였다. 사람들은 기껏해야 빗자루 같은 걸 들고 버둥거리고 있었다.

"비켜!"

평수는 그렇게 외치며 문을 향해 달려갔다.

종신은 다시 세현을 돌아봤다. 어느새 가까이 와 있었다. 피 냄새와 함께 세현이 늘 바르는 핸드크림 냄새도 났다. 복숭아 향이나는 핸드크림은 종신이 사 준 것이었다. 세현은 틈 날 때마다 그걸 바르곤 종신에게 손을 내밀었다. 냄새 좋으니까 맡아보라며.

"고생 많았어."

종신은 그 말과 함께 돌아섰다. 평수는 손도끼를 괴물들 머리에 박아 넣고 있었다. 혼자서는 역부족이었다. 둘이 힘을 보태도

막을 수 있을까 싶었다. 그래도 움직였다. 떨고 있는 노인네들을 밀치고 괴물 얼굴에 작살을 찔러 넣었다.

"으아!"

분노에 찬 기합이 터져 나왔다. 참을 수가 없었다. 치밀어 오르는 화를, 슬픔을, 그리고 절망감을 도저히 이겨내기 힘들었다. 슬로우, 슬로우, 퀵, 퀵은 이미 머릿속에서 사라졌다. 몸의 힘이 다해 쓰러지는 한이 있더라도 이 괴물들을 모조리 죽이고 싶었다.

"안 돼. 이대로는 못 나가!"

평수가 소리를 질렀다.

바로 그 순간 밖에서 힘찬 목소리가 날아들었다.

"저희가 길을 열 테니 빨리 나오세요!"

"학생들이 왔나 봐!"

평수의 얼굴에 안도하는 표정이 떠올랐다가 사라졌다. 종신은 아무 말 없이 괴물을 찌르고 또 찔렀다. 괴물들 수가 줄어들며 틈이 생겼다. 그제야 바깥 상황이 보였다. 학생들과 교수가 바깥쪽 괴물들을 죽이고 있었다.

"우리를 따라와!"

평수가 뒤쪽에 늘어선 노인들을 향해 말했다. 그 말을 기다렸다는 듯 모두 밖으로 달려 나갔다. 종신 역시 평수와 함께 앞장섰다. 종신이 영생 수산을 빠져나가기 전 마지막으로 본 것은 멀뚱히 서 있는 세현이었다. 허공을 향해 손을 뻗은 세현은 무도회에서 파트너를 찾지 못한 쇠락한 귀족 같아 보였다.

조금 있으면 전주가 시작될 텐데…….

종신은 그런 생각을 하며 고개를 돌렸다.

4

곽수가 창고에 도착해 문을 연 것과 종신 일행이 선착장에 도착한 것은 거의 동시였다. 곽수는 쩌렁쩌렁 울리는 종신의 목소리를 듣고는 창고 벽에 붙어 슬며시 고개를 내밀었다. 하마터면 들킬 뻔했다고 생각하자 등골이 서늘했다.

"여태 안 죽고 살아 있네. 괴물들보다 더 지독하다, 지독해."

곽수는 그렇게 중얼거리며 창고 안으로 들어갔다. 마음이 급했다. 또 무슨 일이 생길지 알 수가 없었다. 다행히 보트는 제자리에 놓여 있었다. 모터까지 더하면 무게가 꽤 나가겠지만 바다까지 질질 끌고가면 될 것 같았다. 문제는 종신에게 들키지 않는 것이었다.

"가만있자…… 모터에 기름은 채워져 있고…….."

혹시 보트에 이상은 없는지 살피고 있을 때 총소리가 들렸다.

탕!

곽수는 놀라서 움찔했다. 총소리는 간격을 두고 두 번 더 들렸다. 뒤를 이어 괴물들이 으르렁거리는 소리가 울려 퍼졌다. 아무래도 상황이 심상찮게 돌아가는 것 같았다. 곽수는 더 살펴볼 것도 없이 보트를 끌어당겼다.

"우라질."

보트는 짐작했던 것보다 더 무거웠다. 꿈쩍도 하지 않았다. 팔과 다리에 힘을 주고 다시 당겼다. 순간 허리가 뜨끔했다.

"윽!"

곽수는 허리를 부여잡고 엉거주춤 섰다. 날선 통증이 뻣뻣하게 굳은 허리를 타고 전신으로 퍼졌다. 한동안 움직이지 못하고 고통만 씹어 삼켰다. 맥박이 뛸 때마다 통증의 강도도 세졌다.

"이대로…… 이대로 포기할 순 없어."

이를 악물고 보트 뒤로 돌아갔다. 움직이니 더 아팠다. 그럼에도 참고 또 참았다. 치통에 비하면 이건 아픈 것도 아니라고 중얼거리며. 곽수는 창고 벽에 기대서 보트를 발로 밀었다. 그제야 보트가 조금씩 움직였다. 시커면 보트가 바닥에 쓸리며 거슬리는 소리가 났다. 창고에서 바다까지는 완만한 내리막이었다. 문만 통과한다면 더 쉽게 밀 수 있을 것 같았다.

"됐어. 조금만 더. 조금만 더……."

더는 다리로 밀기 어려워지자 이번에는 천천히 상체를 숙였다. 팔로 밀 생각이었다. 역시 허리가 아팠다. 어떤 빌어먹을 놈이 쇠꼬챙이를 허리에 넣고 쑤셔대는 것 같았다.

"으으."

곽수는 고통에 찬 신음을 흘리며 보트를 밀었다. 한참 씨름을 하자 보트가 창고 문을 통과했다. 그제야 마음이 놓였다. 곽수는 잠시 숨을 돌릴 겸 조심스레 허리를 폈다. 끔찍한 통증이 기다리고 있었다는 듯 날아든 순간, 창고 앞쪽으로 누군가가 불쑥 모습을 드러냈다.

"억!"

놀란 곽수는 주춤 물러서다가 딱 멈췄다. 곧 익숙한 얼굴임을 알아채고 그를 향해 쌍욕을 퍼부었다.

"이 버러지 같은 새끼야! 어디서 뭘 하고 있었어?"

봉석은 욕을 듣고도 멀뚱히 서 있었다. 그저 고개를 갸우뚱할 뿐이었다. 곽수는 분통이 터졌지만 한편으로는 다행이다 싶었다. 봉석이 때마침 나타난 덕분에 보트를 옮기는 건 물론이고 다른 일들도 수월하게 풀릴 것 같았다.

"뭐, 이번 한 번은 용서해주지. 그러니까 고마운 줄 알고 이것부터 빨리 바다로 옮겨. 다른 놈들 마주치기 전에 어서! 이걸 옮기면 너랑 나랑 탈출하는 거야. 내가 특별히 자네는 태워줄 테니까 고마운 줄 알라고."

곽수는 그 말과 함께 턱짓으로 보트를 가리켰다. 이만하면 알아들었을 법도 하건만 봉석은 여전히 서 있기만 했다. 곽수는 답답함을 애써 누르며 다시 한번 말했다. 이번에는 부드럽게.

"자, 이 보트 좀 바다에 넣어봐. 그런 뒤에 여기서 나가자고."

"크으으."

봉석은 대답 대신 그런 소리를 냈다.

곽수는 그제야 봉석을 찬찬히 살폈다. 별다른 상처는 보이지 않았다. 다만 눈이, 그 옹이구멍 같은 눈이 빨갛게 물들어 있었다. 봉석의 뺨이 씰룩, 떨리면서 이가 드러났다. 그 사이로 침이 길게 늘어져 내렸다.

"너, 너?"

곽수는 말을 삼키며 뒤로 물러났다. 한 발씩 조심스레. 봉석은 몇 미터 떨어진 곳에 서 있었다. 창고까지 뒷걸음질 친 뒤 재빨리 문을 닫으면 봉석은 미처 반응하지 못할 것 같았다. 문제는 지금이었다. 봉석은 곽수를 두고 먹잇감인지 아닌지 살피기라도 하는 듯 계속 고개를 갸우뚱했다. 봉석이 그 긴 다리로 성큼 걸어온다면 거리는 금세 좁혀질 것이다. 곽수는 다시 한 발 더 뒤로 움직였다. 이제 창고 문은 바로 등 뒤에 있었다. 순간, 봉석이 움직였다.

"크으으."

"어어!"

돌아섰다. 그런 뒤 창고를 향해 몸을 날렸다. 허리 통증도 느낄 수 없었다. 그저 살아야겠다는 생각만 머릿속에 가득했다. 곽수는 창고로 뛰어들자마자 몸을 돌려 문손잡이를 쥐었다.

"아······."

한발 늦었다.

봉석은 벌써 문 앞에 서 있었다. 느려터진 행동으로 속에 천불나게 할 때가 한두 번이 아니었는데 이번에는 빨랐다. 오라지게 빨랐다.

"크아아!"

포효와 함께 봉석이 달려들었다. 곽수는 공격을 막아보려고 손을 앞으로 뻗었다. 봉석은 그 손을 물어뜯고는 곽수를 덮쳤다. 둘은 엉켜서 같이 쓰러졌고 그 바람에 문이 저절로 닫혔다.

"으악!"

곽수의 처절한 비명은 두꺼운 창고 문에 막혀 밖으로 뻗어나가지 못했다. 그때쯤 봉석은 곽수의 목덜미를 물어뜯고 있었다.

컥컥.

버둥거리며 숨넘어가는 소리를 내던 곽수가 마침내 잠잠해지기까지는 불과 몇 분밖에 걸리지 않았다.

"크아아!"

포식한 봉석은 승리의 포효를 내질렀다. 그 소리가 창고 안에 쩌렁쩌렁 울려 퍼졌다.

5

대현은 잔교에 서서 사람들이 영생호에 오르는 걸 도왔다. 영생 수산에서 무사히 빠져나온 사람은 열 명이 채 안 되었다. 그렇다는 건 살아남은 영생도 주민이 더는 없다는 뜻이었다. 설령 섬 어딘가에 숨어 있다고 해도 찾으러 가는 건 무리였다. 대현과 승복, 혜진, 하나, 수용이 제때 달려간 덕분에 로즈마리 호에서 나

288

와 영생 수산을 에워쌌던 좀비들은 다 처치했다. 그렇다고는 해도 어디서 또 좀비가 튀어나올지 알 수 없는 노릇이었다. 이제는 정말 서 있을 힘도 없었다. 벗어나야 했다. 이 섬을, 영생도를.

"다 탄 거야?"

평수가 대현을 향해 물었다. 평수는 수용과 함께 선착장에서 주위를 살피고 있었다.

"네. 두 분만 타시면 돼요."

대현이 대답했다.

"어이, 종신. 출발 준비 끝났어?"

평수가 이번에는 조타실 안의 종신을 향해 물었다. 멍하니 서 있던 종신은 창문으로 고개를 내밀고는 대답했다.

"끝났어."

대현은 종신의 힘없는 목소리에 가슴이 아팠다. 영생 수산 안에서 어떤 일이 있었는지 평수에게 대충은 들었다. 대현으로서는 종신의 슬픔을 짐작도 할 수 없었다.

"그럼 우리도 타지."

평수가 수용에게 말했다. 두 사람은 잔교 쪽으로 걸어왔다. 종신이 시동을 걸었는지 영생호는 털털거리기 시작했다. 그제야 사람들 얼굴에 안도의 표정이 떠올랐다. 대현은 영생도 주민들 사이에 앉아 있는 혜진을 봤다. 옆에 끼어 앉을 수는 없을 것 같았다. 반면 승복 옆자리에는 아무도 없었다. 승복은 가방에 넣어 끝까지 챙긴 캠코더를 들여다보고 있었다. 그때 혜진이 벌떡 일어나 영생 수산 쪽을 가리켰다.

"저기 누가 와요!"

대현이 고개를 돌렸다. 평수와 수용도 뒤쪽을 바라봤다. 호리
호리한 아주머니가 비틀대며 선착장으로 다가오는 중이었다.

"제가 모셔올까요?"

대현이 그렇게 말했을 때였다.

"안 돼! 부녀회장도 괴물로 변했어."

평수가 말렸다.

그제야 아주머니의 상태가 안 좋다는 걸 알아차렸다. 걸음걸이
가 제법 멀쩡해서 좀비라는 사실을 눈치채지 못했다. 대현은 가슴
을 쓸어내렸다. 만에 하나 좀비가 영생호에 타기라도 했다면…….

그때였다.

"이것 봐, 평수. 이런 고깃배 정도는 몰 수 있지?"

어느새 조타실에서 나온 종신이 평수를 향해 물었다. 대현은
영생호에서 내려 잔교로 성큼 올라서는 종신을 올려다봤다. 방
금까지 탁하기만 하던 눈에 빛이 맴돌고 있었다. 순간 그가 무슨
생각을 하는지 알 것 같았다. 대현은 놀라서 다시 고개를 돌리고
는 이미 좀비로 변한 부녀회장, 세현을 바라봤다. 세현은 한없이
느리게, 느리게 다가오고 있었다.

"뭐, 뭐야? 뭔 소리야?"

평수의 목소리가 떨렸다.

"나는 아무래도 가봐야 할 것 같으니까 영생호와 사람들은 자

290

네한테 부탁하지."

종신이 씩 웃으며 말했다.

"어르신, 그러지 마시고 어서 타시죠."

수용도 이미 상황을 눈치챈 것 같았다. 대현은 수용의 얼굴에 당혹스러운 표정이 떠오른 걸 봤다. 수용만이 아니었다. 대화를 듣고 있던 모두가 놀라서 입을 다물지 못했다.

"어허! 가긴 어딜 간다는 거야? 기껏 살아날 구멍을 찾았구만."

평수의 호통에도 종신은 웃기만 했다. 그러고는 조용히 한마디를 했다.

"춤추러 갈 거야."

종신은 그 말만 남긴 채 잔교를 지나 세현에게로 달려갔다. 빠르게, 빠르게.

모두 홀린 듯 그 모습을 바라봤다. 대현은 종신의 발걸음이 무척 가볍다고 생각했다. 그건, 사랑하는 사람을 향해 달려가는 이의 발걸음이었다.

"젠장. 빨리 타! 살 사람은 살아야지!"

평수의 외침에 대현은 서둘러 배에 올랐다. 맞는 말이었다. 살 사람은 살아야 했고, 살고 싶은 사람 역시 살아야 했다. 대현은 살고 싶었다. 그것도 아주 간절하게.

조타실로 들어간 평수는 능숙하게 배를 조종했다. 영생호는 앓는 노인처럼 쿨럭쿨럭 소리를 내면서도 흔들림 없이 후진을 해 선착장을 빠져나갔다.

"살았다! 이제 진짜 살았어!"

대현은 김 계장이 외치는 소리를 들으며 뱃전에 섰다. 대현이 마지막으로 본 것은 서로 끌어안은 종신과 세현의 모습이었다. 두 사람은 마치 춤을 추듯 빙글빙글 돌았다. 천천히, 천천히, 그러나 빠르게, 빠르게⋯⋯.

부웅.

영생호의 뱃고동 소리가 하늘 가득 메아리쳤다. 철없이 푸른 하늘에는 구름 한 점 없었다. 갈매기 수십 마리가 배를 따라 날아왔다. 대현은 승복 옆에 앉아 눈을 감았다. 시원한 바람이 얼굴을 스쳤다. 조용히 눈물이 흘렀다.

6

훅, 훅, 훅.

철민은 쉬지 않고 계속 달렸다. 달리기는 결국 호흡과의 싸움이다. 수없이 달려보고 내린 결론이었다. 규칙적으로 숨을 쉬어야 오래 달릴 수 있었다. 들이쉴 때는 천천히, 그리고 내쉴 때는 빠르게. 규칙을 어기면 체력이 급격하게 떨어진다. 슬픔이 밀려들 때마다, 분노가 치솟을 때마다 철민은 달리고 또 달렸다. 그 어두운 감정이 뒤쫓아오지 못할 때까지 달릴 생각이었다. 그러다 보니 어느새 시간이 훌쩍 흘렀고 예리하게 날 서 있던 아픔도 조금은 무뎌졌다.

확성기 배터리는 그리 오래 가지 못했다. 사이렌은 이미 몇십 분 전에 꺼졌지만 좀비들은 철민은 계속 따라왔다. 철민은 자칫 좀비들의 시야에서 벗어날까 봐 일부러 속도를 조절해서 달렸다. 그 덕분에 이상한 마라톤이 이어지고 있었다. 철민은 앞으로 한두 시간은 더 달릴 수 있지 않을까 짐작했다.

그때였다.

부웅.

선착장 쪽에서 뱃고동 소리가 들려왔다. 아마 누군가는 배를 타고 섬을 벗어나는 모양이었다. 그 누군가 속에 후배들이 포함되어 있으면 좋겠다고 철민은 생각했다.

크아아!

뱃고동 소리를 들은 좀비들이 멈춰 서더니 우왕좌왕했다. 눈앞의 먹잇감과 저 멀리서 들리는 큰 소리 사이에서 방황하는 것 같았다. 잠시 망설이던 철민은 속도를 높였다. 배가 떠난 지금, 더는 좀비를 묶어둘 필요가 없지 싶었다. 게다가 좀비라면 이제 지긋지긋했다. 섬에 갇힌 신세니 어차피 죽겠지만 좀비에게 잡아먹히기는 싫었다. 이왕이면 원하는 방식으로 죽고 싶었다.

철민은 선착장 쪽으로 방향을 바꿨다. 일단은 바다를 실컷 보며 숨을 고를 계획이었다. 언제, 어떻게 죽을지는 나중에 결정하면 될 일이었다. 구불구불한 골목을 벗어나자 시야가 탁 트였다. 곧 수평선이 보였다. 하늘은 지금껏 철민이 본 것 중 가장 파랗고 아름다웠다. 쾌청한 바람이 불어와 땀을 말려주었다. 더없이 행복한 달리기를 하며 철민은 조용히 웃었다.

저 멀리 파란색 지붕의 건물이 보였다. 그 앞에는 시체들이 잔뜩 널브러져 있었다. 철민은 일부러 빙 돌아서 달렸다. 굳이 죽은 자들 옆을 지나고 싶지는 않았다. 바로 그 순간, 창고처럼 보이는 허름한 건물이 눈에 들어왔다. 철민은 자신도 모르게 멈춰 섰다. 그러고는 창고 앞을 뚫어져라 바라봤다.

눈부신 태양이 창고 앞에 서 있는 새하얀 모터보트를 비추고 있었다. 그 모습이 너무나 비현실적으로 보여 철민은 웃음을 터트렸다.

"하하."

철민의 맑은 웃음이 하늘 높이 울려 퍼졌다.

나는 지독한 몸치에다가 박자 감각까지 없어서 춤과는 거리가
먼 삶을 살았다. 게다가 흥이라고는 좀처럼 찾아볼 수 없는 전형
적인 샌님이다 보니 노래하는 것도 별로 좋아하지 않았다. 여기
에 술까지 안 마신다고 하면 대부분은 고개를 절레절레 젓는다.
음주가무를 잘해야 인생의 쓴맛과 단맛을 알고, 그걸 또 잘 알아
야 좋은 소설을 쓸 수 있다는 몇몇 소설가들의 주장대로라면 이
번 생의 나는 이미 글렀다. 그럼에도 꾸준히 소설을 발표할 수 있
는 건 역시 맨정신인 상태가 길기 때문이지 않을까, 혼자 생각해
본다.

이 소설을 구상할 때 제일 먼저 떠올렸던 건 내 평소 생활과
는 전혀 어울리지 않는 왈츠를 추는 남녀의 이미지였다. 그러니
까 이런 거였다. 좀비가 등장하는 군상극을 쓰고 싶다. 배경은 한

정된 공간이었으면 좋겠다. 인간의 치졸함과 나약함을 전시하는 것과 동시에 뜨거운 인류애 역시 보여주고 싶다. 대충 이런 사고 과정을 거치며 소설을 구상 중이었는데 덜컥 멋진 선남선녀가 우아하게 왈츠를 추기 시작한 것이다. 내 머릿속에서.

한동안 고민이 컸다. 나는 소설에서만큼은 필연이 존재한다고 믿는 쪽이었다. 즉, 어떤 아이디어에 이어 또 다른 아이디어가 떠올랐다면 그건 서로에게 영향을 미친다고 생각하는 것이다. 그러니 이 좀비 소설과 왈츠 사이에는 상당한 연결 고리가 있다고 믿을 수밖에. 문제는 어디서 그 고리를 찾는가에 있었다. 내가 택할 수 있는 방법은 하나뿐이었다. 왈츠에 대해 공부하는 것.

나는 왈츠의 역사도 찾고 관련 영상도 열심히 봤다. 과연, 왈츠는 참으로 멋진 춤이었다. 특히 두 사람이 호흡을 맞추는데도 엉키거나 발이 걸리지 않고 한 쌍의 나비처럼 휙휙 플로어를 누비는 게 인상적이었다. 평지에서 걷다가도 내 발에 내가 걸려 넘어지는 인간인 나로서는 불가사의하게 느껴질 정도였다.

그렇게 하루하루 왈츠에 대해 알아가던 중에 딱 네 단어가 귀에 들어왔다. 그게 바로 '슬로우, 슬로우, 퀵, 퀵'이었다. 나는 그 단어를 듣자마자 명확한 깨달음을 얻었다. 때로는 그런 순간이 있는 법이다. 소설의 신이 슬쩍 자비를 베풀어 무지몽매함을 일깨워주는 순간. 바로 그 순간이 내게도 찾아왔고, 나는 왜 좀비와 왈츠가 그토록 내 머릿속에서 뒤섞여 끙끙댔는지를 단번에 이해했다.

내가 하고 싶던 이야기가 결국 슬로우, 슬로우, 퀵, 퀵 안에 있었다.

나는 좀비가 으르렁거리며 내장을 꺼내고 목덜미를 물어뜯는 이야기를 하고 싶었던 게 아니다. 물론 그런 이야기를 끝장나게 좋아하기는 하지만 비슷한 소설이 세상에 넘쳐나는 이 시점에 숟가락을 얹을 필요는 없었다. 나는 결국 때로는 느리게, 또 때로는 빠르게 움직이며 보조를 맞춰가야 하는 두 엇갈린 세대에 관한 이야기를 하고 싶었던 거였다. 거기까지 생각이 미치자 제목은 자연스레 정해졌다.

『슬로우 슬로우 퀵 퀵』.

마치 처음부터 제목이 정해져 있었던 것처럼 내 이야기와 딱 들어맞았다. 완벽한 호흡을 자랑하는 두 선남선녀같이.

작품을 완성할 때까지 그야말로 끈기와 인내와 사랑과 희생으로 기다려준 출판사와 편집자들에게 감사함을 전한다. 그리고 무엇보다 이 책을 읽고 마지막 '작가의 말'까지 살뜰하게 챙겨봐주는 당신, 내 소중한 독자에게 감사를 표하고 싶다. 독자가 있기에 장르소설이 존재한다. 나는 앞으로도 멀쩡한 정신으로, 하지만 조금은 심심하게 살아갈 것이다. 그러면서 또 열심히 소설을 쓸 테고 소설의 신이 자비를 베풀어주기만을 바랄 것이다. 거기에 더해 끝장나게 멋진 독자가 내 소설을 읽고 재미있다고 느끼기를 바랄 것이다.

때로는 느리게, 때로는 빠르게, 하지만 아주 오래 나는 소설가로 남고 싶다.

2023년 여름,

전건우

슬로우 슬로우 퀵 퀵

© 전건우, 2023

초판 1쇄 인쇄일 2023년 9월 4일
초판 1쇄 발행일 2023년 9월 18일

지은이   전건우
펴낸이   정은영
편집   이태은 박진혜 전유진
디자인   박정은
마케팅   이언영 한정우 최문실 윤선애
제작   홍동근

펴낸곳   네오북스
출판등록 2013년 4월 19일 제2013-000123호
주소   04047 서울시 마포구 양화로6길 49
전화   편집부 (02)324-2347, 경영지원부 (02)325-6047
팩스   편집부 (02)324-2348, 경영지원부 (02)2648-1311
이메일   neofiction@jamobook.com

ISBN 979-11-5740-379-0 (03810)